勘误表

| 目录第 7 页 | 《她是上海的女儿——悼念程乃珊》应为《她是上海的女儿——悼念程乃珊》。 |

克勒门文丛

远去的声音

程乃珊2011.12–2013.4文稿

程乃珊　著

生活·讀書·新知 三联书店

图书在版编目（CIP）数据

远去的声音:程乃珊 2011.12~2013.4 文稿 / 程乃珊著.—北京:生活·读书·新知三联书店,2015.8
（克勒门文丛）
ISBN 978 - 7 - 108 - 05447 - 0

Ⅰ.①远…　Ⅱ.①程…　Ⅲ.①散文集－中国－当代　Ⅳ.①I267

中国版本图书馆 CIP 数据核字（2015）第 185337 号

责任编辑　关雪莹
封面设计　蔡立国
封面插图　林明杰
责任印制　黄雪明
出版发行　生活·讀書·新知　三联书店
　　　　　（北京市东城区美术馆东街 22 号）
邮　　编　100010
印　　刷　常熟文化印刷有限公司
排　　版　南京前锦排版服务有限公司
版　　次　2015 年 8 月第 1 版
　　　　　2015 年 8 月第 1 次印刷
开　　本　880 毫米 ×1230 毫米　1/32　印张　12.375
字　　数　243 千字
印　　数　0,001—8,000 册
定　　价　38.00 元

序 ｜ 留住上海的万种风情

陈钢

　　当我们走进上海的大门——外滩时，首先听到的是黄浦江上的汽笛长鸣和海关大本钟扬起的钟声。 那是上海的声音、历史的声音和世界的声音。 接着，我们可以看到那一道由万国博览建筑群组成的刚健雄伟、雍容华贵的天际线，它展示了作为现代国际大都会大上海的光辉形象。 当我们转身西行，乘着叮当作响的电车驶进满街梧桐的霞飞路（现淮海路）时，又会在不知不觉里被空气中弥漫的法国情调所悄然迷醉，也会自然而然地想起张爱玲所说的"比我较有诗意的人在枕上听松涛、听海啸，我是非得听见电车响才睡得着觉的……"。 除了这张爱玲所特别钟爱的上海"市声"外，我们还能在电影、舞厅和咖啡馆里找到世界的脉搏和时代的节奏，找到上海的声音。 丹尼尔·贝尔认为，"一个城市不仅是一块地方，而是一种心理状态，一种独特生活方式的象征"。 上海是中国一块得天独厚的风水宝地，它不仅使古老的中国奇迹般地出现了时尚繁华的"东方华尔街"和情调浓郁的"东方巴黎"，而且催生了中国的城市文化——海派文化，催生了中国的第一部电影、第一个交响乐团、第一所音乐学院和诸多的"第一"……

"克勒"曾经是上海的一个符号，或许它是 class（阶层）、color（色彩）、classic（经典）和 club（会所）的"混搭"，但在加上一个"老"字后，却又似乎多了层特殊的"身份认证"。因为，一提到"老克勒"，人们就会想到当年的那些崇尚高雅、多元的审美情趣和精致、时尚生活方式的"上海绅士"们。而今，"老克勒"们虽已渐渐离去，但"克勒精神"却以各种新的方式传承开发，结出新果。为此，梳理其文脉，追寻其神韵，同时将"老克勒"所代表的都会文化接力棒传承给"大克勒"和"小克勒"们，理应成为我们这些"海上赤子"的文化指向和历史天职。于是，"克勒门"应运而生了!

"克勒门"是一扇文化之门、梦幻之门和上海之门。推开这扇门，我们就能见到一座座有着丰富宝藏的文化金山。"克勒门"是一所文人雅集的沙龙，而沙龙也正是一台台城市文化的发动机。我们开动了这台发动机，就可能多开掘和发现一些海上宝藏和文化新苗，使不同的文化在这里可以自由地陈述、交流、碰撞和汇聚。

"克勒门"里美梦多。我们曾以"梦"为题，一连推出了十二个梦。"华梦""诗梦""云梦""戏梦"……从"老克勒的前世今生"到"上海名媛与旗袍"，从"海派京剧"到"好莱坞电影"，从"小口琴"到"大王开"……在"寻梦"中，我们请来作家白先勇畅谈他的"上海梦"，并通过"尹雪艳总是不老"来阐明"上海永远不老"的主旨。当然，上海的"不老"是要通过文化的传承和发展来实现的。 于是，我们紧接着又将目光指向年轻人、指向未来，举行了"青梦"，三位上海出生的、享有国际声誉的"小克勒"回顾他们在青春路上的种种机遇、奋进和梦幻。 梦是现实的奇异幻境，可它又会化为朵朵彩云，洒下阵阵细雨，永远流落在人世间。

"克勒门"里才俊多。 这里有作家、诗人、画家、音乐家、演员、记者和来自四面八方的朋友们。 他们不仅在这里回顾过往、将记忆视为一种责任，而更是以百年上海的辉煌作为基点，来远望现代化中国的灿烂未来！ 有人说，"克勒门"里的"同门人"都很"纯粹"，而纯粹（pure）和单纯（simple）还不完全一样。 单纯是一种客观的状态，而纯粹，是知晓世事复杂之后依然坚守自己的主观选择。 因为"纯粹"，我们无所羁绊；因为"纯粹"，我们才能感动更多"同门人"。

"克勒门"里故事多。 还记得当"百乐门"的最后一位女爵士乐手，88 岁的俞敏昭被颤颤巍巍地扶上舞台，在钢琴上弹起《玫瑰玫瑰我爱你》时顿时青春焕发的动人情景吗？还记得"老鸿翔"小开金先生在台上亲自示范，为爱妻丈量旗袍的三十六个点的温馨场面吗？ 当见到白先勇在"克勒门"舞台上巧遇年少时的"南模"同窗，惊讶地张大眼睛的神情和"孙悟空之父"严定宪当场手画孙悟空，以及"芭蕾女神"谭元元在"克勒门之家"里闻乐起舞，从室内跳到天台的精彩画面时，你一定会觉得胜似坠入梦中。 当听到周庄的民间艺人由衷地用分节长歌来歌颂画家陈逸飞，"90后"老人饶平如初学钢琴，在琴上奏出亡妻最爱的《魂断蓝桥》，特别是当配音艺术家曹雷在朗诵她写给英格丽·褒曼、也是写给自己的那首用心写的短诗时，你一定会有一种别样的感动！还有，作家程乃珊的丈夫严尔纯在笑谈邬达克精心设计的绿房子时所流溢的得意之心，秦怡老师在"王开照相馆"会场外意外发现亲人金焰和好友刘琼照片时所面露的惊喜之情，都会给我们带来一片片难忘的历史的斑痕和一阵阵永不散落的芳香……

记忆是一种责任。今天，当我们回望百年上海时，都会为这座曾经辉煌的文化大都会感到自豪，但也会情不自禁地为那一朵朵昔日盛开的文化奇葩的日渐萎谢而扼腕叹惜。作家龙应台说，文化是应该能逗留的。为了留下这些美丽的"梦之花"，为了将这些上海的文化珍宝串联成珠、在人世间光彩永放，"克勒门"与发祥于上海的"老牌"出版社生活·读书·新知三联书店共同筹划出版了这套"克勒门文丛"，将克勒门所呈现的梦，一个一个地记录下来。这里，我们所推出的这本书是程乃珊所著的《远去的声音——程乃珊2011.12～2013.4文稿》。

严尔纯是程乃珊的丈夫，朋友们都爱称他为"保镖"，因为乃珊生前与他形影不离。乃珊去世一周年的2014年4月22日，克勒门曾以"又见乃珊"为题，为她举行了一场纪念活动，深情地怀念这位梳着童花头、笔耕不辍的"上海Lady"，感受她传递给这座城市的品味与快乐；而"保镖"严尔纯也来到现场，细数与妻子有关的一个个上海故事。又一年后，当老严再次整理乃珊的遗物时，重读了她在病中所写的近20万字的文稿，他突然强烈地感到面前突显了四个大字——又见乃珊！

乃珊是一个"上海 Lady"，一个一代又一代慢慢"敦化"出来的上海女人。她在一篇《就这样慢慢敦化成上海女人》的文章中，忆述了她的祖母馥笙是如何从浙江梧桐镇步入大上海，如何从小脚到高跟鞋，最后"敦化"成一位都市知识女性的人生经历。其实，这岂止是馥笙及其同代人的写照，而应视为是整体"上海 Lady"成长史的缩影。乃珊就是这样一个在"大人家"和"穷街"的交集中培育、成长，在滚滚红尘里翻滚、打磨，最后才"敦化"出来的"上得了厅堂、下得了厨房"的真正的"上海 Lady"！

我和乃珊相识多年，却一直将她视为"酒肉朋友"。因为，我们平时来往很少，但常在宴会和"蹭饭团"聚会时见面。在朋友之中，乃珊永远是一个喜洋洋、乐呵呵的开心果。她总是未言先笑，未笑先叫。离开了上海话她几乎言不成句，笑不成声，而我们却偏偏爱听她讲那种带着浓浓上海腔的"普通话"。在很长的一段时间里，她的开怀畅谈与放声大笑几乎掩盖了她对世界的深沉思索和对人物的细心观察。一直到很多年之后，在我读到她写的《激情探戈》时，才突然发现了另一个程乃珊，一个探寻过往、思索未来，在看似连篇生活絮语的背后，不断用她的笔花悄然刺破现实画皮的程乃珊。她在那篇文章中解剖了我在"黑色年代"里所写的"红色经典"中的创作密码，将我比喻成在逼仄的舞池中进退自如的"探戈舞手"，这种去表入内的透析，是音乐界、甚至文化界中所少见的。顿时，我觉得乃珊是能够真正读懂我的一个人。我们成了真正的朋友。

乃珊忽然间离开我们两年了，可是我觉得她从未离开。乃珊恋着大家，大家恋着乃珊，因为我们共同恋着的是心中的上海。现在，当我们读到她病中的文稿时，她的音容笑貌又一次浮现在前，声音远行人还在，我们——又见乃珊！

"克勒"是一种风度、一种腔调，更是一种精神、一种文化。让我们一起走进"克勒门"和"克勒门文丛"，寻找上海，发现上海，书写上海，歌唱上海，让我们每个人都成为有历史守望与文化追寻的梦中人，将高雅、精致和与时俱进的海派文化精粹传承发扬，用我们的赤子之心留住上海的万种风情！

又见乃珊

严尔纯

每当我上床入睡时，耳边似乎总会听到乃珊嘻笑地说："我俩睡觉的姿势，蜷曲着，像两只不分左右脚的皮鞋。"但这已经是两年前的远去的声音了，而一切都像发生在眼前，在当下。每当我晚上要咳嗽几声，或是起个夜，都是尽量不发出声响，怕惊动了旁边睡梦中的乃珊。但这现在已经是一种幻觉，而这种幻觉似乎还在不时地影现。

乃珊从发病到她走向人生终点，共 16 个月，但是她生病治疗期间却坚持写作，她说："一天不写东西，这一天是白活了。"

自从她从香港回上海定居后已不再是专业作家，但这并不影响或者说阻碍她的创作热情，她反而感到自己是个自由人，可以敞开心扉写自己的心声。因此，在她回上海后几乎每年书展都有她的作品问世，如《上海探戈》《上海Lady》《上海 Taste》《上海 Fashion》《上海罗曼史》《闺秀行》等。当她着手酝酿写以她家族史为背景的长篇纪实小说时，不幸被检查出患了白血病，她只在病中写了三个章节。她每次发表的文章绝大部分是手稿，部分由她多位学生由乃珊口述后输入电脑发表。因此，她每发表一篇文章我都有记录，如发表日期、题目、体裁、字数、发表在何处等细节。因此，乃珊自从 2011 年 12 月 16 日因病入住医院后，由于前三个月的病危期治疗及到 2013 年 2 月病重第 11 次住院治疗，这两段时间她无法写作（口述）外，其余的 12 个月中即使在经受了化疗极其痛苦的折磨后，只要体力允许，她都坚持用口述的方式创作，累计有 18 万字左右。当我整理出她的这些文章时，我感到乃珊在我心目中从来没有过的那么高大、坚韧不拔。完全不是在现实生活中看起来那个涉世未深，脸上既看不到艰苦岁月留下的印记，又绝无趾高气昂自负的神情的她，也完全看不出她已是在"穷街"中学任教 20 年的外语教师。

她脑子里很少储存文艺理论，装的满是亲朋好友的外形内心的喜怒哀乐，一有机会，她就忍不住要把这些人物的故事叙述出来，常常这些口头叙述就是她作品的初稿。

她善于思考，注重细节，注意观察周围的事物。在她上中学时，每天上学经过北京路铜仁路口，会看到一幢绿色外墙的洋房，时而在楼房阳台上有男男女女的身影，这便激起了她对这幢房子的好奇与一探究竟的念头，也成为她日后创作《蓝屋》的缘由。然而，若干年后，她从教育学院毕业进入杨浦区某中学任教英语，进入了上海的两个不同生活环境的跨越，每天从静安区坐公交车经过一小时左右的两次换乘，进入杨浦区。当时，她被称作是从上海来的老师。20 年的教师生涯，使她感到杨浦区学生的朴实、勤奋、知恩图报，使她产生了创作的冲动而写了《穷街》中篇小说，被拍成电视剧，产生了很大的影响。《蓝屋》的创作是她多年观察、探究的成果，这中间也因为我和"蓝屋"家族的血缘关系，为乃珊《蓝屋》小说的创作增添了新鲜血液，使小说中的人物更加让人信服。但由于创作在80年代初期，历史的原因，使小说不得不落入俗套。但，有血有肉的人物和令人耳目一新的作品总是会受到肯定，该小说使她屡屡获奖，在社会上产生了极大反响，至今还有不少曾是60年代的文学青年还会念叨曾在那文学创作困乏的年代看过《蓝屋》。

《蓝屋》中的主人公顾传辉，居然在90年代初出现在"蓝屋"！这是一个十分令人不可思议的巧合。90年代"蓝屋"被一位有大陆情结的台湾建筑材料设计师租用，而这位租客的大名叫"顾传晖"，竟与小说中的人名仅差一字中的偏旁！而且，年龄也与小说中主人公的年龄相吻合！此书的责任编辑竟然是租客顾传晖的堂姐顾传菁，令顾传晖惊呼"真是毛骨悚然"！

创作往往是有遗憾的。在21世纪初时乃珊曾打算重写《蓝屋》，另外也在酝酿另一部以她家族为背景的长篇小说《好人家》，但这两个愿望只能让她在天国中完成了。

90年代乃珊曾定居幼年生活过十余年的香港，她说香港是她的第二故乡，但只是"婚外情的恋人"。香港是乃珊度过童年之处，陌生之余更有几分亲切，颇有几分重会初恋情人之感。当她做了香港新移民后，有人问她"好"还是"不好"，她唯一清楚的是，自己从来没有对生活有现在这种真实的感觉。她知道，她只是香港的一个过客，她的归宿是上海。

乃珊出生在静安区，归宿在静安区，对静安区的情结极深。 静安区哺育了她，杨浦区锤炼了她，更是上海成就了她。 乃珊吮吸的第一口乳汁是有深深的家庭 DNA 烙印的，喝的第一口水是黄浦江的水。 这无形中注定了乃珊对静安区和上海的深深感恩情结，故而她笔下的事与人有血有肉，不矫揉造作，以至于她对上海的倾诉直到她生命的最后时刻仍以与时间赛跑的毅力完成了 18 万字左右的文字，广泛发表在不同的报刊上。 她这短短的 67 年生命确实如她自己所言：没有白活！

她不善于做家务，讨厌进厨房。 生活中的乃珊是个透明人，从不掩饰自己，爱憎分明。 她自己说她一生中只有两件事是做对了，是认真的：一是对待写作，对创作一丝不苟；二是选对了郎。

借助"克勒门"和生活·读书·新知三联书店的平台，《远去的声音》出版了。 世上巧合的事实在多，乃珊生于静安，居于静安，逝于静安。 上世纪 90 年代初她去香港工作，首先入行的是三联书店，这次为她在病中留下的最后十几万字的出版恰是"三联"。 我与乃珊认识是在 1969 年 4 月 22 日，乃珊去世日是 2013 年 4 月 22 日。 这些巧合都说明乃珊是个能出故事的人。

乃珊病中所写及口述的字里行间，丝毫看不出这是她在病痛中的笔触，她在这期间依然像在平时一样乐观开朗向上，仿佛是一个完全健康的乃珊。 她对生活充满着热爱，对社会时时关注，仿佛经受的化疗痛苦是另外一个人的事。

因此，我们怀念乃珊不仅仅是她的文字，而是从她的文字中渗透给我们的她的毅力，她对生活和对人们的大爱。本书最后的怀念文章是乃珊的前辈、师长、挚友们所作，我们再次痛惜她的离去，却为她娇弱的外表下强大的内心而骄傲。

2015 年 6 月 9 日

目录

怀念乃珊

好
人
家

一

有时候姓名已不单单只是一个符号，而是犹如家族遗传基因一样，深深镌刻在我们血肉之躯上。

中国传统姓名中承载着太多的祖辈的期望，对家族的责任，个人的发奋图强……诸如种种沉重的因素，反正四个字"荣宗耀祖"；中国名字还讲究排行，这是一种最简捷最有效的档案归纳法，只要根据你的籍贯、姓氏和名字排行，无需现今的身份证、任何电脑信息和 DNA 等现代科技帮忙，就可准确无误地查核到是否有血缘关系。

我们程家祖籍浙江桐乡梧桐镇，追溯更早应是安徽休宁人，好像曾任过当地的盐公道，大约也算一个公务员吧，太平天国时移民至浙江桐乡。桐乡程家祠堂曾有家谱详细记录，可惜历经风云这本家谱早已不知去向。对于程家的姓名排行辈分:"汝、树、传、家、宝",却是雷打不动地传流下来。中国传统五代为一服,以此计算,我的曾祖父字政权公,就是"汝"字辈,祖父字树涌,为"树"字辈,名"慕灏",我父亲叔伯都为"传"字辈,哥哥自然就是"家"字辈。

哥哥1944年农历正月初九出生于上海宏恩医院(今华东医院),由著名妇产科专家王淑贞接生。说起王淑贞,上了年纪的都知道,中国两大著名妇产科专家"南王(王淑贞)北林(林巧稚)"。哥哥出生的那天说是玉皇大帝的生日,都说是个良辰吉日,此时正是抗战最艰难的岁月,上海已全面沦陷,祖父奉中国银行总裁宋汉章之命,留守上海中国银行,与敌伪周旋斗争心力交瘁,作为长房长孙我哥哥的出世,多少令祖父添几分喜气。父亲在德资拜耳药厂做工程师,收入颇丰,当时我们的老宅就在福煦路(今延安中路)931号,那是一栋仿岩石贴面的三层德国式小洋房,解放后为政府某机关,直到90年代造延安路高架时才拆除。不管当时形势多艰难,在外人眼中,哥哥的出世都被视为含着银匙出生的。

得了孙子,首先当然要取名,哥哥是"家"字辈,祖父为其取了个"濂"。身为银行家的祖父,希望自己的大孙子一生清廉守法,规规矩矩做人。当时父母这代的教会大学毕业生很流行以英文名字为小孩取小名,哥哥的大名已有了程家濂,英文名呢? 父亲从来是那个留着小胡子,又着一双八字腿的查理·卓别林的粉丝,家濂——查理,谐音相近,父亲眼睛一亮,"就叫查理吧"。

作为长房长孙,哥哥的出世着时轰动了一时,祖父人脉广，朋友多，各方贺客贺礼不断。按旧俗，收了礼要请众宾客吃满月酒，1944 年正是抗战最惨烈之时，作为中行留守上海的高层，向来行事谨慎周到的祖父考虑到国难当头，为了个人得孙如此大摆满月酒，影响不好。但是收了人家的贺礼，总得还对方一个情，正好此时中国银行在福煦路 955 弄内要修一个网球场供中行员工休闲娱乐，祖父将收到的礼金全部捐出，资助这个网球场，满月酒就不办了。

四十几年以后，托邓小平改革之福，这个旧上海银行家的洋名叫查理的孙子，出任北方某市副市长，这个城市是著名的煤都。煤一直被誉为黑金子，多少人在黑金子的诱惑前犯事落马。哥哥恰恰是管工业的副市长，80 年代，也正是无数港商开始到内地来掘金的时候，不少人托关系走人情来找哥哥，但查理恪守住祖父当年对他的期望——清廉。人说，"常在河边走，哪能不湿鞋"，偏偏哥哥就是清清白白，两袖清风。

二

1946 年，我来了。说起我的出生，十分险乎。妈妈是铁了心，早在建国前就坚决执行独生子女政策。在我和哥哥之间，我应该还有一个哥哥或姐姐，但妈妈坚决把"它"拿掉了。可没过多久，我又不识相地来了。妈妈同样也要把我拿走，主持医生还是王淑贞，合该老天爷要让我在人世间走一遭，约定做手术那一天，妈妈莫名其妙地发烧了。那时做人流手术，可是件人命关天的大事。王淑贞立时决定停止手术，要等热度退尽了才可做。岂知，妈妈的热度就是不退尽，大约过了三个礼拜才好，但这时，王淑贞觉得胎儿已过了最佳做人流时期，

5

她反过来劝妈妈"再生一个给儿子找个伴也不错,说不定是个女儿呢"。如是,我才有机会来到这个人世。"文革"中,听到王淑贞备受摧残,我心里一直很难过。我曾有个傻傻的念头,向她当面鞠个躬"谢谢你当时没有将我刮掉"。

爸妈就我和哥哥这一对儿女,我们程家的家风就是重女轻男,在福煦路931号四代同堂的日子里,哥哥从小就被教育成处处维护我、爱护我。现在想起来,大约从一出生开始,他就无形中受到"男儿当自强"的祖训熏陶。虽为长房长孙,但家里对他不宠不娇。

我和哥哥这一对兄妹,似从一出生开始就已显示出截然的不同。首先是长相上,哥哥集爸爸的线条清晰分明的轮廓和妈妈的明亮水灵的双眼,而我是一只扁平没有起伏的大饼面孔、塌鼻梁和一双"天不亮"的眼睛,与俊朗、俏丽的父母一点都不像,以致亲友们都一口咬定我是在医院里给搞错了,他们甚至不无惋惜地说"两兄妹的面孔要是调一下,那该多好"。言下之意,我长得不够漂亮。直到我们都长大成人了,亲友们还老拿我们兄妹的长相开玩笑:"要在以前,你这个漂亮的哥哥可要让人上当了!"以前媒人上门说媒,女孩子家是养在深闺的,不能随便走出来给人家看,那时又没有照片,男方如果要想知道女方的模样长相,怎么办呢?很简单,只需请女方的兄弟出来应酬一下,如若眉清目秀,举止斯文得体,那他的姐妹一定也差不离。说到这里,他们就会对着我哈哈大笑:"如果遇上你的哥哥,娶回来的妹妹,却和哥哥一点也不像,那人家不是要上大当了吗?"其实,对福煦路931号的那段时光,我根本已没记忆了。现在所得到的记忆,完全是从父母和七大姑八大姨的老话中剪辑出来的，所以我从小就喜欢听老话，那是堪属可贵的我们的生命的补白。

我家姑姑多，自然来串门的小伙子也多。四五岁时的哥哥，已很会观察哪位小伙子来是找哪位姑妈的，他已十分清楚，很起劲地去通风报信，一点也不会搞错。很快，叔叔们发现了这个机灵的"小交通"大可帮忙，来我家必先找这个"小交通"，用糖果饼干塞满他的口袋，让他把相关的姑姑叫下来，如是不必惊动太大，就可与心仪之人约会了。

老家有两条宠物狗，一条是牧羊狗 Bobby，一条是狮子狗 Lily，我和哥哥从小就与这两条狗混在一起，这也奠定了我们爱狗的遗传基因。后来允许养宠物了，早在 80 年代，宠物热还没兴起时，我和哥哥已不约而同地养起了宠物狗，而且名字都叫 Bobby 和 Lily。

而今我与哥哥都已向古稀之年逼近，我们真正在一起朝夕相处的日子其实只有 19 年。自从哥哥 19 岁那年市西中学毕业考上北京大学，我们兄妹俩就很少长期相聚。

说过了，我们程家的门风是重女轻男。从祖父开始，就对几个姑妈千宠百娇还嫌不够，但对仅有的两个儿子，父亲和我叔叔，却是不苟言笑，要求严厉。长大一点了才明白，祖父自小单枪匹马从底层打拼出来，深知人生的艰辛和险恶，也目睹了太多的败家子将祖业家业付之东流的真实个案，他实在害怕自己两个儿子生活过得太安逸了而丧失了自强自立的男人气概。好像我爸爸妈妈也受其影响，从小对我宠爱有加，将我打扮得花蝴蝶一样，对哥哥却时时提点他要爱护妹妹、谦让妹妹，因为他是哥哥。哥哥从小就是一个礼貌、用功的好孩子典范,也是我们家中出名的乖孩子。直到读初中时,我还记得他到楼下信箱拿份报纸都要穿好鞋袜而不肯拖着拖鞋下楼。他虽然只比我大两岁,但我从小就觉得哥哥比我大好多,是我可以依靠的。犹记得小时候穿马路,他也不过只是个小学生,却已懂得紧紧抓住我的手。他教我下走兽棋、下陆军棋,还有打扑克"克那斯打",不记得英文怎么拼了,但知道英语名称叫塔牌。童年时我一直是哥哥的小尾巴,跟着他玩集邮、去小书摊租小人书(为此没少挨爸妈的骂,因为爸妈嫌小人书不干净,但挨骂的总是哥哥,不是我)。记得那时放学后回家,哥哥就会带着我先洗手,然后在一只我们熟悉的小糖果盒里,摸出爸爸妈妈预先为我们准备的几块饼干和几粒糖果,那是我们的点心。作为哥哥,他从来与我公平分享,不会仗势欺人。现在回忆起来,真叫岁月神偷,那欢快无忧的童年时光散落在哪里了?

记得 1962 年夏天,全家上北火车站送哥哥去北京大学报到,在月台上,我再也止不住嚎啕大哭,可能我已预感到 19 年朝夕相处的亲密时光从此不再。车窗里的哥哥满脸憋得通红,想必他也想哭,但从小的教育令他觉得他不能哭,做一个男子汉,什么都得忍。哥哥这一表情,从此永远定格在我的记忆中。其实从哥哥北上这一刻起,命运已注定哥哥将离我们这个家越来越远,这不是物理空间的远,而是化学概念上的"远",那种远是一种物质转化成另一种完全不同物质的无法逆转、无法复原的"远"。不过,世界纵然千变万化,总也有永恒不变的,比如哥哥如今已两鬓斑白了,但我还是一直叫他的小名"查理",还有我们兄妹俩那份诚挚的爱。妈妈一直责怪那时祖父给他取名取坏了——程家濂，"家濂"在上海话中与"家离"发音很像。

三

我们这一代都有过在日记本首页写上奥斯特洛夫斯基"人最宝贵的是生命，生命属于人只有一次……"的名言，从小懒散、娇生惯养的我也不例外，但哥哥整个青少年时期，是真的把这段话作为他的座右铭，用一种类似苦行僧的精神真心要将自己打炼成一块社会、国家需要的优良钢铁。或许我和哥哥的命运之路早在哥哥北上之前我们中学时代就已埋下种子，到底是两兄妹，我与哥有很多习性很近，比如都很静，喜欢阅读。我们的婶婶是少儿出版社的英语翻译，社里常有打三折四折的少儿读物，优先给内部职工供应，因此我和哥哥从小就在《格林童话》《安徒生童话》中泡大，再后来是前苏联儿童读物《铁木耳和他的伙伴》，然后是《古丽雅的道路》《卓娅和舒拉的故事》……直到《钢铁是怎样炼成的》，好像分歧就来了。这本书是我们这代人必读之书，我们都有过在日记本的扉页上写下那段奥斯特洛夫斯基的名言："人最宝贵的是生命，生命属于人只有一次……"但我不太喜欢这本书，我也不喜欢保尔，觉得他就像一片干面包。我更喜欢读《简·爱》。不过，我太喜欢《钢铁是怎样炼成的》里面的冬妮娅了。因为冬妮娅我也喜欢保尔，特别青年保尔在监狱里时，一位同监的女难友，明知自己逃不了狱警的强暴，而主动愿以处女之身献给保尔时，为了冬妮娅，保尔拒绝了。当时我只有十三四岁，对爱情、对性还是朦朦胧胧，但那段情节令我热泪满眶。整本

《钢铁是怎样炼成的》就这一段感动我,而不是那段最有名的"人最宝贵的是生命,生命属于人只有一次……"。我至今不知道哥哥是怎么读《钢铁是怎样炼成的》,我们从来也没就这本书进行过任何交流,但我下意识感到哥哥十分喜爱这本书,看得出书已翻阅得很旧了,但边边角角十分整齐,到处可见用钢笔划出的条条杠杠,还小心地包着封皮……

我觉得自从哥哥过了变声期以后,开始变得越来越革命,不过当时的用词是"进步",而且越来越激进。

那时妈妈还年轻,打扮时髦。我从来是妈妈的小尾巴,但哥哥已开始回避与妈妈一起上街,一方面可能因为是男孩子,更主要是因为他怕跟着这样一个时髦的妈妈上街,遇上同学会很尴尬,因为那个时代"时髦"就是资产阶级的表现。但有时妈妈必须要他跟着一起上街,比如做衣服、买鞋子,他就会跟妈妈讲条件"你不许穿尖头皮鞋"或者"你不要抹唇膏",而且讲明几点钟在哪个铺面,他在那等着妈妈。三年自然灾害时,为了去餐馆吃一顿饭,全家必须要早上一早去等开门抢桌子,以致我常常要把功课带到餐馆的餐桌上去做。哥哥对此十分不屑,觉得国家困难时期,我们应当与国家共进退,而不应当有这样的行为。他从来不参与我们这种"小市民"行为,倒是父母经常于心不忍,用饭盒给他带点吃的回去。我们这样的家庭,父母长辈都是知识分子,凡事当然都有自己的分析能力,对当时社会种种现象难免会在家里发发牢骚,如若给哥哥听见了,他一定会据理力争,极力为新生事物辩解。爸爸是个音乐发烧友,收藏的老唱片不计其数,多是英语老歌和西洋古典音乐,如 *As time goes by*、*One day when we were young*、

Home, sweet home 等,可以说我和哥哥在襁褓时期,已对这些老歌耳熟能详,那已成为我们童年的一部分。记得很小的时候,我和哥哥就会缠着爸爸"放老平的歌"。"老平"就是平·克劳斯贝,好莱坞著名歌星,他演唱的最著名的歌曲是《白色的圣诞节》。在老上海,每逢圣诞节,街头巷尾都可以听到他这首歌。爸妈都是平·克劳斯贝的粉丝,直到解放后,还经常会拉上窗帘,在落地收音机的四个脚下,垫上厚厚的橡皮垫子,播放平·克劳斯贝的唱片,只是不敢提他的名字,怕我们小孩子不懂事传出去,就叫他"老平"。我们也就跟着叫"老平"。60 年代,"社会主义教育"("社教")运动开始了,不记得哪天哥哥说了"这种老的美国电影音乐,不要放了,给邻居听到,影响不好"。爸爸妈妈立时同意了。从此,家里难得放这些老唱片了。即使放,也是背着哥哥,以致后来父母亲讲话都要有意识地避着哥哥,有意无意中与哥哥有点疏离了。这种疏离,在当时称为"划清界线",对亲情伤害极深。现在想起来,那是"极左"思潮对青少年很重的伤害。当时流行一种说法"家庭出身是不能选择的,但道路是可以自己选择的",选择的首条就是与家庭划清界线——事实上就是疏离亲情。现在想起来,这种教育是有悖人性的,整整几代人深受其害,危害甚深。

对这位儿子,用自惭形秽来形容父母的心态,一点不过分。哥哥成绩优秀,是年级里数一数二的,这是当时好孩子标准里最重要的一条。一个孩子无论怎么优秀,如果功课不出类拔萃,似乎就不能称得上好孩子。哥哥在这一点上是十分过得硬的。说起他的好成绩,也与他着力培养自己钢铁般的意志有关，每天天蒙蒙亮，我就听见哥哥在阳台上大声朗读英文。早在高中时代，他已经订阅英文《北京周报》。晚上我早早就躺进被窝里看小说，哥哥还在书桌前温习功课。他先后出任校学生会主席、团支部书记，社会工作繁多，但这丝毫不影响他的学习成绩。我家父母和一应亲友都是旧社会过来的知识分子，面对哥哥这样一位一身正气、成绩优秀、富有上进心的共青团员小辈，虽是长辈，却仍有几分敬畏，这是"后生可畏"的"畏"。记得有一次，我和爸妈一起去看一部苏联电影，名字好像叫《罪与罚》，情节已不大记得了，主角是一位革命党人，有一个镜头是这位革命党人难得回家一次，父母又惊又喜，还有点敬畏，母亲给他端上一锅热乎乎的汤，然后躲在一边默默地看着儿子喝。这时母亲悄悄对父亲说："不知儿子觉得这个汤的咸淡如何，你去问问他。"父亲却推搡着说："不，还是你去问问他。"那种对儿子的怜爱加敬畏的感情让我的爸爸妈妈感触不已，只觉得黑黢黢的影院里，父母亲相视一笑。

哥哥是真心要将自己锤炼成一块钢铁，我不敢说，在无情冷酷的淬化过程中，是否也因此流失了许多可贵的天然秉性？有一件小事，不知哥哥还记得吗？那是"文革"前他回上海过暑假时，那时他已不要我们去北火车站接他了。这次他一回家门，行李都不及放下，就面有难色但很坚决地对爸说，他一个北大同学因火车票根找不到了，被困在闸内，必须补了票才能出来。哥哥要求爸先给他一点钱补票把同学先赎出来。那时一张京沪火车票，哪怕学生票也要十来元钱，不是一笔小钱。爸迟疑了一下——他为什么不直接打个传呼电话通知一下他自己家人？哥哥没有马上回答，然后轻轻说了一句"他家

远去的声音

里很困难。他不敢跟家里讲……"。爸不等哥哥讲完,就开了抽斗给了哥哥20块钱。哥哥如释重担拿上转身去北火车站。这时爸妈无奈地苦笑一下,妈轻轻说一句:"嗻,像煞你的爷(沪语:父亲)!"他们是明知这张火车票钱是拿不回来的。但还是满足了儿子的要求。

从那一刻我明白了,这就是我的父母亲对我哥哥的爱!他们对我是宠,对哥哥就是这样一片充满自豪又敬畏又怜惜的爱。我不知道那个同学有无将车票钱还回来。但是,那年过寒假,哥哥借口功课忙,没有回上海。

我这个不求上进的妹妹,一度也让我哥哥操透了心。我的成绩除英文和作文外,其他都平平且不说,政治上的不求上进更让这个身为团支部书记的哥哥头痛。我喜欢看《长城画报》(当时的香港电影画报),读18世纪的外国小说,听靡靡之音(其实就是古典名曲),喜欢打扮,从来不写入团报告……说实在的,不是我不求上进,我实在觉得,如果要做一个像哥哥那样的有上进心的学生,实在太苦了,要放弃那么多好的东西:美食、好书、好音乐、漂亮的衣服……我做不到。我真佩服我的哥哥,他能有那样的意志,完全将自己改变过来,变成一个我敬畏的但是却越来越陌生的哥哥。记得高中时,他用自己的零花钱买了本书《军队的女儿》送给我,在扉页上写着要我向小海英学习的话,很遗憾我辜负了哥哥,这本书我连书皮都没摸一下,因为我不喜欢这样的书。不过,在高二那年,我们中学一次《我与祖国》的征文比赛中,我与高我两级的一位同学余秋雨同获该次征文的二等奖(没有设一等奖),奖品是一本《红岩》。

说来好笑,连我的女同学们都十分惧怕哥哥。她们来我家以前必在门口轻声地问:"你哥哥在吗?"如果哥哥在,她们一般都不敢进来玩,反过来,如果我的爸爸妈妈在,她们倒是敢来的。因为人以类聚,我的那帮女同学都是与我一样的"资产阶级思想"十分浓厚,私下要传阅《长城画报》和亲友带进来的外国时装画报,讲讲香港电影明星,如果我哥哥在,她们就觉得很拘束。不过后来我又知道,因为哥哥长得十分俊俏,功课又好,又在重点中学,其实有几个女同学,对哥哥有种朦朦胧胧的说不清道不明的好感。俱往矣,那青涩纯真的学生时代!

那就是19年间我心目中的哥哥:长年一身蓝布学生装,一条黄卡其裤,一双篮球鞋,每天早出晚归,行色匆匆。

1962年,哥哥以全五分(当时成绩是五分制)的优秀成绩市西中学毕业,按理说,他的高考应该是毫无问题的,但是众所周知在那样的年代,高考成绩是从来不公布的,再摊上我们这样的家庭,真的实在没有把握。说起专业选择,我们程家不知什么时候起就有一条不成文的规定,虽然祖父是个银行家,但是我的父辈叔伯没有一个愿意继承他的事业,连我的祖父也不赞成子承父业,而是纷纷继承我的伯祖——曾被称为"中国微生物学家第一人"程慕颐公的衣钵(关于他的故事会有另文撰写),清一色都学的或医或药或化学专业,女孩子则是清一色的学外语或艺术类(钢琴、绘画和翻译写作)。哥哥作为长房长孙,是早就铁定了走这一条路——生物化学之类。当时北大化学系由著名专家周培源教授坐镇,哥哥坚定以北大化学系(六年制)做高考第一志愿。父母怎么舍得把儿子放那么远,曾小心翼翼地提醒哥哥,复旦化学系也不错,但哥哥求学心坚,退而一想,男孩子应该志在四方,以学业事业为重,上几代的人,哪个不是这样走过来的?

哥哥不负众望,一张北大录取通知书寄到我家时,哥哥犹如中了状元,亲友成批成批来祝贺。远在香港的祖父母欣喜若狂。那时正值三年自然灾害,哥哥赴北大的所有行装和四季衣着,全部是祖父母从香港寄来的,在北大新生中引起一阵大大的轰动,害得哥哥烦恼不已。后来好多衣服他都没机会穿,因为那时的大学生实在太穷,他不能表现太突出。北大之大,却也放不下一张平静的书桌。课堂也没坐热,这批大学生就被拉去四川大凉山搞"四清"。哥哥从大凉山写了封长长的信给我,还寄了张照片,是他和一群穿得破破烂烂光着脚的凉山孩子合影。哥哥特地在信中和我说:"乃珊,这些小孩子长这么大,还没穿过一双鞋,所以我们应该努力,将来让他们都能穿上鞋……"现在想起来,大凉山的孩子们应该都能穿上鞋了吧。哥哥就是这样,从小就有忧国忧民的情怀。但事实证明,这份情怀对一个大学生来说,太沉重了。"文革"前的北大四年,哥哥没让爸妈少操过一天心,特别那阵正值自然灾害,初时妈妈还隔三岔五地寄点邮包给哥哥,后来哥哥说,他们一个宿舍有八个人,每次哥哥来邮包,全宿舍的人都虎视眈眈,最终邮包都共了产,根本不可能一个人躲在帐子里独享。最后哥哥劝妈妈不要再做此无用之功。

当时大学校纪非常严格,绝对禁止大学生谈恋爱,但青春的火花是捏不灭的。哥哥一次从上海回京,在站台上,他用手肘轻轻碰了碰我,用嘴努一努另一簇送行的家人:"她是我们同系的。"他报了一个女孩子的名字,我瞄过去一看,那是个十分俊俏的标准的上海姑娘,她穿着一件干干净净的风雪大衣,一条火红的围巾随意一围,皮肤黑黑的,一对大眼睛扑棱扑棱,脸上一对酒窝时闪时现,正应着上海人说的"黑里俏",那时的女孩子的漂亮完全是自然美。送行的女孩子的家人,看上去好像是她姐姐姐夫,也是一派斯斯文文的书卷气。这是我见过这个女孩的唯一一次,但这一瞬间,永远定格在我的记忆中。火车开走了,我们这才与女孩的家属随意交谈了几句,1962 年北大化学系一共在上海录取了六名学生,哥哥和这个女孩就是其中的两名。我们常说的缘分,是很玄妙的,我们两家人虽然只是在月台上简单地交谈了几句,但都觉得意犹未尽,未尽在哪里? 回家的路上,父母亲一再谈论着女孩和她的家人,我的母亲真伟大,她有着惊人的观察能力,就那一瞬间,她已从女孩子敞开的风雪大衣的隔里看到露出的白狐嵌(一种名贵皮草)里子,因而肯定,女孩子也属出身不过硬的。但她也能考上北大,可见也是和哥哥一样十分努力,十分要求上进的。所谓风雪大衣,类似今天的羽绒大衣,但风雪大衣要笨重多了,作为没有收入的学生,也只有家中环境好的才置得起。解放后,一应皮草都被视为资产阶级生活的代表,根本不能穿出街。于是聪明的上海人纷纷将它们作为风雪大衣的衬里,又御寒又不招摇。

从此,爸妈一直在赞叹着女孩,那种气质,那种教养,言下之意,很希望她能与哥哥……不过,当着哥哥的面,他们从没提过一个字,因为当时是坚决抵制大学生谈恋爱的,有好多话不能点明! 只是后来的事实是,这个女孩嫁给哥哥北大的好朋友,一个北方人。我总是在想,那是因为哥哥不主动出击,在这方面太矜持。我相信以女孩子的真心和她家里人的愿望,我哥哥肯定是首选。关于这个问题,我也从来没有正面问过哥哥。说起这个女孩子的家庭,也是一个传奇。她父亲是当年上海滩赫赫有名的大律师,她家一门亲戚就住在我们家隔壁弄堂……对一门擦肩而过的姻缘(我也不知道能不能说是姻缘),父母是十分惋惜的,我不知道哥哥是怎么想的,至今我也不敢问他。或许,这就叫人生。

作为长房长孙,祖父很以此为荣,作为全国政协委员,祖父每年都要去北京开会,祖孙俩一年也只有这一次短暂的团聚。这时祖父总会很自豪地把哥哥介绍给他的朋友。那时我们全家都认定,哥哥前途无量,而这是他完全靠自己苦苦追求来的。

"文革"开始了,北京大学武斗猖獗,一片混乱,哥哥扔下全部行李从北京逃回上海,北大已不复是他当年梦想的那个校园,他很彷徨,很失落。记得"文革"刚开始,家里抄家了,他还写信开导爸爸妈妈"摔破几个坛坛罐罐没关系"。或者直到他从北大狼狈逃回上海时,他才开始思考,他所孜孜不懈的、对此无限忠诚的革命,与现实中差异如此巨大。那次我问过他:"你小时候怎么那么能忍得住,那么革命?"他回答:"你们女孩子怎么样都可以,但我是男孩子,我必须要争取我的前途。"

从抢出来的档案中,有人告知哥哥,他原定的培养方向是留校。我们都认为,做一个学者才是哥哥最好的出路。但是,哥哥被发配到塞外一片不毛之地,在那里度过了他最美好的青春年华。关于哥哥这一段经历,我和爸爸妈妈对此一无所知,因为他的世界与他原来所属的与我和爸爸妈妈的同一个世界相差实在太远了,所以他从来不说。有时妈妈想试图了解一下,他只是对妈妈苦笑:"你不会懂的。"

"四人帮"粉碎了,"春江水暖鸭先知",上海不愧为上海,70年代后期,最早的出国热已经开始兴起。那时出国的人少,光凭个语言学校的入学通知就可以拿到签证。父母意识到出国是"拯救"哥哥的唯一途径。远在西雅图的舅舅给哥哥办好了一应入学手续,此时哥哥正任当地一个化肥厂厂长,据他说,他们生产的化肥是列不出化学方程式的,且这也不是他的专业,但不知出于何种原因,哥哥坚决不肯走出国这条路。他明确地对妈妈说:"你们不要管我了,全心将我儿子培养好吧。"(我的侄子一直在上海与我父母一起生活。令我们全家欣慰的是,作为程家的第四代,侄子继承了他曾祖父的金融专业,苦读到康奈尔大学的硕士学位,现在是某世界500强企业亚太区财务总监,这是另一个故事了。)或许,他还是想抓住青春的尾巴,再做一番事业。80年代,他被批准入党,又从厂长提到局长到副市长。在上海街头,他已很明显地带着几分外省人的粗犷和不拘小节,但不改的是那口标准老上海话和那个洋气的"查理"外国名,还是那个从冰箱里取一个水果都要问过爸爸妈妈的乖儿子。

退休之际,哥哥曾考虑过是否要叶落归根,回到少小离家的上海,但哥哥很快就否定了。他的理论是:一个人的社会关系在哪里,他就必须生活在那里。确实,自从19岁那年哥哥离开上海北上后,他在这里再也没有朋友、同事种种社会关系,唯有爸爸妈妈和我这样一个妹妹。当春回大地之时,我才发现其实哥哥什么都没有变,还是那个从小就小心翼翼牵着我的手过马路的哥哥:市面上流行卡式录音带时,他要我在上海帮他翻录平·克劳斯贝的《白色圣诞节》《绿袖子》《夏日的最后一朵玫瑰》《蓝色多瑙河》等我们从小听到大的名曲,知道我在写老上海的故事,他要求我把家族的老照片复印了一大套给他,还常常与我一起回忆我们小时候在福煦路、在香港、在他去上北大以前的往事……这一度令我十分惊讶,我本来以为哥哥已经把这些从记忆中全部抹掉了,原来并没有。他只是把这一层温暖的记忆用又冷又硬的冻土硬生生地掩埋了。但每逢夜深人静之时,这冻土下的那点温暖,会不会悄悄地啃咬他那点还没有被生活磨成硬茧的心灵和那还没被炼成钢铁的血肉之躯? 不过即使至今,我依然不敢问哥哥任何有关在火车月台上碰到的那个黑里俏女孩子的事。

　　这就是我的哥哥。我不敢说他是否已炼成了一块优质钢铁,但我很欣慰,他依然是那样,永远维护我、爱护我、疼惜我的哥哥。

2012 年 11 月 1 日

一

"喏",房管所一位十分斯文的女职员,虽然已不穿旗袍也不化妆了,但那种委婉客气的态度让人感到很亲切。她说着用钥匙一转,笨重的黑色橡木大门被推开,空荡荡的单元内,玻璃窗擦得锃亮,细条柳桉木地板蜡打得光可鉴人,只是内里空无一物,让人看着很不舒服。不知为什么,我向来怕看空房子,确切地讲,那种看不到一丝生命活动痕迹的,没有一点人气的空房子。

妈妈和爸爸跟着那位女职员踱进去。

"地板倒仍旧蛮好,细条柳桉的。这水汀还装着做啥,根本长远没有暖气供应了……"对任何事都十分挑剔的妈妈一开口就是不满意。

"这就叫派头嘛。"爸爸似乎对单元里嵌在窗台下的几只水汀很中意。"到底是花园公寓,很英国。"爸爸说。

"如果像他们49室的房型,装几只水汀是蛮有派头的。他们有150平方呢。阿拉个搭连100平方都没有,还要让几只水汀占去地方……我们又是一个儿子一个女儿,将来大起来,两兄妹再睡一间房总归不方便,还是再等等吧……"妈妈说的49室,是同住花园公寓的我们叔叔的家。

"喏,程同志潘同志,"女职员很知心地说,"将来事体将来再讲了。老实告诉你们,现在公私合营了,花园公寓的空房子都由政府统一分配,搬进来的都是老干部,因为你们老太爷是花园公寓的股东老板,所以才给你们特殊照顾。我们房管所现在手里就只有这套空房子……原先住的是一个英国人,在亚细亚石油公司做的,1952年回英国了。"她再向我们对门42室努努嘴:"他们邓医生一家就搬到这套房子来了,房子也没有住热,对面42室房子又空出来了,这套房子倒是有150个平方。阿晓得原先的房客是啥人啊?"她神秘兮兮地说:"就是西伯利亚皮货店的老板!""哦,那个白俄老头呀。"妈去香港前也是老在这条著名的时尚大街南京西路(那时称静安寺路)shopping 的,对这里的每间铺子及其伙计都十分熟悉。

"听讲这白俄老头后来老潦倒——解放了,啥人再会穿皮草?他房租都欠了好几个月,先是卖家具,他的家具考究得来……他搬走了,对面42室的房子就空出来了,邓医生一家想再搬到42室,也有一番麻烦呢。讲一个老干部也看中了这套房子。不过,邓医生是红十字会医院(今华山医院)的院长,上海滩的名医,也就照顾一下了。他们搬过去了,这套房子才空出来……有好多人看中呢,现在解放了,住大房子太招摇,而且地价税又这样贵,再加上许多人家要紧缩开支,这种小悠悠的公寓最热门了……我们房管所这个房子也捏得很牢的。这次肯松手完全是看你们老太爷的面子。"

这位邓医生,就是老协和出身的曾任华山医院院长的海上名医邓青山,我的处女作《妈妈教唱的歌》就是取材自邓青山的外孙女在"文革"中的遭遇。至于那位西伯利亚皮货店的白俄老板,他的店铺门面就开在现今中信泰富广场,与"第一西伯利亚皮货店"无关。

妈妈还在犹豫不决,爸爸却似乎已经拿定主意了,这是他极少地违抗妈妈意愿:"将来的事体将来再说了,现在两个孩子还这么小,到他们长大了再换房子嘛。"

那位女职员关上门,闷闷的一声。

"花园公寓的房子就是好。看看,这大门多结实!的的刮刮橡木料!"看来,爸已对这套房子默认了。他指指门上擦得锃锃亮的铜牌"43",对哥哥和我说:"记住啦,屋里的门牌:南京西路花园公寓 X 号 43 室。"

这时我念五年级,刚从香港回来不久,还住在新闸路1048 号,过着四世同堂的生活。但妈妈是很会"作"的,哪过得惯这种吃饭坐下来要开两大桌,不回来吃晚饭还要事先请假的大家庭生活? 一直就吵着要搬出去过小家庭生活。

听说,早在结婚前妈就不想住福煦路 931 号(今延安中路931 号)过大家庭生活,但逼于传统——爸是大儿子,怎可以婚后住出去开这样的先例?

1949 年全家南下香港,妈的这个心结倒解决了。自由了那么多年,再叫妈重过大家庭生活,她自然不开心,而花园公寓一直是妈妈最合心思的居所。好容易盼到有这么个机会,所以妈也就不坚持了。

就这样,我们搬进了花园公寓,虽然是祖父的物业,因为已经公私合营了,所以我们房租照付,租金为24.73元,这在当时属高价了。就这样,直到现在我的户口还挂在那里。

父母亲一直感谢那位女职员的劝解,如果当时真的再等一等的话,怕真的没机会住进花园公寓了。

花园公寓十分英国。许多初学英语者都不能理解英国人为何非要将二楼说成一楼(the First Floor),将三楼说成二楼(the Second Floor)……只要去花园公寓实地看一看你就明白了,那是因为英式房子即便一楼也要走好几级台阶,可能因为英伦空气比较潮湿的原因。连花园公寓孩子玩的游戏也是很英国的:比如"London Bridge is Falling Down"就是由两个孩子双手举起搭成拱形,其他的孩子从下面穿过,大家一起唱着"London Bridge is falling down, falling down, London Bridge is falling down . . . my fair lady . . . "(歌词大意:伦敦大桥要坍下来了,坍下来了,那被抓住的就是我的可人儿。)这首歌实际上带着非常浓烈的西方色彩,而且游戏规则原定是两个男孩和一群女孩子一起玩的,但当时我们也不懂歌词的意思,就这样玩得也很开心;还有一种叫"Stop"的游戏,其实是一种追逃的游戏,被追的一方眼看要被抓住,就可以抱住双肩大叫一声"Stop",追的一方就不能来抓你了,但你就此被囚在原地不能动,必须要等到你的盟友来解救你……现在看来这些游戏都带有很强烈的殖民色彩,这可能是因为这里原属于英租界,再加上花园公寓长期一直为英国侨民所居住的原因吧。不过后来发现整个上海的小朋友都在玩这样的游戏，只是"London bridge is falling down"变成它的中文谐音"麻林当"，"Stop"变成"水蜜桃"，但是游戏内容和规则完全是一样的，可见上海东西文化的交融，已经渗透到小孩子的游戏中了。

说来也巧了，就在我写到这段文字时（2012 年 11 月下旬），上海电台的新闻中播了一则家长投诉幼儿园的事例：说是女儿在幼儿园学了一首英文歌《伦敦大桥塌了》，从头到尾只有一句歌词"伦敦大桥塌了"（其实这位家长弄错了，应该有两句歌词），因而觉得幼儿园教了这么一首无聊的英文歌，水平太低了。这位年轻的家长不知道，这首歌就是 *London Bridge is Falling Down*，一首如《铃儿响叮当》一样的全球儿童的"国际歌"！至今不少西方的婚礼上，那些已步入成年队列的宾客，还会大唱着 *London Bridge is Falling Down* 助兴。当今家长都十分注重孩子的英文教育，但忽略了，学习一门外语不仅要学它的语法和单词，更重要的是它们背后的文化。我的英语水平不高，但我从小就喜欢英文，包括英文老歌儿歌和英语版童话如《小红帽》《睡美人》之类，其实初中时我们读的是俄语，我在妈妈辅导下自习英语已能阅读如《汤姆叔叔的小屋》和《小妇人》等英文原版，以至到高中我进入英语班时（当时上海中学约 30% 学英语，70% 学俄语），我的俄语成绩平平，但英语与我的作文一样，至少在全年级中属名列前茅。我想其中除了因为我的启蒙教育是在香港开始的，更因为我的少年成长期在花园公寓。虽说到了上世纪 50 年代中下期，尽管英伦余韵在这里已很单薄了，但街道和社区都是有生命的，印叠层层的生命轮回,几代的民生人情积淀在同一空间,便会发酵,滋生出一缕缕特定的对城市和生活的质感和体验,从而形成一种很个人的一辈子挥之不去的情愫。不过时代在变迁,我在花园公寓里受到熏陶的是老派的英式文化,文艺地说,已是帝国斜阳下的余晖,那时连披头士都没有问世呢。在我们搬进花园公寓时,四层楼的筒子楼还未加建,公寓楼之间的绿化带还未被砍掉造起全民炼钢的高炉,那时弄内尚有两户西侨。一户就住在我们家楼下,是一个单身的半老头子,还有一户住在七号楼 X 室,门口的白铜信箱擦得锃亮,镂刻着一行花妙的古典草体英文:爱德门爵士。他是英资惠罗公司在旧上海的第一掌门人,不明白他为啥一直不回国,直到 1968 年才携家回英国老家。但凡花园公寓的老住户,都知道他在这里已住了好几十年了!太平洋战事后,上海全面沦陷,他与太太及孩子被投入集中营,其间太太死在集中营。好得旧时他家的一个小保姆(从前上海人称小大姐)十分仗义,常带了香烟、罐头去探望他。抗战胜利了,他儿女回英国了,他重新回惠罗公司主持业务,那位小大姐仍回来帮佣,并与爱德门生活在一起。花园公寓的弄堂笃底,是两排二层楼的房子,底楼是汽车间,楼上是间隔成白鸽笼样的小房间,专供前面公寓住户的司机和保姆居住,大家习惯称之为后弄堂。说起来,这批专为外国人做家政的上海人,多为本地人,似是世袭的。这位小大姐娘家就住在后弄堂,她的父亲也是在弄堂里外国人家做的,即上海人称 Boy(西崽)的。不久,小大姐怀孕了,生了个混血女儿玛丽,为了怕玛丽孤单,后来又领养了个上海女孩玛琪。爱德门十分疼爱两个女儿,常见他拥着两个打扮得洋娃娃一样的女儿坐在三轮车上出出进进,但极少见他与孩子的妈妈挽臂同行。直到 1968 年他们合家离沪返英时,街坊间才传出:原来他们一直未办过登记,此次为携带她一起去英国才办了结婚登记。如同许多嫁给西方人的中国女人都特别和刻意地"中国"一样,这位小大姐也一样,一笼发髻周边插着一把月亮型玳瑁梳,一身窄袖紧身大襟短衫,令这个既不漂亮也没有啥文化的小保姆倒也别显几分风情。因为她是外国人家里的人,这样打扮不会有人非议,反而公寓里那些正宗的太太们,倒不敢像她这样张扬妖娆! 都讲这昔日小大姐十分有良心,跟了爱德门后还常常去后弄堂看看旧街坊和娘家人,好像也不大听见街坊对她有什么非议。她去英国后也回来过几次,但公寓住户老死不相往来的特点,令我们也不知道她何时来何时走。据说她十分能干,学开车学电脑反正很快赶上时代,并悉心照顾老爱德门。听说老爱德门回到祖家英国后,对这位早年就效忠大英帝国在远东奋发的公民,政府并无对他有什么特殊照顾,生活平平,反而缺乏一份他在上海时,人民政府对外侨的特别照顾和作为一名白种人在东方社会的天然优越感。爱德门的小女儿玛琪是我们的玩伴,90 年代她带着全家回花园公寓寻旧,可惜我不知道,错过了这个机会!

与住在我们楼下的那位外侨一样,他们每天都在手肘部挂着一顶卷叠得像手杖一样精巧的雨伞,戴着礼帽,外穿一件如今上海白领十分钟爱的米黄色面子内为经典格子里子的英国名牌的风衣(而今这只经典英国品牌已卖给日本了! 在历史的灯影里,再次映出这个老牌帝国的迟暮),每天有三轮车接送他们,遇见邻居,他们都会在三轮车上微微抬抬帽檐,微笑着点点头,很绅士,很英国。

楼下的那位在我们搬进去不久就回英国了,但爱德门一直住到1968年。爱德门要比他"上海"。听他太太说,回英国后,他孜孜不忘的是,上海的红烧嵌宝(肉)河鲫鱼。

说起来,直到60年代中期,花园公寓一带马路上,特别在近南京西路的陕西北路上,常会见到个别头戴蛋壳式小圆帽,身穿《北非谍影》中那种老式西裙的手拎硕大购物袋的外国老太太,擦着猩红的唇膏,在大冷天也在寒风中勇敢地裸露出一对瘦骨伶仃的双腿……在我小时候,她们应该还不算太老,她们与花园公寓那两个外国人一样,可为建国后外侨中的"前朝遗民"。与新中国的国际友人和外宾虽同为金发碧眼,却完全是两回事。这些外国人与香港的"西人"更是天壤之别。在社会主义的上海,她们是谦卑、淡然和低调的。她们大都住在南京西路陕西北路一带公寓。为什么要说"她们"? 可能因为男人寿命没有女人长,因此独见外国老太太。那时的"上海咖啡馆"和"凯司令"等,为上海少数的尚显几分洋派的场所,却已根本见不到这些外国老太太,唯在陕北菜场(旧称西摩路小菜场)附近,常见到她们淡漠的踽踽独行的身影,因为在陕北菜场二楼,有独设的外侨供应专柜,有新鲜小牛肉、奶酪、红菜头、莴苣等当时一般上海人听都未听闻的洋食品。哪怕在三年困难时期,人民政府仍如此善待这批"前朝洋遗民",可见上海博大的胸怀!

十分迷惑她们为啥不回老家? 是因为在故乡没有人盼着她们的回归,还是因为坚守着一份无望的诺言,才无奈地接受他乡为故乡的事实?

这些面对大江东去的现实,仍留在上海执着地恪守着残存的那可怜丁点的西方生活方式的"前朝洋遗民",犹如一堆已泛黄的黑白照片储存在我记忆中,是我所认识的十分感性的另一种"洋相"。

二

花园公寓,位于今南京西路近陕西路口,弄堂口正对着现今的中信泰富广场。与花园公寓隔一条陕西北路的西面、切着南京西路和陕西北路拐角处一栋咖啡色圆弧形的八层建筑,在当时上海已属高层,就是平安大楼,曾是这一带的著名地标,底层曾经是平安电影院。我青少年时代的课余时间大部分就消磨在这个电影院里。张爱玲的《色·戒》中,王佳芝就是在这里被戒严截住,就此走上不归之路。原先在南京西路和陕西北路的十字路口,有一个高高的警察岗亭,四面各嵌着一口大钟,老远就能望到,觉得异常亲切。特别在暮秋的黄昏,放学回家的路上,马路两侧已亮起了灯光,远远看到那口熟悉的大钟,就像亲人迎盼着我的目光,小小的我都会感到心里很温暖。后来这个岗亭连带那口大钟给拆了,我还很难过了一阵,但我从来没和人说过这种感受。大人总以为小孩什么都不懂,其实,小孩子的世界更敏感,更坦真。

花园公寓建造于1926年,是英资惠罗(WHITE WAY)公司的物业。惠罗公司是上海最老牌的英国百货公司,因为上海的城市发展是由东往西延伸的,当大马路(今南京东路)因先施公司、永安公司矗立而日渐繁华喧嚣,已发展为成熟的商业大街之时,南京路的西段静安寺路(今南京西路)仍是一派幽静雅然,是沪上豪宅大公馆集中之处,如哈同花园、颜料大王奚润如的公馆(今梅龙镇酒家)、华人第一地产大王人称程麻皮的公馆(原静安分局)、盛宣怀公馆(原址在南京西路成都路拐角处,解放后曾做过时代中学校址),都聚集在静安寺路。或者因为当时地皮还没有暴涨,因此这些公馆都拥有硕大的花园。惠罗公司也不失时机,选择沿南京西路陕西北路,围威海路一圈地皮,毗邻 1918 年建造的荣家大宅,造了花园公寓。取名花园公寓(Garden Apartment)名副其实。众所周知,英国人对园艺的投入是全世界出名的。花园公寓共有四排连体公寓,楼与楼的间隔都有一个阔落的绿化,此外还划出人行道和汽车道,这得拜谢当时的地价尚未暴升,才有这样奢华的空间设计。与花园公寓毗邻的一边是荣家大宅,另一边就是颜料大王奚润如的公馆,今天的安乐坊、重华新村(张爱玲在重华新村沿街的公寓里住过,而且就趴在窗口看着解放军入城的)那时还没建造,是奚家公馆花园的一部分。那时连静安别墅都还没造。后来随着城市往西发展,这里的地皮开始金贵起来了,奚家开始将花园缩小,把地皮卖给了发展商,才造起这些钢窗蜡地,有煤气卫生间设施的新式里弄房子。主楼一直保持到现在,就是大家所熟悉的梅龙镇酒家。到了30 年代,应该说上海跑马总会大楼的建立,及国际饭店和大光明的先后问世,加速了静安寺路的时尚化和现代化。特别30 年代随着大批欧洲移民的涌入,他们中不少是犹太人,由于他们根本已挤不进大马路了,就纷纷把目光瞄准这片豪宅和高尚住宅集中的静安寺路,导致这里的地价也水涨船高。针对这特殊的消费群,他们将欧洲的 Boutique(专卖店形式,即为精致的强调个性的注重个体服务的经营特色)概念带到这里,以区别百货公司的同款式大批量供应的模式。至此,大马路和静安寺路同为南京路,人称中华第一街,但东端的大马路和西首的静安寺路风格各异。或者可以说,东端的多点市井味,西端的成为公认的时尚方向盘。也有人笑称大马路为上海的男人街,因为那里洋行银行钱庄和各种写字楼林立,出入的自然都是先生们,因此那边的商号也大多是以这批上海先生作为主要客源,如王星记扇庄、朵云轩、鹤鸣鞋帽公司(这是专卖男装的鞋帽店)、著名的莲香茶楼、五芳斋等点心店都集中在那一带,连带那边的西餐厅如德大和MARS(今东海西餐馆)的装修格局都带有很浓重的行政味道,方便企业与客户的应酬。还有,置身在中央商场的吉美西餐店内里为清一色的原木白坯卡座,其实就是现今的快餐店形式,方便这里的写字间先生进餐。直到上世纪60年代初,吉美的草莓冰淇淋和香浓咖啡仍是其金字招牌。著名老作家任溶溶老师专门撰文介绍过这家西餐厅。而位于中华第一街西段的静安寺路(今南京西路)则名店林立,优皮味十足,时尚风浓烈,这里集中了全上海最有名的美发店如南京、白玫瑰、百乐……最著名的时装店如绿屋时装夫人沙龙、鸿翔、贯一、造寸……最著名的皮鞋店蓝棠、博步、保罗森、瑞士……这里还集中了远东最出名的游乐场所和娱乐场所如大光明电影院、仙乐斯舞厅、新仙林夜花园、百乐门舞厅……连带这里的西餐厅与东段的西餐厅的氛围完全不一样,其布置充满了温馨和浪漫,如沙利文(Hot Chocolate)、DDS(甜甜丝)、飞达(就开在平安大楼的裙房底层),他们的服务对象就是恋爱中的情侣,洋派的教会学校的男女大学生,所以这里也是全上海最时髦的女性集中之处,这里被冠以女人街也十分恰当。花园公寓置身其中,正合着地产界的那句名言:地段,地段,还是地段,占尽天时地利人和之优。不过在日本人进租界前,花园公寓清一色为英国侨民所居住,没有中国住户,这批远离家园的外国侨民在上海英租界过得如鱼得水。

好景不长,1941年珍珠港事件爆发,日本人进租界,花园公寓一夜之间变成炼狱,里面的侨民全部被赶到集中营去,日军占据了花园公寓,据说这里曾做过日军医院。直到抗战胜利,花园公寓又回到惠罗公司手里。经过战争的劫难,在集中营中死里逃生的惠罗职员,无心再在异国他乡逗留,惠罗的业务一时也恢复不起来,便决定将花园公寓公开出售以套现。这时,祖父和他几位银行家好友获得这个消息,以90万美金合资平摊将整条花园公寓弄堂购下。祖父是十分相信命理的,他每年都要去批命书。据说,他命中是不该置房产的,但作为银行家对经济的敏感度,花园公寓的地理位置,包括沿街那些旺铺,对他吸引力实在太大,令他竟然不顾命理,断然合股买下花园公寓。那是1946年。作为投资,几个股东老板再把花园公寓出租,从此才有中国住户入住,住户结构以当时的海归为多,大部分为医生、律师等专业人士,还有著名诗人王辛迪老师和中国首批芭蕾舞家胡蓉蓉,都是这里的元老住户;也有低调地过着寓公生活的前朝遗老,如赵四小姐的姐姐赵二小姐、屈臣氏(解放后并入正广和)的股东老板……祖父留了一套自用,主要用于招呼朋友,有如私人会所,那就是49室。后来我叔叔结婚,就给他住了。1956年花园公寓公私合营,经资产核算,国家每季度发祖父定息合人民币 8 000 元。按当时政策,国家会履约支付 15 年定息,但后来"文革"开始,也不了了之。在五六十年代,8 000 元或许是天价(当时国际饭店 30 元一桌的酒席已相当不错),但与当时的投入相比微乎其微,且只是个利息还不是本。祖父常常半开玩笑地说:"看来算命真的有道理,我命中真是不应该(有)房产。"为此,祖父再三告诫后代,千万不要置房产,有啥风吹草动搬也搬不走,藏也藏不掉。祖父的话在我们家里向来如圣旨一样,乃至影响到我,也迟迟没有购房,错过了购房的最好时机。不过话说回来,花园公寓也成了我们的庇护所。上海解放后,我们家一部分随祖父祖母南迁香港,还有一部分仍留在福煦路 931 号老宅内。后来,931 号为政府某机关所用,幸亏当时花园公寓还属私人物业,所以还有退路。因此,整个花园公寓,我们家叔叔、姑姑住了好几套,逢年过节一呼百应,十分热闹。而那每季度 8 000 元定息,祖父母真可谓是舐犊情深,除留一部分作为他们回沪及人情往来的开销外,均贴补给他们留沪的各房子女,令我们得以过比一般市民优越得多的生活。从这个角度讲,我们对花园公寓更怀一番别样的感情——就像一位照顾我们多年的老保姆一样! 不过世上任何事都犹如钱币的两面,"文革"开始,这笔定息也就成为一个说不清道不明的污点——与剥削家庭有无划清界限? 到抄家时一塌刮之给你连锅端! 祖父对此却十分看得开:他一再告诫我们对政府要感恩,如果我们是生活在沙俄时代,早被苏维埃政府流放或者处死,或者就像流落在上海的那些潦倒的白俄。

三

《美国大城市的死与生》作者简·雅各布斯讲过："当我们想到一个城市时，首先出现在脑海中的就是街道，街道有生气，城市也就有生气……"街道是城市的血脉。正所谓，世上并没有路，走的人多了，就有了路，街道是路加上建筑物再加上人，人们代代在这里生活，所以街道也是一座舞台，承载太多的人间传奇，象征着一段公共记忆，铭刻着城市和人文的进化史。

我对上海的街道其实不太熟悉，只除了家门口的这截南京西路及她周临的大街小巷，但对我认识上海的城市人文史，我想这条南京西路已教会我很多……

我热爱南京西路，说到底，是因这里蕴藏着自己亲临穿梭其中的岁月。

因为拐出弄堂就是车水马龙的南京西路，因此逛马路成了我们家（其实可以说大部分花园公寓住户）的指定休闲节目，说实在的，从陕西北路段到石门二路段是南京西路的精华所在，也是一段很怡人的 shopping 之路。我喜欢与爸爸妈妈一起去逛马路，更喜欢与外公外婆一起逛马路，我觉得与他们一起逛马路的乐趣不单只是看看橱窗的乐趣，而是听着他们边聊天边逛马路，令我每次都对这条熟悉的街道有深一层的了解。妈妈叫得出每一家店铺以前的外国名字，还认得出而今已是中年的售货员当年做小学徒的模样。

"这家店从前叫金发纽扣店……这家益昌从前叫波士顿，专卖女式手提包和手套，是个英籍犹太人开的。喏，现在站在店堂里的就是他们的私方,我当时看到他的时候还是一个小学徒,一身灰布长衫一副聪明相,做事情十分卖力,后来外国老板进集中营了,把这家店交给他,他也打理得像模像样,抗战胜利以后外国人把这家店半卖半送盘给他了,他就做起现成老板,公私合营后他倒霉了,戴上了资本家的帽子,不然就是个无产阶级……"

妈妈清楚记得当时外国人开的 Boutique 都是小小的一间,可能是因为房租太贵的关系,但都布置得十分典雅,坐镇店堂都是中年的既没身段也没容貌的洋太太,讲得一口洋里洋腔的上海话,让年轻的女顾客一进门就信心百倍。店里没有琳琅满目的陈列品,连橱窗也布置得十分简约,往往只有一件时装配一瓶鲜花,却有各种样式的成衣照片和衣料的样板,供客人选择,当场量身度体,你只需约定日子来试样到时来取货。如果是熟客,女老板还会请你喝下午茶。

著名的蓝棠皮鞋店就开在我们花园公寓的沿街,后门打开就是我们弄堂,我们这里几乎女住户的皮鞋都在这里定制,所以与他们的店员都十分熟悉,妈妈自然也是其中之一,常有事没事去店里望望,聊聊天,倚老卖老一番:"……我是看着蓝棠开张的,你们的老板,姓张的,不容易……"妈妈说,这老板从前也是南京西路上保罗森皮鞋店的学徒,1947 年出来自己做,最早只是在南京西路勒唐纳(LA. DONNA)洋行租只柜台做,后来生意做大了,1948 年就在南京西路平安电影院的裙房底层向一位白俄商人顶下一只门面,顶费就要十几根大条子。正式挂牌开张,取名蓝棠,就是 LA. DONNA 的谐音。店堂虽小只一间门面,却装修得十分富丽堂皇,光一条波斯羊毛地毯就要两根大条子……我很惊异妈妈怎么这样八卦,样样都知道,妈就说:"蓝棠开张时,报上新闻做得好大,陈云裳等大明星都来捧场,倒是到了公私合营后,蓝棠才搬到现在的店面,大了交关(沪语:许多)……"现在回忆起来那时妈妈只是闲话一番,却也是一段城市典故。几年前,一次很偶然的机会,我得以认识蓝棠的老板张履安先生。原来,他并不是我们一般概念上吃萝卜干的学徒,他是民立中学高中毕业的,父亲是上海著名的三大番菜店之一——理查饭店的总经理,家境不俗。"但在上海要生存,就必须要有一手好本事,正所谓'人无我有、人有我精、人精我绝'。"张老这样说。某种程度说,张老先生应该属当时的时尚设计师,他选择的服务对象是有相当文化水准和审美的高尚女性,所以他设计的鞋楦与众不同,特别纤秀,鞋跟很大方,因为上层女性不会像舞女那样穿细脚伶仃的高跟鞋。适当高度的鞋跟,再配上舒适的拱形,令蓝棠的鞋子穿起来既美观大方又十分舒适。众所周知,皮匠可是一门累活,虽然张履安是搞设计的,但他深知,不明白整个制作基本流程,就学不到好手艺,也无法设计出受顾客宠爱的样式。要学到好手艺,就要不怕苦、不怕累,从底层做起,所以这位家境不俗又受过相当西式教育的张老板才能在南京西路成就一个传奇。张履安先生已经90多岁了,还健在。说起蓝棠,他十分无奈:除了"蓝棠"两个字是一样的,其他都不一样了。最重要的是,而今的年轻人怕吃苦,不肯脚踏实地地学一点手艺。

去梅龙镇酒家吃饭大人们又常常会提到:"这就是颜料大王奚润如的老家,还没有发迹时的虞洽卿从乡下来上海投奔瑞康颜料行的老板奚润如,半路上下起暴雨,虞洽卿心疼母亲给做的一双新鞋,就把鞋脱下一左一右的夹在腋下,谁知因脚湿地滑,刚见到奚老板没来得及请安就仰天一跤,奚老板见状便拍手称好,'财神菩萨来了',原来隔夜奚老板做了梦,财神菩萨赤着一双脚,左右手各夹着一个金元宝进入他店堂仰天一跤,这个梦果然灵,虞洽卿真的成了奚老板的财神菩萨,把他的生意打理得红红火火。可惜奚老板的后代不争气,最后把偌大的一栋洋房抵押给虞洽卿。"恰巧的是奚家的第四代与我是同学和好友,令我就像看电视连续剧一样,清晰地看到一个家族的演变。

那次与外公一起,在南京西路铜仁路的上海咖啡馆出来,信步踱到常德路口一条叫春平坊的弄堂,我每次上下学天天都要走过,这是一条上海处处可见的比较好的石库门弄堂,装有厚厚的木质百叶窗,临街是很讲究的雕着很欧洲的图案的罗密欧与朱丽叶式的小阳台。外公无意中自言自语了一句:"哟,春平坊。"我就问了一句:"哪能?"外公说:"这几日无线电播得老闹猛的评弹《黄慧如和陆根荣》的故事,就发生在春平坊。富家小姐和家里的包车夫私奔了。"原来这是真的事呀!这个新闻后来被改成文明戏在上海大大地热闹了一番。我不解地问了外公一句:"这个包车夫一定非常优秀,否则为啥这个千金小姐会看中他?"外公轻轻咕噜了一句:"这个包车夫根本就是个流氓!自己在乡下有老婆有小人,还常常问黄慧如讨铜钿……"但评弹将他讲得很好,勤劳、善良、淳朴……长大一点我就明白了,那是为了要维护劳动人民的形象,而做了艺术加工。事实原型是,黄慧如自小与沪上大户贝家的族亲订了亲,这位贝家少年后来赴美留学,坚决要求退这门亲。那时女子遭人退亲是很没有颜面的事,黄慧如就此整日以泪洗面,数度自杀未遂,家里就让男仆陆根荣成日劝解她、看护着她,就这样生出一段孽缘。黄慧如后来被家人强送入北京的某个尼姑庵,直到50年代哥哥和母亲都亡故了,她才出来到上海辗转了解到陆根荣下落。原来陆根荣就在陕西北路近南京西路口的陕北菜场一家熟食店工作。黄慧如找到了陆根荣,还想与他从头来过,但陆根荣已心如死水,毅然斩断情缘。陕北菜场也是我熟悉的,我还清晰记得,菜场底层沿街白瓷砖砌成的熟食店,小时候我常去那边买熟菜,说不定我还见过陆根荣呢,就不知道谁是他!

紧邻平安大楼裙房的沧州饭店(现文华酒店)原来也有故事。那次我们阖家在这里为祖父做生日,祖父用牙签点点桌面,说:"你们知道吗? 当年宋美龄举行婚礼前夕突然被绑架,就是被软禁在这家沧州饭店。宋美龄的娘家就在前面陕西北路369号,临结婚了,新娘子不见了,一夜未归,不是急煞人的事啊? 当时紧张得不得了了,后来查明绑架的策划者刘某人就是宋美龄的前男友。听讲,蒋介石亲自出马与他谈判,不久刘某人就出任了南京市市长。这种大人物讲条件,筹码就大了……"大人们立时哄堂大笑,我当时还听得似懂非懂。

从来觉得历史是一位很严峻很死板的老人,对小孩子来说更是特别遥远,但行走在南京西路上,少小的我就有一种感觉,每走一次都会对她的历史有深一层的了解,就像一年一度落下的秋叶,层层叠叠默默地化成泥土,滋润着大地。原来历史离我那么近,就在我身边,甚至就在脚下。

四

英式公寓清一色格局为一梯两户，一个门洞内共六户人家。我们这个门洞内，一楼38室住的是颇有名气的"天鹅阁"咖啡馆老板曹国荣一家。现在已很少有人知道这家咖啡馆。它就开在淮海中路襄阳路拐角上，靠近襄阳公园，小悠悠的一间门面带只二层阁，布置得十分典雅优皮，店面外墙贴着黑色大理石贴面，上方是一只缀着碎玻璃的展翅飞翔的天鹅，这就是"天鹅阁"的唛头。同样是以天鹅为唛头，施华洛世奇的天鹅是沉静孤傲的，而这只天鹅则充满了动感，甚至有点张扬，这似乎很像她的创办人曹国荣的个性。令人寻味的是，当这只天鹅在一片梧桐绿荫中，时隐时现时，却很有一种俏也不争春的低调。咖啡馆作为一种西方引进的餐饮形式，或多或少都带几分洋气，特别名字如沙利文、DDS（甜甜丝）、飞达、Rosemary……唯"天鹅阁"一点洋气也不沾，很中国，我不知是不是因此得福：1949年以后，所有带上这种洋名的咖啡馆都相继歇业了，唯有"天鹅阁"顽强又委婉地守在那里，与著名的老字号西餐业"凯司令""老大昌""红房子""东海"等一样，经历了"文革"的摧残，直到80年代，这只天鹅终于悄然离去！

而今一些怀旧文章，一提到老上海咖啡馆，总是一而再再而三地提到红房子。其实，与之相比，天鹅阁堪为风景这边独好。之所以现今上海少有人记得她，是因为她太冷傲！我觉得这同样也很像曹国荣先生。虽然我们做邻居的时候，我只是个黄毛小丫头，我们之间见面时我最多叫他一声"曹家伯伯"，与他也根本没什么交流，然当我力图从与他们这家有限的交往中搜索出一切细节可以帮我完成这幅记忆的素描时，我越来越感受到我好像很了解他！

说天鹅阁冷傲，并非价位和装修。天鹅阁门面很小，进门一边是一个账台，账台后就是一排火车座，顶多四五个卡位，再进去就是小巧的楼梯直通楼上，也是小悠悠的。上下店堂两边都是深栗色的橡木护壁板，错落地挂着各种油画和手工彩绘瓷盘，角橱架里也放置着各种西洋瓷器，既不上锁也无专人看管。想想那时的社会公德，真好！最了不起的是，进门就是一幅海上大师吴湖帆的墨宝："天天天鹅阁，吃吃吃健康"的对联。一直挂到"文革"破四旧，不知这对稀世之宝后来命运如何！

天鹅阁的金牌菜是奶油鸡丝焗面，售价仅为0.45元，与凯司令、老大昌同价。天鹅阁另一个金牌产品是没有面粉的核桃蛋糕，这是曹太太的绝招。曹太太还很慷慨地将这个方子抄给朋友，所以我家婆婆也有一张配方，我们也做过，好像颇成功，但是与天鹅阁的就是不一样。须知，人生许多事并不是凭一张配方就能完成并复制成功这么简单。从生意经角度讲，天鹅阁的市口好像太静僻太冷落。其实，现在想来，只有如此的氛围，才烘托得起这样一只清新脱俗、富有个性的天鹅。

我一直认为，天鹅阁对上海城市文化的意义已远远超出餐饮领域。

说起创办人曹国荣夫妇，可以讲是一对天造地设的璧人，夫妇俩好像都是沪江大学毕业的。曹国荣颇神似电影皇帝金焰，只是比金焰还要多几分绅士味，还多了一撇小胡子。记忆中他似乎从来没有穿过蓝布人民装,领带是不扎了,而是春秋为浅色的舍味呢两用衫,冬天为黑白人字呢三夸特大衣(中大衣),后领微微翻起,手里还握着个烟斗,好帅啊!太太乔彩贞女士与妹妹以美貌出众而在上海上层社交圈中被称为"双乔姐妹花"。此美誉出自一次化装舞会上,两姐妹化装成"双妹"牌花露水的唛头后而得。但凡 party,只要有曹先生和双乔姐妹花出席,就是美轮美奂,传为美谈。据说,曹国荣是孔祥熙的干儿子,抗战时在陪都重庆,曹国荣任孔祥熙的英文秘书。我的忘年交——今年95岁的方守成老先生回忆,他当时也在重庆,先后在英国军事代表团和丹麦驻重庆的中国别动团任职,专门协调英国、丹麦方面与重庆政府的合作,积极参与反法西斯运动。二战胜利后,英皇乔治二世授予他元佐勋章(MBE 勋章),丹麦皇授予他自由勋章。在重庆时,他和曹氏夫妇就结下了深厚的友谊,他回忆,重庆曹氏夫妇的家已是各路文化人和抗日民主人士相聚的沙龙,曹太太与乔冠华的前妻龚澎女士私交笃深。

抗战胜利后,曹氏夫妇回到上海,就住在花园公寓。虽然有孔祥熙这个干爹作为靠山,但他们脱离政坛,更没随之迁去台湾,就开设了"天鹅阁"咖啡馆,只是想为朋友圈子营造一个文化的、舒适的环境,因此,这里一直是海上艺术家,特别是画家的聚集之地。

公寓的住客独门独户,一门关煞,邻居向来是君子之交淡如水,很少串门,更没有出来乘风凉的习俗,特别后来政治空气越来越严峻了,大家见面只是点头一笑而已,所以做了多年邻居,我从未去过曹家。但听曹家常客方老先生说,他们的家布置得十分典雅,这我完全相信,连一片店堂都布置得那样精心,更何况他们的家!

曹太太画一手好工笔画,还弹得一手好钢琴,总觉得那时的淑女是真正地名副其实,是有才有艺、持家有道、教子有方的女性,而不是用名牌和金钱或是傍着有钱的丈夫和老爸包装出来的。曹先生是学经济的,但受过专业声乐训练,每天都要练声,伴奏的当然是太太。他们有两个儿子,按上海习惯称大弟、小弟,也学钢琴。小弟因患肺病休学在家,就苦练钢琴,所以每天准时准点,都能听到他的琴声。

天鹅阁公私合营了,餐饮业不像工厂和房地产业,资产只有几把椅子、桌子,最多再加点厨具,资产核算不会很高,因此所获的定息一定也不多。然天鹅阁的文化价值,岂是数字能核算得出的! 曹国荣作为私方老板,一样穿着白号衣与其他员工一起做起服务生,不少顾客都是老朋友老客人,见到了只是会心地一笑,许多知心话已不便在这里讲。或者正是因为有他作为私方经理的亲自坐镇,天鹅阁的底蕴还是原汁原味。直到曹氏夫妇南迁香港,天鹅阁的余韵还是浓浓的。记得三年自然灾害时,连带鱼都上了西餐桌,天鹅阁的门口一样也排起长龙,但这支饥饿的队伍却是斯斯文文、衣冠楚楚! 现在想来,真令人十分心酸。不过即使这样,在饥肠辘辘的年代,天鹅阁仍不显一点潦倒和残败。这里还得拜谢自然灾害开始不久,以陈云为首的党的领导人提出了高价路线:有经济能力的市民(如当时领定息的资本家、高级知识分子,还有高级干部),只需花比计划供应的物品多几倍乃至更高的价格,就可敞开享受各种食品和物质供应。在当时,这种高价政策既满足了有消费能力的市民的需要,稳定了社会,也令资金及时回笼国库,对特殊时代的经济有一定的积极意义。那时天鹅阁一客公司餐(包括一客红汤或白汤、奶油鸡丝焗面及饭后甜品)售价五元。

　　"文革"开始了,天鹅阁改成卖大饼、油条、粢饭团的大排档,那璀璨闪亮、展翅飞翔的天鹅给砸了,黑大理石墙上留下光秃秃毛喇喇的一瘫,用水泥粗糙地补上,就像癞痢头的疤痕一样,看着让人难过。天鹅阁能够迈过三年自然灾害这道坎,仍保留着自身的优雅和倨傲,却跨不过十年"文革"的摧残。直至80年代,天鹅阁又恢复了,但已伤了元气,不仅门面装饰与老天鹅阁完全不同,连带那只闪烁发亮、展翅飞翔的天鹅也没有了,更遑论招牌奶油鸡丝焗面的味道了,那没有面粉的核桃蛋糕更是不见了踪影。如此,勉强支撑了一阵便歇业了。就此,这只优雅低调的天鹅从上海永远消失了,再也没有回来过!

　　"文革"时,曹氏一家已南迁香港了,或许可以说,他们逃过了一劫。去港后,他们在九龙重开了一家"天鹅阁"。遗憾的是,这只天鹅不服潮湿闷热的香港水土,犹如张爱玲去了美国后再也没有写出新的小说,犹如著名的圣诞歌《白色圣诞节》(*The White Christmas*)的流落美国的白俄作曲家,那原本为人们所盼望的会给节日增添气氛的一场大雪,入了他的眼,就化成这样一串充满沧桑和思乡的旋律……曹氏夫妇悉心呵护经营的"天鹅阁",汇集了上海滩文化雅士的灵气,却适应不了远离故土的他乡。尽管不少南下香港的上海移民是天鹅阁的老客人,但时过境迁,他们再也不是当年那批有闲钱有闲时的上海人,就是有心帮衬,也力不从心。至于当地香港人,口味完全不同,他们更喜欢那种歌厅,如《我和春天有个约会》那种热热闹闹、五光十色的氛围。后来,曹家移民加拿大了,走得离上海越来越远了! 自从60年代离开后,曹家好像再也没有回过上海。

欣慰的是,他们的两个儿子都得到良好的教育。小弟,就是当年那位天天苦练钢琴的少年,果然成为一位音乐专业人才,曾出任过香港中文大学音乐馆馆长,专门研究民族音乐,经常回内地采风讲学任客籍教授,现已退休。很幸运地,笔者在香港与他邂逅。老邻居相遇时,一点不觉得他是少年时代就离开上海,又在异国他乡生活了那么长一段时日,仍是一口糯软的老派上海话,一派温文尔雅、彬彬有礼的上海先生派头——与父亲很不一样。

曹国荣已在近年以九十好几高龄去世。他的儿子讲,进入暮年的父亲还是不肯安分,仍然喜欢绘画、DIY做小工艺品,甚至在九十好几高龄还热衷飙车,他驾的是一辆跑车。在曹国荣去世已快一周时,有警察来敲门,是小弟去接待的,警察拿了一叠照片和一张罚单,两天前凌晨发生一起非法飙车事件,肇事车辆撞毁他人之车并逃之夭夭,突然在摄像头中消失了,好像人间蒸发一样。幸好摄像头拍下照片。经调查,肇事者是曹国荣。"不可能!"小弟说,"我父亲已在一周前故世了。"不过待他接过照片,顿时五雷轰顶:儿子对父亲的车实在太熟悉了,虽然车子已撞得伤痕累累,但他一眼就认出来了,这不明摆着就是父亲的车吗?

大弟带着警察打开车房,父亲那架跑车静静地停在那里,一点破损也没有,但车牌号、车型乃至车身的一切细节,都与照片中一模一样,连几位见多识广的警察都面面相觑,倒抽几口冷气!中国读者朋友或者觉得没什么——克隆车。但是在国外克隆车的事极少有,而且也犯不着费尽精力去克隆一辆老式跑车。

我听得毛骨悚然,却又有几分凄然!我百分之百相信这是真的,这才是曹国荣的个性!我是相信灵异之说的,我们对世界所知的太少了,对许多奇异的我们无法解释的现象,不能一概以迷信加以否决。

本来,天鹅阁完全可以成为城市的一则典故、一道风景,但上海辜负了她!正如曹国荣,相信他的梦想不只是进入中产阶层,而是要做一番自己喜欢的事业,所以才脱离官场一番苦心地经营着天鹅阁,但命运没有给他机会。相信他对此是会耿耿于怀。

曹国荣九十多年传奇的一生就这么结束了,我想他是不甘就这样离开这个世界。所以在似醒似梦,幽冥与光明的轮回交接之间,在他的灵魂目送自己的躯壳被送进一场熊熊大火中之时,他对他曾经拥有过的世界是依依不舍的,所以,他竭尽所有的仅余的那点能量,像一丛悲情的烟花,短暂燃烧之后就永远地沉默了。与他的"天鹅阁"一样,虽不可能在上海的历史画卷上定格,但也如一瓣枯萎的玫瑰被遗留在史册的某一页上,就这样,在两个时代的夹缝中,一个优雅的身影消逝了,但他不忘记转身默默地提点我们:在我们为上海的高度和深度尽力时,请不要忘记,上海的精度也需要我们付出。

2012 年 11 月 9 日

就这样慢慢敦化成上海女人

——从小脚到高跟鞋

一、浙江桐乡梧桐镇的女人们

我们程家的祖籍浙江桐乡梧桐镇——好美丽的名字,在祖辈父辈的回忆中,故乡是一派飘逸清幽的水乡之韵,但见水道纵横,白墙黑瓦的民居,倚河而立。家乡是著名的蚕乡,正如茅盾的《春蚕》所描述的。

水乡可以讲是中国特有的景致。外国的水乡不多,恕我不见世面,似只有威尼斯,那窄窄的河道和古朴的布满青苔的墙壁,还蕴含着烟烟笼笼的水乡之气。然与中国的水乡相比,还是十分不同的。我们的水乡是一幅写意的水墨画,黑白之间,自有一份天长地久的空灵。

遗憾的是,2006 年我与叔婶重返梧桐镇之时,那百年水乡古风已无从寻觅——程家的老宅已拆除,河道也填没,还残存的几幢半塌的老民居十室九空,墙上一个个画上粗影的红色"拆"字,像煞古装电影里拍出来的处决犯人的"碌批",看着惊心触目!

梧桐镇已改名为"梧桐街道",父辈记忆中大片的桑园消失了,一片车水马龙,这就叫"现代化"吗?纵使风景再好,已非江南水乡的景色了!

程氏祠堂当然也拆了,唯有一棵柏树,孤零零地矗在那里,叔叔依稀记得还是原先的那棵。一句"家族之树常绿",此时悄然潜上我的心头,并萌发了尽我所能写部五代家族史的念头。

去年 5 月,我的微博里有一封私信,打开一看,信发自广州,发信人开口称我"乃珊姑姑",自报家门,她的曾祖父程慕廉与我祖父程慕灏是同父异母胞兄,这支程家支脉一直在杭州山子巷 24 号开枝散叶,如今,山子巷 24 号已被杭州市政府保留为民国时期的优秀建筑……

从梧桐镇到杭州乃至今日的北美香港……我们这棵家族之树可谓根深叶茂,枝脉繁衍,其中不乏祖辈的辛勤栽培,包括那几位连名字都没留下的我们宗族的母亲们。

那位微博上留下私信的我的堂侄女,虽然我与她从未谋面,她所属的那个慕廉祖父的枝脉成员我也一个未见过,但这位堂侄女很让我感到亲切:她自小学钢琴,现为广州专职钢琴老师,且文笔优美,已出几册与音乐有关的散文集和钢琴教育书,还擅长绘画——这完全是我们程家女性的特征。我家女性专业从事绘画、钢琴、写作、外语的颇多……所谓血浓于水。然而在我的百年家族故事中,第一位载入我们家史的女主角却是一位没有留下任何照片、目不识丁、缠着一对小脚的农村妇女。她连名字都没留下,她就是我的曾祖父震权公的原配程黄氏。

我们程家祖籍安徽省休宁县,原任职当地盐公道,想来是一个管盐的公务员。太平天国时期,迁至浙江省桐乡县落籍,租居了梧桐镇东门外的一幢前后两进的旧平房内,前进有高祖父久安公,开设店铺,名"程久盛",专业经营蚕种、桑叶之类。后进为居家之用,但终因书生经商业务不佳,以致家道清贫。曾祖父震权公不得不早早辍学,赴杭州当账房打工。曾祖父娶妻黄氏,扎着一对小脚,却桑田蚕房店务几头一手抓,并育有两子,大子慕廉,也早早辍学去乌镇某酱园学生意,幼子连名字也没留下就夭折了!

不记得哪年,曾祖父突然大病,危在旦夕。那个时代,男人是家中的顶梁柱,一个家若没有男人,真的如天塌下来一样!此时长子慕廉虽已辍学去学生意,然尚无能力独立挑起养家之职。曾祖母走投无路,心一横,带着幼子跪在菩萨前发了毒誓:愿以母子两人之命来换取丈夫的命。当时小儿虽尚年幼,却已懂得在菩萨前发誓的分量,因此咬紧双唇任凭母亲打骂威逼就是死不开口。怨恨之下,母亲擅自代幼子发了誓,并强按着他的头在菩萨前磕了三个头,然后拉着他去屋后直奔井台。毕竟是做娘的,她心软了,忍不下心亲手将儿子扔下井里,只是婉转对儿子说:"姆妈先下去,在下面等你,你不要怕……"便纵身跃下,儿子没有跟下去。乡里闻讯赶来,从井里捞出,已回魂乏术!

井那么深,那么凉,那么黑,根本就是一条通往另一个不可知世界的隧道,别具一种令人发指的恐惧!纵身一跃时,需多大的勇气和决心!而我这位曾祖母,纵身一跃,捣碎了一镜银漱的月光,成就了我们家族史一则湮远的凄厉典故!从此,我害怕走近任何井台,包括上海弄堂里常有的那种井盖有粗铁链封锁住的井!

信不信由你,自曾祖母黄氏投井自尽后,曾祖父的病竟不治而愈,遗憾的是,那个幼子虽然没有在菩萨前发誓,也没往井里跳,第二年也夭折了!

曾祖父再娶续弦邵氏,就是我祖父的亲生母亲,共育有子女十个,但由于家贫,最后成活的只有三个。祖父程慕灏、伯祖程慕颐(后成为有"中国细菌学之父"之称的著名微生物学家)、姑婆程慕英。曾祖母也是一对小脚却是挑担采桑,缫丝孵蚕,田里屋里样样一把抓。据讲,她孵的蚕子质量上乘,以至乡里人都传诵:"久盛号"蚕种是最好的。

说来真奇,曾祖父一病愈,程家家道也似走上重生,虽然仍是清贫,却似有了一线新机。当时乡间的"久盛号"已由曾祖母打理,曾祖父也就放心去杭州张公馆继续履职。由于处理账务钱财进出有条不紊,深得东家器重,东家再将曾祖父推荐给自己的姻亲孙家兼职。说起孙家,来头不小,就是曾得清庆亲王赏识而未被慈禧重用的孙宝琦。辛亥革命后,为北洋政府的国务总理,显赫一时。孙宝琦有一个孙女就是张爱玲的继母。只是好不过三代,到抗战开始不久,张、孙两大家都已败得白茫茫一片真干净!

说起张家的发起,也是一则传奇。传说张家的发家人原是一守城小卒,那天正在城头上边抽旱烟边大解,突然发现海面有倭寇之船来偷袭,也有讲是海盗,他不慌不忙将旱烟枪往近处的炮台一点,"轰"一声,贼船以为城门哨兵已有觉察,连忙调头就逃。这位小卒就这样无缘无故立了大功。朝廷在其老家浙江同里广赐良田,每年来交租的船络绎不绝,并在杭州大兴土木,造了赫赫有名的张公馆。据祖父回忆,张公馆内犹如大观园,奇石名花,楼台亭阁,真是说不尽的奢华。张公馆的几位少爷成天吟诗作画,进出名驹,风流倜傥。从小祖父就对我们说,张家对我们程家是有恩的。

祖父清晰记得,幼小时随曾祖父到张公馆度假,一天祖父与伯祖兄弟俩正在园内嬉戏,忽闻一阵清晰的马蹄声,有人高呼"三少爷到",两小兄弟自知回避不及,便忙忙打千请安。三少爷见两个孩子聪明可爱,问起谁家的孩子,两小兄弟忙自报家门,是账房程震权的儿子,三少爷当即让人把曾祖父找来问:"两个那么聪明的孩子为什么不进学校念书?"曾祖父回答:"我们小家小户人家,能够识几个字、记几笔账糊口就可以了,没有能力全力栽培。"三少爷极力劝阻:"你的想法已经落伍了,现在西学奋进,国家需要大力栽培年轻人。你应该将孩子送到新学栽培,两个孩子这么聪明,将来前途无量。你没有能力我来帮你。"就这样,我的祖父、伯祖两兄弟在张家的资助下,转学至桐乡县立小学,他们学业优秀,祖父续赴杭州省立簿记(相当于今天的会计学校),在校学习期间,由于成绩优良,得该校高材生之誉。伯祖慕颐杭州官立中学毕业后,公费保送杭州医专深造,家业似有转机了。

而在浙江梧桐镇乡间,小脚曾祖母为了增添家庭劳动力,让在酱园店已满师的祖父同父异母的胞兄慕廉早早娶了一门媳妇吴氏来操持家务,种桑养蚕。为了方便劳作,这位淳朴的乡间妇女已是一对大足。中国古语,长嫂如母,对这位长嫂,祖父和伯祖对她是一世的尊重。两兄弟后来发达后,在杭州山子巷造了三层大洋房,拱手让给这位大嫂和后代居住。当然,这已是后话了。但是,两个乡间女人养不起两个洋学生,只好让仍在医专求学的伯祖慕颐娶了目不识丁的伯祖母王氏,只为了家里可以多一个劳动力,不意间,却种下了一个长达一辈子的爱情苦果。就这样,前方加紧苦读,后方三个乡间女人克勤克俭,为了程家的未来辛勤奋斗。

二、上海新闸路斯文里的女人

慕颐伯祖在杭州医专成绩拔萃,很快得到政府公费资助,往东京帝国大学微生物专业深造。消息传来,令曾祖父悲喜交集,喜的是,家里竟然可以出一个洋学生,这是十几代都做不到的,悲的是,虽然学费由政府资助,还有东家张家的鼎力相助,但以他个人的财力,尚不能同时栽培两个儿子。这时,祖父毅然决定放弃在省立簿记学校的求学,打工养家。恰巧此时,张家的女婿、当时的北洋政府国务总理孙宝琦回杭州拜访岳丈,曾祖父登门,于孩子辍学就业养家的问题请求帮助。孙宝琦念及多年东主之情,一口答应,当即亲笔写信,将祖父介绍给当时的上海中国银行行长丁道津。就因为这样一封信,使祖父终其一生服务于中国银行。1913年2月12日,曾祖父陪同24岁的祖父来到汉口路3号中国银行上海分行(今汉口路50号,此大厦现还在)拜见丁道津行长。祖父清楚记得,丁行长为贵州人,身材魁梧,性情豪爽,他对祖父说的第一句话祖父记了一辈子："想发财的不要进中国银行，但只要你勤勤恳恳，认认真真，信义为本，学好本领，必有前途。"这句话从此成了祖父的座右铭，直到他后来进入中国银行管理层，每次向新员工训话，必以此句为开场白。只半天工夫，一应入行手续和宿舍已办理完毕，父子依依惜别之前，曾祖父给祖父四十块带着体温的银元，以备不时之需。祖父在中国银行由练习生升到助理员，再升到办事员，先后任文书、会计、营业、译电等多项专业，逐渐成为银行业务的多面手，工资待遇也相应不断提高。他还在繁忙的工作中挤出时间去青年会补习英文。三年后，回桐乡老家时，不仅把四十块银元完璧归赵，另外掏出省吃俭用下的四十块银元，给曾祖母作家用，这已成为我们程家五代的教育经典。遗憾的是，我们的后辈还不大明白其中的含义。这时家中经济逐渐好转，祖父还能资助在日深造的伯祖，并与曾祖父一起，在老家新建两进共九间青砖新房，曾祖父特取名"读月卢"，内设书房，并镶有彩色玻璃，在当地也算十分讲究。

1917年，新房造好，祖父迎娶当地农户子女殳馥笙，那就是我的祖母。1918年，祖父的长子——我的父亲程学樵出世。祖母也是一双天足，按当时习俗，男人大都外出打工，女人留在乡间侍奉长辈，照顾孩子。祖父也是如此，吃住在银行宿舍，家眷留在乡间，既节约开支，也省心省事。

1921年，中国银行拟在日本筹设第一个海外经理处，要求派专人带100万日金作为开办资金，并派专业会计随行。此时已入行八年的祖父因办事认真、业务熟悉而被行长宋汉章赋以此任。后此事因故没有谈成，祖父离日回国时，带去的

100 万日金不仅分文不少,还将此笔巨款存入当地银行所获的利息 4 万元日金,除去日常开支外一并交存,账目清晰,单据齐全,这种负责精神更加深了银行对他日后的器重。

此时祖父的事业可谓风顺水顺,但他不满足于当时大多数人所采取的自己留在上海,将家眷留在乡间的做法,他觉得时代在变化,他不愿让他的孩子像他一样在闭塞的乡间度过最佳的启蒙教育时期。于是,祖父坚决将祖母和我的父亲从桐乡接到上海。上海的"住"之昂贵,自开埠以来就存在了,以祖父当时已是银行有稳定收入的员工,仍是不胜负荷。好容易租赁到今新闸路东斯文里一单开间石库门二楼前楼一间房间。说起来,上海石库门其实种类很多,等级分明,东斯文里这种石库门是最蹩脚的,人称"江北石库门",就是没有厢房也没有亭子间,上下两层就靠一层薄薄的木板隔开,而且紧靠着粪码头,到夏天简直不能开窗,臭气熏人。晚年的祖父犹记得,当年我的大姑妈尿床,尿水顺着席子流到地板上,又顺着地板的缝隙滴到楼下正在品酒的邻居的胡子上,成为笑谈。

就这样,我的祖母叒馥笙无怨无悔,跟着自己的男人,离开蚕乡桐乡梧桐镇,来到一无所知的大上海,从而成为我们程家第一个踏入大上海的女人,含辛茹苦与祖父养育了四女二男。

1923 年,由中国银行总行拨 3 200 两白银在西区极斯菲尔路(今万航渡路)买了十七亩地,建造了包括礼堂、小学校、各种文康俱乐部在内的银行职工宿舍区,取名"中行别业"。宿舍建有各种规格,以适应各级职员居住,此时祖父已升为中国银行国库股主任,也获得了两开间三层楼的主任级住房一栋,居住条件得到了大大的改善。祖母虽然没有文化,不识字,但她努力脱尽自身的乡土气,从言谈和行为上令自己做一位称职的银行先生的太太。桐乡人在上海统称为"湖州人",公认为翻丝绵的老手,祖母就热心帮教邻里撕翻丝绵,从小孩衣裤到大幅的丝绵被,来者不拒,还将我们桐乡的美食——鸳鸯蛋分送给邻里享用。所谓鸳鸯蛋,其实很简单,就是将煮熟的鸡蛋一剖为二,上面覆上用金针菜调配好的碎猪肉,像煮红烧肉那样煮。我们的家乡菜偏甜重油,很受邻里欢迎。还有每逢过年,祖母就会精心制作甜点心——枣饼,就是将枣子煮熟,拆出枣肉,与糯米粉拌在一起,另外再用核桃肉拌上黄糖、芝麻作馅,然后嵌入特制的印有福禄寿吉祥图案的模子里,垫上粽箬壳上笼格蒸,香气四溢。每逢过年过节,祖母都要蒸上好几蒸架,分送给左邻右舍。更收了大批的徒弟,过年之前就跟着祖母学做枣饼。祖母也跟他们学做黄蛋糕(一种中国式蛋糕)、裹宁波汤团、打年糕等,完全脱胎换骨成为一位能干的银行先生的贤内助。讲起来,从前银行的工作是银饭碗,但过的也是这样平实、简朴的小日子,并不是现今影视剧中描写的那样整天雪茄红酒澎恰恰。因为桐乡方言称"我们"为"哦拉",所以大家都戏称她为"哦拉嫂嫂"。我从来没见过这位祖母,但都说我忠厚随和的脾气,还有一对天不亮水泡眼是来自她的基因。

1926年,北伐开始,国民革命军节节胜利,北洋军政权摇摇欲坠。基于大势已定,上海工商界、金融界纷纷与北伐军取得联系,并表示如有军需需要,一定给予协助。因此,军长白崇禧的军需官曾到上海中国银行借过军需款项。自国民党定都南京后,宋子文出任财政部长,并联系上海金融界人士,成立"江苏建上海财务委员会",作为替蒋政权筹募经费的机构,由陈光甫为主任委员。他把祖父借调到委员会担任金库员,以便审批签章。祖父在此机构任职一年多,有机会结识了不少上海各界的知名人士。全靠有一个贤内助,祖父的事业才能如此一帆风顺。人说夫荣妻贵,我的祖母依然是一位在邻里间生活俭朴的"哦拉嫂嫂"。

三、就这样慢慢敦化成上海女人

祖母殳馥笙可以讲是梧桐镇程家第一个步入大上海的女人。其更大的意义是程家一支新嫩的支脉将在大上海破土而出,同时为梧桐镇的女人们开了一条闯荡大上海的先例。

吴毓英,一个如同茅盾的《林家铺子》里林家姑娘一样朴实的水乡姑娘,眉清目秀,在县城女中初中毕业,在当时也算是一个女知识分子,安分守己的小家碧玉。经人说媒,许给我祖母的弟弟,据说也因为祖父在上海做银行先生才令女方家长同意了这门亲事。因为新娘子长得娇小玲珑,我父辈亲热地称她为"矮子舅妈"。小夫妻刚完婚就双双到大上海寻找梦想。祖父帮小舅子在钱庄找了个职位,工资不高,却也稳定。矮子舅妈打理家务,闲时常来中行别业帮助我祖母照料几个孩子,做家务,小日子过得蛮舒服。

可惜天有不测风云,大上海虽说处处有机会,却也是步步有陷阱,矮子舅妈的老公不知如何交上几个损友染上了毒瘾,据父辈回忆未染上毒瘾前,这个舅舅是和蔼可亲,对几个外甥是疼爱有加,常常带他们去看戏吃点心;自从染上毒瘾后完全变了一个人，先是贪污钱庄里的钞票，将好端端的一份工作也丢了，再到处借债，自己彻夜不归，债主连夜上门逼债，逼得矮子舅妈走投无路，到后来吓得家里也无法住，就一直躲在中行别业我家。初时祖父还帮着苦劝这位舅子送他去戒毒所戒毒，帮他还债，再替他另谋新的工作，但都无济于事，过不多久，又旧病复犯不知去向。

终于，一天祖父对矮子舅妈说："你只好心硬一点，譬如当他已经死了，你要重新开始你的生活。"

那个时代，一个弱女子要重新开始生活，自力更生，谈何容易？祖父考虑到虽自己有足够的经济能力可资助她，但毕竟非长远之计，唯一的出路就是鼓励她做一个自食其力的职业妇女。好在矮子舅妈尚有一定的文化基础，祖父先为她在一家助产士学校报了名。两年后，伯祖程慕颐被上海医学院聘为教授专授细菌学，并为他特别设立一个化验专科班，祖父便鼓励矮子舅妈再去深造。此时的吴毓英一直住在中行别业我们家，一心苦读成绩斐然，毕业后适逢伯祖程慕颐化验所业务如火如荼，她就很顺当地成为一位称职的化验员。有了固定的收入，她便搬出中行别业自己外面租了房子，过着滋润淡定自力更生的职业妇女生活，并以此为据点，将梧桐镇的娘家弟兄侄子一个个接到上海来闯荡天下。说起来，吴家还真出了几个人才，吴毓英的侄女吴曼华早年参加革命，解放后任上海市人民广播电台副台长；吴毓英的侄子吴建华的女儿，现为加拿大某市华人总商会的会长……

吴毓英一生以化验专业为终身职业，直到 88 岁去世，学生已桃李满天下。曾见过她年轻时的照片，一头垂肩烫发，配浅色宽身呢大衣,平跟的缚带皮鞋,这是当时上海最典型的职业妇女打扮。一个蚕乡的小家碧玉就这样慢慢敦化成上海典型职业女性。

与此同时,她的丈夫完全沦落成上海街头的叫花子,瘪三,蓬头垢面,衣衫褴褛,拖着鞋皮与一群瘾君子为伍,露宿街头,并常常会守候在我父亲和姑叔放学的路上,向他们乞讨:"想想娘舅从前也很宝贝你们的,你们就可怜可怜娘舅,给我点钱买只大饼吃吃……"祖父常会警告他们一个铜板也不许给他,每逢此时,父亲他们又惊又怕,总是落荒而逃。

毕竟是自己的亲娘舅,虽然他沦为瘾君子,却总会在他们背后叮嘱:"不要奔,不要奔,小心跌跤,娘舅不跟你们缠了……"听来令人唏嘘。

1927 年,作为国家银行的中央银行正式成立,宋子文任总裁,央行虚设两个副局长职位。有人在宋的面前极力推荐祖父,其实宋子文对祖父也早有所闻,知道他在担任财务委员会负责金库管理、筹募款项均尽心尽力,办事干练,正是年轻有为的人才,并想当然地认为,将祖父调到中央银行是没有问题的,所以在未征得祖父本人意见时,就在内部公布"程慕灏为业务局副局长"的任命。

这时,贝祖诒(贝聿铭之父)从香港中国银行调到上海中国银行任经理,得知祖父得到宋子文的赏识要调往中央银行,不愿放人。同时认为,既然中央银行聘他为副局长,我们中国银行就升他为副经理。再讲,祖父本身也不愿去中央银行,感到中央银行是纯官僚机构,自己勤恳工作,不过求个丰衣足食,既不善钻营,也不会钻营,根本无意涉足仕途,而且官场多变屡见不鲜,远不如中国银行稳定,便婉然谢绝了宋子文的邀请。此时祖父仅29岁,因此,无意中祖父创造了中国银行有史以来的三个"第一":第一个由主任跳过襄理直接晋升为副经理的人员;第一个29岁年轻的经理;第一个没有大学资历也没有留洋资历的经理。

然而,真所谓赌场得意,情场失意,甘蔗没有两头甜,正当祖父事业春风得意之时,个人生活却遭到重大的打击——祖母突发心脏病猝然去世,丢下二子四女,最小的姑姑只有两个月。祖父一个男人家如何应付得了这个场面,这时矮子舅妈毅然搬入家里帮助祖父,料理家务,抚慰失去母亲的孩子们……

祖父晚年时曾向我透露,在那最悲伤的时候吴毓英给他很大的宽慰,或许对吴毓英来说,这段感情应注入得更早,早在祖父为她不成器的丈夫奔走,鼓励她,帮助她成为一个自食其力的女性时,一个英俊能干的男人已深深走入她的心灵……或许有许多理由可以令吴毓英由孩子们的舅妈转换为母亲……但是吴毓英毕竟是有丈夫的,尽管丈夫不成器,下落不明,但在法律上,她是有丈夫的,还是祖父的内弟媳,祖父作为一位金融人士一举一动更需要行得正,立得直,不能有一点让人诟病之处,对这一点两人都深知其中轻重,终于快刀斩乱麻了结了这段情愫。

若干年后一个北风凛冽的冬夜,一个叫花子找到我家报信,矮子舅妈的丈夫倒毙在街头。祖父连忙陪着矮子舅妈去收尸,矮子舅妈以未亡人身份一样为他戴孝守灵,此时祖父已迎娶了无锡鼋头渚杨家的二小姐为续弦,女儿都已三岁了。

矮子舅妈终身未嫁。人前人后，矮子舅妈都被尊称为"吴先生"。中国的女人向来有很多称呼：小姐、夫人、贵妇、师母、太夫人……但总觉得，当一个女人被称为"先生"时，是一种最大的荣誉，必须是受过良好教育、德望俱重、懿范双具，才能称得上"先生"。能够被称为"先生"的女性，一定经历过时代的风云，阅尽世情的沧桑，处世低调又恬淡，犹如一杯清澈的香茗。

据我的四姑妈回忆，祖父90岁时，她去香港探亲，祖父嘱她带一封信给矮子舅妈，信中写什么当然不得而知，但矮子舅妈当着姑妈的面读完此信后泣不成声，关于矮子舅妈与祖父的这段故事，我已写入我的长篇小说《金融家》之中。

2013 年 2 月 14 日

白云无牵挂

傲慢与傲气

我们经常可以听到这样的话："此人很傲慢"或"此人很有傲气"。傲慢与傲气两个词一字之差，差之千里。

傲慢是一个人外在待人的态度。傲慢清晰地写在一个人的脸上，浅显而无底蕴。比如某富人对穷人的态度很傲慢，就是一种典型。可一旦穷苦一方翻身成了权贵，那么这位富人就不会再对他傲慢而转为阿谀奉承。可见傲慢没有一定的原则，没有什么底线。

傲慢不是所谓社会权贵或精英所特有的现象，平民百姓甚至街头痞子也可以对不如他的人大摆架子，《范进中举》中的老丈人就是典型。历史上西方人曾经对落后的中国态度很傲慢。可见傲慢不分古今中外，傲慢的本质说白了是势利眼，是名利场争斗中的一种常态。因此傲慢的人，没有人会真心喜欢。

傲气则不同，有傲气的人讲究原则，自己有丰厚的底蕴，傲气是自尊的基础。富贵不能淫，贫贱不可欺，面对世界芸芸众生，傲气一视同仁，不会毫无道德底线地前倨后恭。有傲气的人，他们往往并非权贵或明星，但他们锦心绣口，受世人尊敬。他们的自尊与傲气融合为一，不因自己或他人社会地位的改变而转变。傲气是冰雪梅花，傲霜秋菊，空谷幽兰，不染莲花。

一个人可以有傲气，企业也是如此。

香港的"陆羽茶庄"是成立于1936年的正宗老字号。居港十几年，我还是上个月才刚刚与其有零距离接触，倒不是因为其价格，而是这家老字号的傲气香港出名。一试之下，果然名不虚传，那些服务员都是爷叔阿姨级，服务态度不是差，而是"傲"。这些五六十岁的伙计都是"陆羽"的老家臣，他们的神情摆明不是打工者，而是"陆羽"品牌的守护神。这里没有促销也不做介绍，全靠你对"陆羽"的认知点菜，但凡你点得到位，他们会赞许地瞧你一眼，否则整个面部没有表情，一句敷衍的话都没有。但凡你声音响一点，或者气势凌人点，他们给你一个更冷厉的眼神，令你立时变得谦卑起来。当然他们也有热情的时候，那就是相熟的老主顾，许多老主顾与"陆羽"的交情都有几代了，他们小时候被抱着来"陆羽"饮茶，现在又抱着自己的下一代来"陆羽"。服务员叫得出他们的小名，他们与服务员也是以叔伯辈相称，那真是有说有笑，如老家人一样周到。那天见到有几位内地客，以内地惯有的态度指使吆喝那些服务员。一位阿伯服务员不买账，用广东话现场开销："来这里耍什么大牌，你以为你是谁？"内地客立时撤离表示不做他们的生意。阿伯服务员依旧不冷不热地用广东话数落着:"根本不懂陆羽的规矩。""陆羽"才不怕你们走人呢。马上,在外面轮位的像捞到外快一样占了这只台面。

话说回来,因为茶好、点心好、环境好,"陆羽"再傲气,香港人还是"吃煞"(认定)它,觉得"陆羽"有理由傲气。恰如法国人的傲气是全世界出名的,但是,平心而论,法国人有理由和底气傲气。

据记载,唐人陆羽,因相貌丑陋,出生即遭遗弃,被智积禅师收养。陆羽自幼桀骜不驯,禅师不许他看佛经之外书籍,而他偏偏偷读,屡次重罚而不改。年纪稍长后陆羽取《易经》渐卦卦辞"鸿渐于陆,其羽可用为仪",定姓为"陆",取名为"羽",字"鸿渐"。意为虽出生孤儿,将来终能如鸿雁翱翔万里。陆羽后因对茶的培育及品味而闻名于世,并著有《茶经》风行天下。陆羽看淡名利,归隐山林,全唐诗中录有其诗作,"昔人已逐东流去,空见年年江草齐",从中可见陆羽之胸襟,其傲气之逼人。

茶庄老板取茶室名为"陆羽",不仅因为陆羽是茶圣,看来从中也借得陆羽隐士风范的一缕茶魂,一分傲气,并且将这份傲然茶魂,融入了自己茶室的企业文化和氛围之中。数十年来这种文化氛围能够传承而不改变,不得不说得益于茶室老板精到的管理。

傲气与傲慢不同。傲气,有时可理解为一份坚守。我们的老字号,缺少的恰是一份傲气和傲气的老家臣。因为傲气就是一份坚守,不随便通融,有了这份坚守,文化才会不走样、不间断地代代相传,保证其尊严和价值。

2011 年 12 月 26 日

香港年假十分短，政府规定大年夜也照常上班，不过会早点（三四点）下班，到年初四就要正常上班。尽管如此，这一年一趟的大年，香港人绝对过得不马虎。

年前大扫除，银行换新钞

港俗"年二十八，洗邋遢"。过年大扫除一定得做，有说"旧尘不走，新喜不来"。上班族自然忙不过来，于是，有专门的清洁公司上门服务，一般都是有品牌的正规注册公司，安全可靠。也有家中菲佣全职代劳，过年时加个"利是（红包）"给她。

年前，银行会特设为顾客兑换新钞的服务。港人封"利是"重一个情，一般20元、50元一封，对象一般是门卫保安、亲友的小辈、常去的会所餐厅服务员及理发师等。封一张"红杉鱼"（百元港币）已是十分重的了，与内地人动辄千元的大手笔不能比。

港人的年夜饭必须在家里吃，哪怕已独立搬出的子女，这顿年夜饭也必须赶回家去吃。传统年夜饭菜，必有烧肉一大块，通常去烧腊铺定购，全鸡全鱼，冬菇、蚝豉（牡蛎肉的干制品），还要有一煲汤，汤的内容丰俭由人，可以有海参、鲍鱼等。年夜饭前，全家要烧香祭先人。此外，大多数香港人都会在大门前供奉土地神，大年夜也要给土地祭酒上香，祈求新的一年家宅平安，然后年夜饭正式开席。

不过近年，香港人也开始在外面吃年夜饭了，特别是人口多的大家庭。现今，年夜饭样式也呈多元，不一定传统中餐，还有些日式餐厅、自助餐厅等。

年三十行花市，大年初一举家吃素

花市已成香港年景一大特色。年夜饭后，港人指定节目就是行花市，一般在年前二十七、二十八就开始了。其实不一定只卖花，也有小食小摆件以及各种精灵古怪小玩意。

港九各地都有此类花市，其中规模最大、人气最旺的是维多利亚公园内的花市。花市档位早就开始竞投，其中不少档位由在校学生竞投。学校和老师非但不会阻止，反而给予支持，认为可培养学生社会实践能力。有的学生会自行设计一些有创意的东西在摊档上卖，家长也不指望他们能赚多少钱，权当是学习。花市上的小食也极具香港特色，鸡蛋仔饼、鱼蛋串、烤鱿鱼，港人携大抱幼，穿着街坊装，边吃边逛，纯粹是个平民夜总会。花市到年三十凌晨四五点收市，明年再见。因此,年三十的花市都会有大折扣,档主将货尽力出空就收档了。花市因人旺财旺,所以港人都会在年三十全家去走一走,意蕴"行大运"。同时,也买回不少年花回去迎新年。一般做生意的喜欢买桃花和金橘,那种一人高的金橘,只只结得金光灿烂,是好兆头;居家的则置水仙、剑兰、银柳等。总之,花市上人人都抱一捧开得艳艳的鲜花,笑容可掬,显得十分有年气。

香港法律条文严格规定禁止放鞭炮,也不准放烟花,但不影响过年的气氛,街边屋邨常见有舞狮,还有搭台唱戏。以汪明荃、罗家英为代表的粤剧名角会搭出大戏棚,在新年期间出演吉祥热闹的粤剧。因有政府补贴,每张戏票仅售 10 元,届时戏棚内外人山人海。香港每周三、六有跑马,如若新年期间遇上跑马,那可真是锦上添花,特首也会来捧场。

传统香港人大年初一是吃素的,大多吃一种叫"罗汉斋"的炒素,是由几种素菜炒在一起,如发菜、西兰花、香菇、竹笋等,味道鲜美爽口;待客点心有萝卜糕、马蹄糕、煎年糕、煎堆(即上海人称"麻球"的糯米甜食)。港人俗称"过年煎堆,你有我有",即不管个人经济状况如何差异,但到过年,人家如何过我家也得如何过,不能比人家差。即便如此,香港人拜年送年礼仍比较实在,一般拎一盒"荣华蛋卷"、一盒"蓝罐曲奇"、一盒巧克力就可以了。过分重的礼,对方反而受不起。港人送礼不攀比、不摆阔,主要表示一份情意。不过,一定会特别封个大利是孝敬父母。

大年初一,香港人的大节目就是看维多利亚港的烟花。每年大年初一晚八时整,香港维多利亚港口必放烟火贺年,一时两岸层层万家灯火映着满天空的火树银花,在海面上撒下万顷斑斓绚影,显出一个国泰民安、丰衣足食的年景。整个烟花过程大约二十分钟。一些沿维港的餐厅夜总会,沿窗有海景的位子早几个月已给订满了。边看烟花边进新年大餐是港人过年最开心的节目,所谓普天同庆,大家共同祝愿明天会更好。

大年初二,拜神求签

大年初二,港人称"赤口",即容易与人吵架。当然是迷信,但老派香港人为避赤口,大年初二纷纷去"黄大仙"或"车公庙"许愿求签。传至今日,港人大都不将此作为迷信之举,而是一份新年祝愿。一般百姓都上"黄大仙",抬着成只烤乳猪去许愿(许完愿后乳猪仍抬回家享用)。据说当年香港爆发大瘟疫,全仗一位称"车公"的道人带领百姓平息了瘟神,从此为其造了"车公庙",香火鼎盛,好像上海的城隍老爷。大年初二,香港政府高层去"车公庙"上香,已成惯例,或为体察民情的公仆精神。不过,特首会在大年初二代表港人在"车公庙"求签,倒是一点不做假,会抽到下下签,也有上上签。此时连着几日,报上会有各种看相人士解析这支签,一时也成城中热门话题。

大年初三,年假已近尾声,有时拜年赶不及逐个拜,就有团拜会。次日就要返工上班。

香港老上海过年穿中装,麻将助年兴

上海香港人过年,自然又多了几分上海味道。上海人过

港人过年,传统又简约

67

年多讲究衣着打扮,这股风气自然带到香港。特别那些香港老上海,过年一定要穿中装,一般是极薄的衬绒及膝的旗袍,都是南下的老上海裁缝做的;然后是丝袜高跟鞋,老年女性就一双绣花鞋,外面再披一件紫貂大衣,所以香港时髦女性最盼过年来寒潮,如是紫貂大衣就可以出笼了。此风在上世纪六七十年代最盛行,近年随着环保意识的普及,特别年轻人讲求简约的生活,许多人认为那些中装一年就只有过年时穿一次,做工又贵,不划算也没必要。不过,香港老上海人还是守住这条底线,只是旗袍外还有中式套装,绣花短袄配同款的裤子,花团锦簇,十分有过年气氛,男士也不例外。特别大年初三,董事会、同年会或团拜会上,香港广东人也都是一律藏青缎面长衫加黑缎马褂,千层底布鞋,十分传统。

至今,香港老上海人过年遵循的还是上海传统,有些比上海还上海,比如过年点心为春卷、枣饼、宁波汤团、银耳甜羹等很上海的点心。上海人的新年茶,必配两个檀香橄榄,一个顶在茶盅盖上,一个放在茶盅碟边,俗称"元宝茶"。不少老上海家庭都会在中环的"上海总会""江浙同乡会"等老上海会所吃新年饭或年夜饭,饭后开出麻将台。一时吴侬软语,老派上海闲话时起时伏,真的有如时光倒流之感。

年初四老板请吃开年饭、发开工利是

年初四香港人正式上班,到了公司还是有点喜气,大家互道"恭喜",还有一条很温馨的惯例:但凡已成家的员工,要给未成家的同事发利是封。只要对方一日未成家,哪怕年龄会比较大,也要给他发利是封。数目不大,10元以上都可以,却

很有传统农业社会长辈爱护小辈的温馨在其中。当然,发不发无硬性规定,不过天天在同一个写字间办公,大家关系融洽共事才开心,所以不大会有人太计较。

新年第一天上班,老板也要给员工发开工利是,一般一封50元。晚上会在酒楼摆几桌请员工吃开工饭,席上老板(老总)会亲自逐桌敬酒,感谢员工又辛苦了一年,在新一年中讲几句勉励的话。

就这样,大年三天假就过去了。

2011 年 12 月 26 日

那些年我们一起戴口罩的日子

　　口罩从来是作为医务专用，随着近年气候多变，阴霾日趋严重，街上路人几乎人人戴着大口罩，色彩造型各异，颜色则早已跳出单一的白色，与围巾大衣相配相衬，十分个性化，成为隆冬季节奇特的一道时尚风景。

　　但年轻的读者可否想到，在上世纪六七十年代的上海，白色的医用口罩曾经是当时时髦青年的时尚标记。爱美之心人皆有之，所谓"野火烧不尽，春风吹又生"，"文革破四旧"将一个多姿多彩的上海弄成一片片毫无个性的蓝海洋。但是，上海人真的是"无可救药"，很快，蓝色海洋中在袖口裤管领口做点小修改，上海的蓝海洋蓝得特别明亮妩媚。这股时尚之风的发布点还是应该从老资产、老白领聚居的老租界刮起。记得"文革"后的第一个春节要照常上班，春节穿不了色彩鲜艳的节日装，就把蓝布棉袄罩衫洗一洗烫一烫，下配法兰绒西装裤,头颈围一条大红的羊毛围巾,你再也想不到效果有多好。男士也是类似的打扮,大多围一条深紫红的围巾——旧时上海著名的雷士德工学院校服就是藏青的西便装,下配法兰绒西裤,扎紫红领带,然后一双一尘不染的黑皮鞋。这样的一身装饰比当时满街的绿军装更显一份深沉和自矜。此时前胸再配一枚小小的或红或金的领袖章,更起一种画龙点睛的作用。理发店里的烫发机都被砸烂了,我们就用电线卷头发,隔夜起来用钢丝梳一梳,一把自然的大波浪就出来了。此时,不知哪位无名氏发明者,想出上街戴着大口罩(当然是在冬天),对天生长有一对扑棱扑棱大眼睛长睫毛的女孩子来说,这白色的大口罩犹如18世纪贵妇人的面纱,令整张脸充满了一种神秘的美感,令人遐想无穷。长相再普通的女孩子,只要大口罩一戴,一身合身的蓝布罩衣配颜色鲜艳的长围巾,烫得笔挺的法兰绒裤子,顿时就会生动起来,这就是时尚的魅力。男士只要鼻梁挺拔,粗眉大眼,也很合适戴大白口罩。

很快,口罩之风在申城流行起来,人们同时发现,戴口罩除了可以改善形象之外(用今天的话说就是时尚化一点),还可以有很多方便之处。最重要的是,走在街头不容易被人认出来。另外,在街头某一个拐角意外邂逅老友,大家迅速摘下口罩,换一个别来无恙的眼神,互道珍重的惜别,还有摘下口罩时笨拙羞涩的初吻……今天的年轻人是体会不到当时那种处处要小心做人的紧张心态的。

当然,并不是每个人都能把白口罩戴得很时尚,首先口罩要雪白的,有的人口罩两三天不换,当中鼻孔两个黑印子赫然在目,这样的形象令人恶心。还有头发油垢衣冠不整,再顶一个大口罩,简直像蒙面大盗⋯⋯但对我们这帮"死不悔改"
"无可救药"的"落后"青年,那些年我们一起戴口罩的青葱岁
月至今我们回味无穷,留下许多难忘的故事。

2012 年 1 月 4 日

上海老克勒心目中的精致生活的标准

——自小习惯的喜欢的有尊严的生活

撰稿人:程乃珊

受访者:钱逢麒先生,82 岁,圣约翰大学经济系毕业,上海梅林集团总会计师

问:钱先生,您是如何理解老克勒的定义?

答:社会上普遍理解老克勒就是洋派阔绰,其实不然,我们约翰人作为老克勒可说是当之无愧的。早在 1904 年,圣约翰就提出培养既有男子气概又彬彬有礼的学者加绅士。作为约大的培养目标,这也是我们一生对生活的追求。

问:你们这代经历想不到的坎坷,难得的是,这一切并没有在你们身上留下痕迹。直到今天,但凡有约大同学会聚集之处,就洋溢着一片优雅,这是为什么?

答：我想这跟所受的教育关系密切，教育的种子是撒在校园里，但果实足以供你一辈子享用。我们从小就被教育衣着只需整洁得体，不必奢华昂贵，要明白自己要什么，不盲目攀比。

我们这辈子从小喜欢的就是开 party 和玩音乐，说起来，我们读大学时，上海滩百乐门、埃爱令（Air Line）、仙乐斯，舞厅林立，我们从来不去。一来囊中羞涩，二来家长不让去这些地方。于是就在同学家里开 party。那时，一般同学家里都会有大 ballroom，同学家会自备自制的三明治、色拉、蛋糕、饮料，非常丰富，同学的家长都是很开明又热情的。我至今都记得常去开 party 的几个老同学家，比如铜仁路上的绿房子，还有龙潭水泥厂的姚家花园。乐队就是我们自己，每当新的好莱坞电影上映，我们的 party 上就会传来最新的好莱坞电影插曲，说起来，party 只是跳跳舞，玩玩乐队，其实我们从中学到很多人生道理，比如如何约会女孩子，尊重女性，如何注意礼仪，我们许多人都是在这样的 party 上找到了自己的终身伴侣。party 成员之间结下的友谊历经多次政治运动甚至"文革"仍保持至今，这是一辈子的，也令我们许多人不是学习音乐专业但都会一门乐器或声乐。比如我的英语老歌独唱，至今在圈子的 party 里还是保留节目呢，哈哈。我们另外一位老朋友 Herb，是美国退休华人飞机师，也是约大的，如今在上海定居，也是我们 party 的积极分子。尽管有一度 party 以"黑灯舞会"的名义被取消，许多人因此蒙冤入狱，但野火烧不尽，春风吹又生，大地回春之时，我们又热衷开 party 玩乐队跳舞。每年的圣诞、新年、春节、国庆和约大校友会，都是我们的重大节日,大家全力以赴开好这个大 party。虽然我们已白发苍苍,却仿佛回到青年时代。

问:你们这班老克勒很多没赶上评高级职称,平时退休工资也不高,你觉得会影响对精致生活的追求吗?

答:快乐和精致生活不是用钱买来的,而是用心缔造的。我们从来不会去那些高级会所开 party,街道活动室、青松城、宁波同乡会和朋友家里都是我们常开 party 的场所。我们觉得人的层次不是由活动场所决定的,而活动场所的层次是由参加的人决定的,这与消费标准高低无关。另外,上海红宝石西饼店是改革开放后第一家外资西饼店,创始人就是我们约大校友,他对约大校友特别关照,因此不少红宝石西饼店成为我们的据点。校友们也会定时在那里小聚,花费不大却十分温馨。

我们晚年最大的乐趣就是开 party 跳舞、唱英文老歌。约大校友合唱团成员都是七老八十的退休工程师、经济师、教授等,为了追求晚年的快乐,我们从约大校友会的聚会上唱到兰心剧院的舞台、国际礼拜堂、新加坡游轮上,已成上海滩风景的一绝。在你的老上海系列讲座上不是也露过一手挺受欢迎的吗? 当然,我们的音域会越来越窄,音量一年比一年小,音调一年比一年低,终有一天,我会再也唱不动了,但是我们毕竟唱过了。在唱歌中领悟人生,感受友谊、和谐、宁静和快乐。我们在唱歌中度过了一个丰富多彩的晚年,这就是极大的幸福。

我们还会不定期轮流在 party 成员家中聚餐,唱英文老歌,自己组团旅游,这就是我们认为的精致生活。说到许多如今咖啡馆里动辄五六十元一杯的饮料,如碧血玛丽、爱尔兰咖啡、白俄罗斯……其实都可以自己做。买一瓶百利酒,里面放个冰淇淋球,就是味道正宗的白俄罗斯;草莓上市之时,捣碎后与牛奶混合,再加一个冰淇淋球,就是 pink lady。这些活儿对我们的太太来说,简直就是小儿科,犯不着到外面去花大价钱。所以我们的餐桌永远是群策群力,有的家庭招牌菜还是外面吃不到的。我们的生活中没有名牌,没有奢侈品,尽管我们曾经也很会享受名牌和奢侈品,但到了我们这个年纪,已经很懂得什么才是我们需要的精致生活。在当今青年人眼中是很不起眼,很老土的,但正是我们喜欢的,我们很享受。

什么叫幸福,就是你可以自由选择你喜欢的生活方式。再强调一次,这与消费的钱财多少无关,自己煮一壶香喷喷的咖啡,烘一份合口味的蛋糕,与至爱亲朋在洒满阳光的家中聊天听音乐,在我,这就是一份精致的生活。

2012 年 1 月 5 日

英国工业大革命让带有浓厚农业社会气息的手工式作坊迅速转型为大批量的流水作业式的机械生产。事物往往是这样,当它们消失以后,人们才会忆起其种种好处,手工制作也是如此。而今,"Hand Made"已成为奢华、昂贵、有个性的代名词。记忆往往是美好的,那时空和岁月编织成的筛子,将过往的不足全部筛去,留下的往往是最美好的……

直到 50 年代后期,上海的街头巷尾还能见到小商小贩的身影。每天三四点钟,正是我们放学后的时光,弄堂里就会响起一阵苍遒的吆喝声"豆腐——花喽——",那尾声拉得特别长,只听到"花喽——花喽——",现在想想是非常好的男低音,可以去参加达人秀比赛了,绝不会输给菜花甜妈。这与海关钟声一样准点的声音,周边住户太熟悉了,人们纷纷拿着碗出来。这个专卖豆腐花的小贩操着一口带有浓重广东口音的上海话,那时也有四五十岁了,骑着一辆自行车,后面拖着平板车,上面黑不溜秋的一个大瓦瓮,后面用一个硬板纸歪歪斜斜地写着"山水豆腐花"。瓦瓮里盛着雪白的豆腐花,然后用一把类似黄铜薄片的工具削下薄薄一片,再撒上不太甜的黄糖粉,盛在碗里。豆腐花滑嫩却不散,说是豆腐花,其实更像奶酪,充满浓郁温润的豆香,好像只卖三分钱一碗,那是童年时代我每天的期盼。上海的豆腐花有甜有咸,但广东豆腐花只有甜味的。广东摊主与我们弄堂里的几位广东阿妈用广东话聊得特别投机,我因刚从香港回来,也能用一口流利的广东话与他对话,所以他对我特别照顾,总是给我加点添头。我是知道"山水豆腐花"的,"山水"意味着水源取自山区清净之水,50年代的香港沙田还充满山村野趣,是郊游的热点,处处可见出售"山水豆腐花"的小摊。回上海后,也只有在这个广东老汉那里尝到味道相似的豆腐花。虽然对是否"山水"有质疑,但或许也解了我一段小小的"乡愁",只是当时年少不知。

广东阿妈曾问他:"为什么非要把豆腐花放在一个如此笨重的大瓮里?"老汉说:"只有放在大瓮中,在行车颠簸途中豆腐才不易碎,也不易起渣,还能保持恒温。"难怪在三伏天,老汉简陋的摊位上根本没有冷藏设备,但打开大瓮的盖,沁凉之气迎面扑来。虽然没有经过冰镇,入口却是凉爽清甜,十分解暑。父母曾一再告诫我和哥哥,不准买豆腐花吃,怕不卫生。其实,老汉那既没化学添加剂,原料又天然的豆腐花不知比而今的吃食要卫生几百倍!

在香港时,去大屿山离岛长洲尝过"山水豆腐花",但总觉得没有记忆中那样嫩滑细腻。直到一次，一位朋友神秘地对我说："带你去尝真正的山水豆腐花！"我们来到深水埗，深水埗是香港著名的旧区，市政建设相对陈旧落后，可能正因如此，才保留了许多传统的商铺和生活习俗。就在地铁出口，穿过一条熙熙攘攘的街市，在一排地摊后面，看到一块挂着"公和豆品厂"牌子的小店。要不是朋友老马识途，实在不容易找到。店面不大，一如多数香港传统的老旧茶餐厅，不讲究门面装潢。因为时间尚早，客人也不太多，只见两位师傅一位在店铺口忙着卖豆芽和豆腐，那种放在木格里的豆腐我看着也新鲜，因为如今的豆腐都装在塑料盒里，静静地躺在超市货架上。而另一位师傅就在角落里一只硕大的瓦鬲中，以一把薄薄的黄铜铲舀出豆腐花，用瓷碗端上桌。那只老式大鬲让我备感亲切，当年广东小贩就是这样一个大鬲，不过体积没这么大。浅尝一口，满口豆香，配上清爽的黄糖，令我深深陶醉。令人赞叹的还在后面：店堂里屋还有两个穿着汗衫、拖着拖鞋的中年汉子，正在缓慢地推着石磨，原来这美好的豆浆硬碰硬就是这样用手工慢慢推磨出来的。豆浆从这里出来后，还用细密的筛子将渣液隔除，难怪端出来的豆腐花如此清莹！

而今豆浆机十分流行，时尚一族时兴自己做豆浆，但有专家质疑，豆浆机虽然快捷，能快速将黄豆粉碎，但这个过程会产生高温，很容易让原味与营养流失，怎比得上手工推磨？不紧不慢，在自然的作用下，黄豆充分释放蛋白质，所以我们的味觉能清晰感受到它的细腻和浓郁的香气。

离开之际，才发现店外排队等候的长龙，据说都是老顾客，不少是几经倒车特地过来，如我们一样。恋恋不舍地离开

"公和豆品厂",名为厂,其实只是一家小吃店,更像一家现做现卖的小作坊。这么好的生意,店主为何不多开几家分店?友人是老香港了,笑我太天真:"用手推磨赚的是辛苦钱,怎么敢得过如今节节攀升的店铺月租?"其实,早在五六十年代,"公和豆品厂"在港九很是风光过一阵的,在闹市旺角、油麻地等有好几家连锁店,就是因为后来店租高涨,缓慢的石磨怎比得上快速增长的租金?便相继歇业,最后退守到深水埗这家开门老店。可能这家店铺是自置的物业,据说也有地产商看中这店铺,游说店主歇业将铺面出租,光收租金都好过天天转石磨,辛苦又赚不到钱。但店主坚拒:"我这样做对不起祖上传下来的这块招牌……"

我充满敬佩地望着那块挤在一大堆杂乱店招中的"公和豆品厂"招牌:什么叫老字号?就是无论世事如何变迁,价值观如何变换,我自如闲庭散步,紧守着祖上的传承。真正老字号的含金量不在招牌上那几个字,而是这份坚毅不拔的传承精神!不烦躁不紧张不与人攀比,以自己的速度坚守自己的原则,虽然缓慢但是认真地打磨出美好的成果!这不是很值得我们深思和反省的吗?

2012 年 2 月 9 日

工装裤

　　提起工装裤，人们就会很自然地联想到电视剧《大工匠》里一代铮铮铁骨的产业工人，还有五六十年代宣传画上线条刚烈的举着铁锤的产业工人形象……其实生活中的工装裤要委婉富有人情味多了，特别对我们这代四五十年代生人，工装裤给我们带来更多的是童年的甜蜜回忆。众所周知，中国历来没有"童装"这个概念，所谓"童装"就是大人的衣服尺寸改改小，既累赘又不方便儿童嬉笑玩乐。童装应该也是和西风一起吹入，大约在上世纪三四十年代，童装在上海、广州、天津等大城市开始流行，工装童裤就是一例。上海人称工装裤为"背带裤"。儿童穿工装裤最大的好处是对胃部和腹部的保暖，另外儿童没有腰身，裤子容易往下垂，背带裤就可以避免这个不足，另外背带裤又起了一个罩衫和围兜的作用，保证内里的毛衣衬衣的清洁。

我仍清晰记得,我的背带裤童年,料子多为灯芯绒。中国的背带裤前胸的装饰图案真切体现出"与时俱进"的精神:30年代的是拔萝卜、葡萄仙子;40年代的是白雪公主和木偶匹诺曹;50年代的是小猫钓鱼和鸡毛信海娃;60年代、70年代是雷锋叔叔和花儿朵朵向太阳;80年代是阿童木和聪明的一休……正所谓万变不离其宗,任背带裤胸前的图案千变万化,但它的基本样式没有变化,而且几乎清一色的是左背带前胸总是用安全别针扣着一块手帕,这块手帕不是用的,而是专门给老师检查的。犹记得50年代每天清晨,街头都会有一辆辆加上扶栏改装过的三轮车,那是当时幼儿园的校车,一辆车上挤着近十个穿工装裤的小孩子,总会吸引行人充满慈爱和欣慰的目光,可能这给我们都带来了温馨的童年回忆吧。其实小时候不太喜欢穿工装裤,因为小孩子手短,每次上完厕所,要把背带捏到前面扣扣子很费劲,但家长还是固执地把我们套在背带裤里面,久而久之,背带裤似就成为儿童的指定服装。

孩子过了十岁,背带裤开始分流成背带裙和长裤了,工装裤就成为产业工人专用的工作服。在工人阶级领导一切的年代,穿一身油腻腻的工装裤走在南京路上,喉咙都可以特别响。

所谓都会的特点,就是万物经起淬火打磨都会时尚化,成为一种引领,工装裤也不例外,七八十年前,无论中外女性,裤装或两截装都是出不了街的,即如上海这样的大城市都如此。二战期间,美国本土的男人都上战场了,女人走出家门,投入后方的生产,裙子当然不方便操作,如此歪打正着打破了惯例，女子裤装也成为一种时尚潮流，一如《一江春水向东流》中，舒绣文扮演的交际花，穿一身西裤装从吉普车上跳下的镜头，可谓风头十足。

读者应该都记得，《霓虹灯下的哨兵》中的女特务，她化装成进步学生，就穿一身很时尚的工装裤。解放初期，一些进步女学生，都脱下旗袍，穿上这样的时尚化的工装裤打着腰鼓庆贺新中国的成立。所谓时尚化就是放宽工装裤的两条背带，分别嵌上三粒纽扣，然后束腰，加宽腰部的切线打折，将女性的曲线自然地显现出来。说真的，这种时尚化的工装裤内配白衬衣，显得正气朴实大方，小时候就很向往长大了可以穿上这样的工装裤，但可能因为太显示女性曲线了，在提倡延安作风万岁的年代，没有人有胆量穿着招摇过市，所以始终没有流行起来，反而只在舞台上展现。60 年代一部电影《年青的一代》中，曹雷饰演的林岚就穿着这样的工装裤，内配细格衬衣，活泼充满青春活力，但日常生活中还是很少有人穿着，所以直到改革开放以前，都是女学生一种特定的演出服。

而今好像不太看见穿背带裤的小孩子了，倒见不少男女青年大大咧咧地穿着牛仔化的背带裤，有长有短，款式各异，再抱着一个大大的毛公仔，这是舍不得告别童真的一种心态吧！

2012 年 2 月 9 日

栗子蛋糕

　　上海本地是不产栗子的,但上海人都有深切的栗子情结,比如栗子蛋糕。

　　说到栗子蛋糕,《红楼梦》第三十七回,袭人差老宋妈妈给史湘云送两个盒子,一个是鲜果,一个就是桂花糖蒸新栗粉糕。我想这就是中国的栗子蛋糕。海派的许多西点,其实并不是国外传来的,而是上海的西点师傅采用本地的食材,结合本地人的口味,或者在传统工艺上注入西方元素而成,比如出名的栗子蛋糕。它曾经是凯司令的招牌产品。凯司令创始于上世纪30年代,就是张爱玲《色·戒》中的女主角在这里坐立不安地等待她的秘密小组暗杀对象老易来接她的那家西餐店。说是西餐店,但凯司令的西饼和盒装曲奇更有名。它的盒装曲奇包装得十分精美,盒面配以各种西方古典名画再配上颜色鲜艳的绸带,其装潢比现今丹麦蓝罐曲奇要优雅高贵得多。不知为何,"文革"后再不见这样包装精美的凯司令曲奇。凯司令由三位西餐从业者合资开办,其中一位凌阿毛原是天津起士林的西饼师。天津是良乡栗子的故乡,却不出栗子蛋糕。凌阿毛来到上海后,不知怎么会灵机一动,别出心裁,创造出了口味佳美的栗子蛋糕,从而成为凯司令的招牌产品。因为栗子可以做成栗子酱,因此一年四季我们都可以吃到栗子蛋糕。凌阿毛的儿子也得到父亲的真传,令这一拳头产品在凯司令得以传承。可惜,"文革"十年,这位栗子蛋糕高手自杀了,幸好他还有徒弟,在上世纪 80 年代初,我们还能吃到正宗的栗子蛋糕。什么是正宗的栗子蛋糕? 就是整个蛋糕身没有一点面粉,全部是用栗子泥堆成,只有底部是一层薄薄的用六谷粉(玉米粉)烘成的硬底,整个蛋糕身呈球盖形,然后用鲜奶油由上至下像丝带一样裱出各种精美的花纹,中间嵌一个艳红的樱桃。因为没有面粉,蛋糕身容易塌落,所以栗子蛋糕都做不大,最多五英寸,而且一旦切开就破相了。只有外行的人才会嘲笑"上海人真小气,买个蛋糕还买那么小"。栗子蛋糕不太甜,实在是很具海派特色的西点。可惜而今所谓的栗子蛋糕只能算栗蓉蛋糕——整个蛋糕身都是面粉做的,栗子就像奶油一样裱在上面,外形也与其他蛋糕一样没有区别。我们小时候还有一种栗子杯,做法与栗子蛋糕一样,其实就是袖珍型的栗子蛋糕。为了怕蛋糕身塌下来,特地放在纸杯里,称为"栗子杯"。记得 80 年代英资红宝石刚开张的时候还有卖呢。如今不知是因为潮流兴减肥还是因为节约成本,或者此工艺已经失传,这种正宗的栗子蛋糕再也找不到了。

栗子有很多种吃法,洋到可以做成栗子蛋糕,土到可以红烧栗子鸡与红烧栗子肉,这是上海人的家常菜。每当桂花飘香时,还能吃上糖桂花栗子羹。后来看到梁实秋写的《雅舍谈吃》中也提到:"杭州西湖烟霞岭下翁家山的桂花是出名的,而桂花盛放之时栗子也上市了。因此,桂花栗子羹成了这一带小店的招牌佳品。"我才知道,这一道甜食是源自杭州的。徐志摩的《这年头活着不易》,其实也跟桂花栗子有关,原来徐志摩每值秋后,也必去杭州翁家山尝一碗桂花栗子羹。有一年,因下大雨,这一带的桂花几乎全被打落,为此,徐志摩深感人生的无常,就写了这首诗。

想不到,小小一个栗子蛋糕竟令笔者有如此多的联想。归根结底,所谓美食,其实与食材的贵贱无关,还是在于用心不用心。

2012 年 2 月 14 日

　　这里的"上海西餐"非指上海市内所经营的西餐店,而是上海开埠以来西餐为了能在上海站住脚,适应和迎合上海人口味而做了改良,与正宗的西餐已有较大的区别,奋身与洋人的西餐竞争,从而形成富有特色的"Made in Shanghai"的广受欢迎的"海派西餐"。

　　因为语言不通,再加上西餐礼仪规矩多多,向来以见多识广自居的上海人碰上动刀动叉的西餐也满怀敬畏之情。难怪老沪语称西餐为"大菜",而一般其他哪怕是中国有名的八大菜系的名菜也统称为"小菜"。吃西餐的八人大餐桌称为"大菜台子",连西餐师傅也称为"大菜师傅",中餐师傅就称"厨子",而大菜师傅的收入也远远要高于中餐厨子。吃大菜的价格自然也要远远高过一般的中餐了。直至今天,在上海如果主方以西餐宴客(自助餐不包括在内),那是十分高的礼遇,且隐喻着要正装出席。

其实,作为西方礼仪文化的典型——西餐礼仪,也只不过二百来年的历史。早年的欧洲饭铺、酒庄也如上海早年的本地餐厅,不讲究装修和进餐氛围,只管吃饱喝足走人。只有贵族王室才有一套繁琐的进餐礼仪和讲究阔气的氛围。法国大革命后,贵族被满门抄斩,他们的厨师和家仆流散到社会上。为了谋生,他们打出当年贵族公馆的那套进餐礼仪和心细如尘的贴身服务,让社会上的平民百姓(当然是指有财力的新兴的资产阶级)也可以享受当年王室的进餐氛围。久而久之,就形成今天特定的西餐礼仪。

早在晚清,上海已开出好几家西餐厅,老板本身是洋人。上海人万事都喜欢尝个鲜,唯独那带血丝的牛排和硌牙的冷食是碰也不敢碰,更遑论菜单上那蚯蚓一样的洋文、穿着雪白的浆得笔挺制服的洋侍应和那一排亮铮铮的洋餐具,让上海人对大菜十分疏远甚至有点恐惧。老上海话"开洋荤",即取意于此,大有"拼死吃河豚"的悲壮之情。

一个有心的广东人,看出这里隐藏的商机,便在当时的四马路(今福州路),开出一家番菜店。"番"本身就解释为"外域"的意思,店名却十分中国化——"一品香"。在环境上,比传统的中国餐厅讲究装饰和氛围;口味上,向上海人喜欢浓油赤酱靠拢;最重要的是,一应菜单,全部译成中文:芝士焗面、车厘子梳化、淇淋布丁……虽然这些中文字怪里怪气,但要好过蚯蚓样的洋文,至少顾客看得懂,念得出。渐渐地,上海人也就接受了,这些译名一直沿用至今。番菜馆里可用刀叉,也备有筷子,随便选择。一应服务生都是穿白长衫的"阿拉上海人",相比洋堂倌拿腔拿调、一副拒人千里之外的飙劲,他们的服务是传统中国堂倌的热情和自来熟。很快到了清末民国初,这种中西融合的番菜馆已广受上海人欢迎。在最能反映上海城市时尚的《点石斋》画报上已有穿清装的、裹着三寸金莲的时髦上海女性吃西餐的场景。到了民国时期,西餐馆在上海越开越多,著名的有老大昌、红房子、文都利、来喜……这些餐馆的老板,无论是中国人还是老外,都不约而同地恪守着番菜馆的经营特色:迎合上海人的口味,尊重上海人的习俗。这里的西餐与正宗外国人的西餐,已有很微妙的不同,人们称之为"海派西餐"。

正如扬州人不知道扬州炒饭,海南鸡饭并不是海南的特产,海派西餐的许多著名产品,尽管有个洋里洋气的外国名,其实却是正宗的"Made in Shanghai"。比如老大昌的拳头产品拿破仑蛋糕,法国人都未必知道。它是一种千层饼,层层叠叠之间铺着鲜奶油和核桃仁,一口咬下去满嘴香甜,是正宗的上海师傅所创,与拿破仑没有一点一滴的关系。因为老大昌地处法租界,取名"拿破仑蛋糕",纯粹为商业炒作。至今,上海还处处可购到拿破仑蛋糕;另外金必都汤,其实就是奶油鱼翅汤。西方人一般是不吃鱼翅海参之类的,但上海人喜欢,上海师傅就用西餐的做法烹饪,再起个洋里洋气的名字,一问世就颇受欢迎;再者,上海人熟知的罗宋汤,是以牛肉清汤与番茄、土豆同煮加上炸得香脆的面包丁,再浇上一坨鲜奶油而成。坊间曾流传一则笑话,一个中国人去俄罗斯,想在那里尝到正宗的罗宋汤(罗宋即为旧时沪语的俄罗斯译名),结果令他大失所望,在俄罗斯端上来的俄罗斯汤与他在上海尝到的罗宋汤,完全是两码事。他不知道,所谓罗宋汤其实是当年的白俄为了生存,将家乡的汤注入了大量的上海元素(偏甜腻、偏浓郁)而成。

这就是海派西餐,特点就是无所谓法式、英式、德式,什么好吃就煮什么,西餐中吃,真正的洋为中用。

饮食文化,是我们生活中最容易接触到的一种文化,在我们的人际交往中及与社会和谐相处中,占了一个相当重要的位置。而海派文化强调的,就是一个"和"字。当世界进入21世纪,我们处在一个更多元的同时更加强调个性的竞争激烈的新纪元,如何学会与社会、与人、与自然和谐共处,不妨想想海派西餐这百多年的历程,或许对我们都有所启示吧。

2012 年 2 月 14 日

自梳女·老密斯·单身女贵族·剩女

　　法国政府日前颁布命令,禁止在官方文件中出现"小姐"称谓。"小姐"称谓将由"女士"取代。因为女士同先生一样,显示不出被称呼者的婚姻状况,这意味着法国女权主义者又取得一场重大胜利。此外,德国从 1972 年起就正式禁用"小姐"称谓。在加拿大魁北克地区如果称"小姐"会被视为无教养之举……然在中国,不知怎么"剩女"这个词如此普及,据说此词来自日本,更有恶俗的如"败犬"来称谓未嫁女子。

　　嫁与不嫁,完全是一种个人选择,与他人无关。笔者从来不欣赏什么女权,但觉得法国政府此举呈现其尊重女性的境界。

　　当然,老式女子经济不独立,如终身不嫁,父母在还可靠父母,父母不在只能靠兄弟,如此寄人篱下,自然没什么尊严可说。女子要独立,其根本在于有没有独立的经济权,否则只是一句空话，职业女性还没出现之时，女子在家靠父母直到出嫁，父母在日子还好过，如若父母不在了，仍待字未嫁那就要靠兄弟，笔者有位远房老亲，是位老姑娘，那时节，女孩过了三十未嫁，已被视为"老姑娘"了，父母一直放不下这个心，生前已为她早早预留一份丰厚的嫁妆——一栋可供收租的房子，与其说是一份嫁妆，其实是她日后寄居在兄长家的生活费。父母双亡后，她就跟着兄嫂过，笔者自幼的印象中，她的地位就是介乎于保姆和女主人之间，说得好听点是女管家，但言语举止之间，处处观言察色小心翼翼，每逢大年三十，她帮助准备好年夜饭后，从不上席，而是去庙里烧香，要到十二点过后，才悄悄回来。人们心里都明白，这是因为传统有一条陋习，未嫁女儿包括被休回娘家的或寡妇，不能在娘家过年，否则会带来晦气的。张爱玲的《倾城之恋》里的白流苏是离了婚回娘家的，说起来手里还有点钱，但娘家的哥嫂还是恨不得早点把她这个包袱扔掉。说起来这些未嫁女手里还有点资产，且在有东方巴黎之称的上海，都活得如此屈辱沉重，更遑论一般草根家庭。不过，话说回来，正因为家庭富裕，女孩子才会挑挑拣拣，以至错过佳期，一般粗茶淡饭的小家小户，倒很少听到老姑娘之说。

与西方相比，中国的职业女性，崛起较晚，但自强不息的意识很早就在民间萌芽，其实早在百多年前，广东顺德就有一批能干勤劳的女性，不堪任人摆布的包办婚姻和大男人主义的重压，自己梳起发髻（南方习俗处女梳大辫子，一旦结婚就梳起发髻），终身不嫁，人称"自梳女"。封建社会女性要自己养活自己谈何容易，当时社会上职业女性少之又少，这些没有机会受教育的农村女性，唯一的出路就是做女佣。她们结伙拉伴去省城广州、香港，甚至南洋，当年上海滩也处处可见"自梳女"的踪迹，甚至远走美、加，做女佣，俗称"妈姐"。此次名扬威尼斯电影节的《桃姐》就是很典型的一位"妈姐"，因为勤劳、踏实，这些来自顺德的自梳女烧菜、洗烫、领小孩样样拿得起，且做得又好又快，一直有"一脚踢"的美誉。很快得到社会和海外华人世界的承认。从此，顺德自梳女成为著名的家佣来源。顺德自梳女又称顺德女。广东俗语"一脚踢"，这原出自于对顺德女的溢美之词。以至上海方言中也有"一家踢"之说，意喻某人干活能干、敏捷，样样活都拿得起，做得又快又利索。可以说，这些自食其力的顺德女是中国妇女运动的先驱。她们率先向广大女性展示女人要执着地追求自己的幸福，即使不嫁人也可养活自己，活得有尊严。为保证晚年丧失劳动力后无后顾之忧，顺德女有一套严密又不成文的养老约定：年轻时节衣缩食，几个自梳女合资买一间房，专意赡养老弱病残的自梳女姐妹，大家轮流伺候他们，如此直到自己年老了，也有屋住，有人服侍，这种屋又称为"姑婆屋"（姑婆就是老处女），旧时，依靠这种朴素又牢固的民间约定自梳女们自觉有强大的后盾。

随着女子教育的普及，职业女性开始成为城中一道崭新的风景，昂首街头，她们有学历有体面的职业，她们择偶不会单一为了一张长期饭票，她们对婚姻有着强烈的精神要求，再加上旧社会职场对女性怀孕生育都有明显的歧视，这形成职业女性的先驱中，不少终身未嫁，这在当年的女教师女医生之列特别显示，比如著名蝉联中西女中和市三女中校长的薛正女士就终身未嫁，对这批有文化有教养的单身女性，老上海尊称为"老密司"（Ms.），哪敢为她们贴上今天剩女败犬的标签，那是大大的不恭。

　　社会进入 21 世纪，什么女人四十一只疤，四十的美眉依然可以娇艳如花，越是长得漂亮工作体面，学历高的美眉们，越是不肯轻易匆忙地将自己嫁出去，而今社会，社会福利和养老保险日益完善，单身女贵族们过得滋润又自如，怎么也和剩女和败犬挂不上号，周围的七大姨八大姑何必瞎操心……说起来，笔者也不喜欢"小姐"之称，除了它被强调了被称呼者的婚姻状况外，更是因为如今的娱乐场所的女性普遍被冠以"小姐"之称，而令其变味了。故而笔者在赠书时，喜欢对女性称之为"女史（士）"。

2012 年 3 月 6 日

　　从来很少看体育节目，那天好友特别来电：“电视正在播短道速滑世锦赛开幕式！”哇，果然美轮美奂，随着熟悉的《溜冰圆舞曲》和经典好莱坞老片《绿野仙踪》中那著名的《飞越彩虹》的旋律，中外演员们合力推出这场令人耳目一新的开幕式，活脱活现显示了浓郁的海派风情。其间，没有诸如黄包车、旗袍、石库门等已用滥了的上海元素，却让人确信这场开幕式就是在上海举行。笔者无意在这里宣扬什么地方主义，但总觉得一场成功的、令人难以忘怀的国际赛事开幕，浓郁鲜艳的当地文化色彩是其灵魂，正所谓最民族的才是最国际的。“北冰南展”，这次世界顶级冰雪赛事在上海举行，带动的不仅是冰上运动硬件设施的建设，更重要的是普及了南方城市的“冰雪文化”。

　　上海少冰雪，但上海人对溜冰并不陌生，只不过是四个轮子的旱冰鞋，老上海话"跑冰鞋"。笔者年少时，放学后弄堂里，常能见到邻居小朋友们蹬着溜冰鞋喧闹矫健的身影。那个时候，谁家的孩子拥有一对跑冰鞋真令人羡慕。

而今上海人对百乐门、仙乐斯之类都很熟悉。殊不知，当年上海也有几所十分时尚的不逊于上述场所的溜冰场，最著名的是位于今南京西路江宁路拐角上现址为中信泰富广场的"新仙林溜冰场"，这是一个带夜花园、有夜总会韵味的大型溜冰场，与被誉为"远东第一乐府"的百乐门异曲同工，毫不逊色，五六十年代改名为"新成溜冰场"。笔者记得的还有"大陆溜冰场"，在南京西路上。由于溜冰带有更多的体育元素，所以老上海常涉足上述场所的多为洋人和青年学生，穿着也比较休闲，中年人和自以为有身价者对此很为不屑。上述两个溜冰场也经常会有各种杂技演出。

直到 50 年代初，新仙林溜冰场内还有空中飞人的表演。听我先生说，这个节目有三个亮点：第一，表演者是位上了年纪的小脚老太太，她当然不会穿什么三点式，而是一身扎袖扎脚的中式功夫装；第二，她不扣保险带，就在高空中做出各种高难度动作；第三，也就是演出的高潮，她会突然怪叫一声，假装失手从高空中坠落，在一片惊叫声中，坠地前的刹那间轻松地用脚钩住竹竿！这节目今天看来似乎十分平淡，但在五六十年前是极刺激的。

说起来，大家熟知的铜仁路绿房子屋主吴同文也是个溜冰爱好者。这位作风再高调性格再不羁的老克勒，也从来不敢去溜冰场抛头露面。他就在绿屋花园搭了一栋铁皮活动房，时不时与儿孙辈去过下瘾。

笔者家住南京西路陕西北路,与新成溜冰场近在咫尺,清楚记得直到 60 年代初,每逢傍晚,新成溜冰场前挤满了打扮时尚的男女青年:女青年多为一字领的白色套头衬衫和深色中裤(即现在的七分裤),赤脚一双白色尖头船鞋;男青年则是袖口飘逸蓬松的绵绸衬衫和紧身小裤管裤子,彩格袜和帆船鞋。现在想起来仍属时尚简洁,但在当时上海滩绝对属阿飞装扮。那时上海舞厅已被取缔了,溜冰场成为当年时尚男女少得可怜的、仅余的人约黄昏后的相会点。在那霓虹灯已相继黯淡、熄灭的年月,新成溜冰场门口那一簇簇俊男美女们,配上围墙内不时飘出的《溜冰圆舞曲》和《蓝色多瑙河》等旋律,映着绿树丛中的灯光,可以说是罕见的海上夜生活的余光。溜冰场就因此被贴上有色标签——阿飞经常出没的场所。因此,那时家长老师只允许孩子在弄堂或公园玩溜冰,绝对不允许涉足上述场所。尽管如此,笔者还是盼着自己快快长大,有一位英俊高大的“他”领着自己进入里面。

　　笔者是长大了,但新成溜冰场被取缔了,改成静安区少体校,正常的青少年溜冰培训仍有。记得我高中一个女同学是业余花式溜冰好手,她只凭着两个前轮着地,就能做出各种漂亮的芭蕾造型,记得那时的《新民晚报》还专门介绍了她。后来她去了新疆,50 年过去了,不知她还记得这段绮丽的冰上之梦吗?

　　而今,上海的冰雪文化设施已现代化时尚化了,但仍有很大发展空间,如新仙林那样集时尚、娱乐、休闲、社交、美食和体育于一体的富有都会夜生活色彩的冰雪文化软件仍缺乏。

期望借此冰上盛会,能重新展现新海派冰雪文化。同时,也希望我们的孩子能从繁重的作业中解脱出来,蹬上新颖的跑冰鞋,放飞自己!

2012 年 3 月 13 日

吃
豆
腐

上海话"吃豆腐",意味着明知你不会动怒,大家寻寻开心而已。因豆腐软嫩宜入口,因此也有存心"吃吃侬"的意思(善意的)。

说起来,豆腐还真是价廉物美的大众化美食,又富有营养,难怪有人戏称为"中国奶酪"。相传在2100多年前,汉高祖之子,淮南王刘安侍母甚孝,念其母年老少牙,就将黄豆磨细煮成浆汁喂母,后又用盐卤点成豆腐。因其成本低廉又富有营养,很快传至民间,有人专门以此为营生。所以旧时的豆腐作坊都以淮南王为其祖师爷,以香火供奉。

民间有句俗话:世上最苦莫如撑船、打铁、磨豆腐,可见豆腐好吃,但生产豆腐的劳动强度很高。

豆腐行业可说遍布大江南北,各有风格特色。一般分有本作(上海帮)、宁作(宁波帮)、杨作(镇杨帮)、黑作(安徽帮）、潮作（浙潮帮）等。本作产品流传较广，除嫩老豆腐外，还有厚薄百叶、豆腐衣、油豆腐泡、油结子，另外还有大名鼎鼎的臭豆腐。马桥豆腐大约是本作中最有名的了。宁作是以小板豆腐见长，此外，无锡的油面筋，苏州的卤汁豆腐干，杨作的厚香豆腐干和潮作的油豆腐都各有特色。因此就有各种地方特色的菜，比如川湘帮的麻辣豆腐、镇扬帮的扣三丝、宁潮帮的雪菜黄鱼豆腐、闽粤帮的茄汁杏仁豆腐，还有本帮的各色豆腐羹。

豆制品虽然成本低廉，却也能入酒席，特别在素斋席上，豆制品是唱主角的。尽管豆腐如此受欢迎，但制作者大都贫困辛苦，主要是挑担串巷自做自销。为了改善自身处境，早在上世纪30年代初，有几位豆腐业中的元老，在南市乔家栅鸳鸯厅创立豆制品同仁会，以联络感情，团结同业。八一三事变后，同仁会迁入租界，正式称为"上海市豆腐业公会"。

一般豆制品行业多分布在菜场闹市，有个别精明的经营者，刻意在低成本中注重产品质量和开发特色，以提高产品的含金量。譬如上海有位叫金信生的，擅长做薄百叶，他做的百叶薄得成透明状，摊在报纸上字迹隐约可辨，不但可作佳肴，用它来卷裹热油条，更是别有滋味，既可做点心，还可以下酒，所以远近闻名。他还定期向著名的熟食店陆稿荐、杜六房酱肉店提供薄百叶，以制作鲜肉百叶包和酱汁百叶结，为这两爿名店锦上添花，这两爿店还特别注明：本店百叶由金信生提供。另有依仗地段优势广交朋友而发家的，譬如，有位姓顾的，他的摊位靠近成都北路富春茶楼和富春书场，他就向茶楼堂倌和书场听客兜销自制的酱汁豆腐干、素鸡素鸭素火腿等。

也因制作讲究、口味鲜美而广受茶客、书客的欢迎,成为上述场所的定点供应商,居然也发了家。上海人就是会做生意,连最普通的油炸臭豆腐也上了霓虹灯广告。有位姓沈的业主在店门前马路口设摊,架起大油锅,硬碰硬亮起"油煎臭豆腐大王"的霓虹灯广告,吸引过往客人,生意兴隆。

可见只要肯动脑筋、保证产品质量、老实做生意,低成本的产品也可以做得风生水起。

而今豆腐制作已是现代化的流水线,成批生产,传统的前铺后做难觅踪影,当然偶尔也能见到,但终怕来路不明而不敢下手。

而今想美美地"吃豆腐"也不容易啊。

2012 年 3 月 24 日

吃
豆
腐

男子中学与男孩危机

上海要开办建国后首家男子中学,以应对日益尖锐的男孩危机。对此,众说纷纭。

教育的种子是撒在校园里,然开花结果却是在社会上,且需相当时日,正所谓"十年育树百年育人"。要改变男孩危机,绝不是开两个男生班就能解决的,但不乏是一种探讨方式,并以此对中国的百年教育做一次反思和回顾,以应对新世纪的教育需要。

如今正逢盛世,物质条件富裕,再加上独生子女政策,我们的小男孩真是在蜜罐里泡大,不少直到成家还在经济上心理上断不了奶,缺乏担当、应变和吃苦的品格。我们的父辈兄长辈为什么比今天的男孩要成熟,那是因为战乱、物质贫乏、社会动荡……如打铁一样,男子汉的健全品格是需要淬火和锻打的。天将降大任于斯人也,必先苦其心志、劳其筋骨、饿其体肤……诚然,逆境和困境可以助人成才,但也不是太绝对,我们宁可不要战争、灾难,而且困境和逆境也可以将人逼成流氓和无赖,关键就在教育。

百多年前,西学开始强劲地冲击中国传统的私塾教育,新颖的所谓洋学堂如雨后春笋。当时女子教育不普及,自然入学的都是男子,客观上形成了男子中学这样一种教育形态,上海大约是全国男中最集中的一个城市。早在上世纪 20 年代,著名的男子中学有嘉道理中学(今育才中学)、青年会中学、麦伦中学(继光中学)、格致公学、清心男中、圣芳济、徐汇公学等,源源不断为社会培育英才。

西学大多附属于外国教会,自然而然把西方的平等、博爱、服务传授给学生。据笔者了解,教会学校并不强迫学生皈依宗教,却是通过团契体现互助互爱、服务社会、伸张正义的信念,这无疑也是一种很好的教育方式。随着女子教学的兴起,女中也纷纷成立,人尽皆知的有中西女中、圣玛利亚女中、晏玛士女中、清心女中(即今天要开办男生班的市八中学前身)等。根据女孩子将来都要为人母为人妻,女中会特别推行诸如女子人格独立、自强不息、仪态优雅、优生学、家政等教育。如此因势利导,男女中学根据学生不同的特点施行教育,直到 50 年代取消男女中学。

笔者的外公潘德民(1898 ~ 1976)毕业于八仙桥青年会男子中学,后入圣约翰大学。外公回忆中学时代,要远足、露营、冷水浴、训练各种应变能力,而敢于承担、体育精神和礼让女性是当年男中的教育宗旨。这在大男子主义盛行,不少男人还沉湎在鸦片烟榻、三妻四妾的时代,是多么先进!外公生前曾说起大世界吃炸弹时,他正在现场,亲眼目睹炸弹从飞机上扔下,他冷静地按照所学的知识:逃炸弹要往飞机的尾部而非飞机的首部,这涉及到加速度原理,硬是捡回了一条命。外公是三房合一子,头胎就生了个女儿(我母亲),他当众表示,男孩女孩都一样。外公无大财,仍让我母亲接受最好的高等教育,这有点超出他的财力,但他坚认,尽力为孩子提供最好的教育,是为人父的天职……就这样外公从一个来自绍兴农村没见过世面的少年,虽然没成名成家,却在上海打下了自己家族的第一块基石。一个男孩子就这样成为一名为家庭撑起一片蓝天的男子汉。外公身高不足一米七,一派标准的写字间先生模样,但谁能说他不是一个尽责的男人。我想这应该就是教育的成绩。

父亲程学樵(1918~1998 年)毕业于著名的清心男中(今上海市南中学)。校方对学生仪表有严格规定,如皮鞋跟不能踩踏,天天要擦干净,校服的风纪扣一定要扣上,被褥也必须像军营里那样叠得有棱有角,教官会用一角硬币往床铺上一扔,如能弹跳起来就 OK,如陷入床铺就不及格。这看似吹毛求疵,但培养了学生凡事一丝不苟、认真负责的习惯。这种习惯父亲遵循了一辈子。学校提倡的是德智体群全面发展,何为群?就是社会实践能力。父亲和一班同学在高中时代就义务为失学儿童办学,当时正值东三省沦陷,有年暑假全上海的男子中学高中生都到苏州集中军训,统帅是宋希濂将军。父亲清晰记得整条通往苏州的公路上都是一辆接一辆的军用卡车,满载着全身戎装的青年学生,大家高唱《满江红》,不断博得沿途路人的掌声和喝彩。

当然,时代不同了,道德观和价值观也不同了,但育人树人的教育宗旨应该是永恒的。在男子教育已断层有半个多世纪之际,科学地、客观地、认真地研究这个课题是十分必要的。此外还有诸多棘手的具体问题,比如师资来源(不是仅有高学历就可以的)。再则,男子中学肯定要有更多的课外考察、社会实践、体育锻炼种种,这肯定要挤掉补课复习的时间。这与如今考分至上的现状是否矛盾? 校方与家长对此是否有担当能力? 笔者认为,男子中学应该都是寄宿学校,不成方圆何有规矩? 还可以让同学之间从小就培养团队合作精神,以去掉那种小鸡肚肠、斤斤计较等男子汉所不容许的陋习。我们需要把我们的男孩子培养成儒雅、有教养、有社交能力的男士,千万不要以为,打高尔夫球、品红酒、马术就是儒雅气质的体现,把男子中学办成变相的贵族学校。

2012 年 3 月 30 日

　　民以食为天，不少坊间俚语都与吃食有关，生动贴切更方便表达且朗朗上口。比如上海方言中，"面孔红得像杜六房的酱汁肉"，"侬这面孔哪能啊，像勒杜六房里的酱缸里浸过了"。杜六房创办于民国二十七年，以酱汁肉、酱鸭、烤鸭、熏鱼等熟食制品享誉沪上。其中，红米烹调而出的杜六房"酱汁肉"尤为出彩，其味香甜、酥而不腻、入口即化、唇齿芳香，是老上海人尽皆知的熟食店，"酱汁肉"这三个字更一度被视为具有时代特色的上海地方语言。

　　"耳朵忘记在陆稿荐"，指前听后忘记，对人家关照的事情不上心。陆稿荐康熙年间在苏州开设，上海何时有不详，是与鸿云斋、杜六房齐名的老上海三大卤制店。陆稿荐的猪头肉十分出名，"耳朵忘记在陆稿荐"，就是隐喻你的耳朵是对猪耳朵。

一般有经验的食客都知道,去饭店千万不能点炒什锦和三鲜汤,因为一般都是厨房里的下脚料混杂在一起煮成。"烂糊三鲜汤",指做事没有章法,乱七八糟,邋里邋遢,混沌不开,"侬做事体有点计划好伐,不要这样烂糊三鲜汤"。此语尤指作风不检点的女性,滥交的女性,"这个女人是个烂糊三鲜汤,随便啥男人伊都要搭三"。

　　"蛤蚌炒螺蛳",指硬来横插一杠,掺杂在其中不受欢迎。想来因为蚌蚬、蛤蜊和螺蛳都是硬壳食材,可独立成菜,硬把它们混在一起,既不协调,味道也相冲,多此一举,忙中夹忙。

　　"阿(火)旺炒年糕,吃力不讨好",指卖力干活但得不到赞赏。炒年糕讲究慢火细活,火太旺反而要炒焦。此话源自宁波,因宁波男子名字中多"旺",凡名字中有"旺"者,小名就被叫作"阿旺"。习俗男人不上灶,阿旺一上灶就乱套了,干不了活,还要被老婆臭骂。由于"火旺"和"阿旺"谐音,于是原"火旺炒年糕"就讲作"阿旺炒年糕"。

　　方言带有很强的时代特性,比如"飞机上吊大闸蟹——悬天八只脚",指毫无着落、不着边际,这句话肯定是飞机发明后才有的。"吃外国火腿",指被外国人欺负。洋人在旧上海目中无人,拳打脚踢中国人是常有的事,挨了外国人一脚,穷苦百姓不敢反抗,只能来点阿Q精神,自嘲一番,被外国人欺负,有理没处讲,就是吃了外国火腿。看来这句话也是在洋人现身上海滩才有的。

　　"吃大餐",西餐刚进入上海时,因餐桌礼仪多繁文缛节,菜单也全是蚯蚓文,看也看不懂,稍不留神就会让人贻笑大方,上海人怕失面子,很惧怕吃西餐,将西餐称为大餐。同样的,洋老板和洋校长找你谈话,看似不是破口大骂,其实话中有话,让你下不了台,所以也叫"请客吃大餐",其实是请你"吃排头"。

"山东人吃麦冬,一懂也不懂",其实跟山东人没啥关系,一方面是押韵,另一方面也反映出旧上海人对异乡人的偏见。

上海人一般是不吃辣的,一点点微辣都受不了。"请你吃辣火酱",就是给你点颜色看看。

"叫花子吃死蟹——只只好",叫花子穷,只要能吃的他都说好,意指对人对事没要求,"侬要帮这个人介绍女朋友难啊,伊是叫花子吃死蟹,只只好呃"。

2012 年 4 月 2 日

　　曹可凡,正如他的名字,长相既不俊也不酷。一只面孔胖乎乎福笃笃,总是面带三分笑,所谓"和气生财",老小通吃。他的笑容不是空泛的、和稀泥的,而是充满了智慧。真诚的有内容的微笑应该先从眼睛开始,然后再用嘴巴去完成。曹可凡最大的魅力,就是拥有这样的微笑。无论是《可凡倾听》,还是他主持的其他节目,他的微笑绝不是"嘿嘿,今天天气哈哈哈……",他微笑时眼睛稍带几分狡黠,线条分明的双唇,含着一串欲言又止的"……",憨厚的笑容中,闪烁着智慧,充满着幽默感。这样的微笑,是观众最喜欢的,因为观众最讨厌主持人把自己当低能儿或当猴子耍。曹可凡的荧屏形象绝对是亲民的,但不草根,是写字间先生(白领)式的,但不开口小资、闭口品位。他的一口略带苏州口音的上海话,十分标准十分老派,很容易唤起观众绵绵的记忆;他一口流利漂亮的英文,很让观众折服,观众不是外国语学院的教授,他们根本不在乎节目主持人的英文是牛津音还是像嘴里含着一只咸橄榄的美国音,而更在乎他们带给观众的亲切感。曹可凡的英文恰恰最让人联想起西风渐进的百年上海城市变迁的一道折光。我想,这就是他能深获广大观众热爱的原因。

曹可凡属于老派的(traditional),但绝不老式(out);他属海派的,但自有一道坚定不移的底线。这恰巧就是真正上海先生的特点。百年风云,云卷云舒,上海的城市文化不是一天打造出来的。为了生存,上海男人在时代的洪流里沉浮颠簸,渐渐打磨出一套顺应大都会游戏规则的应变能力,从而形成很独特的上海先生的特点。

说曹可凡海派,不只因为他是上海籍。海派,不一定等于上海籍。上海只是一种地域概念,海派却是一种以上海为基调,容纳多元文化的生活方式和文化界定,就像赵丹是山东人,金焰是韩国人,但谁也不能否认他们两位身上的海派神韵。曹可凡出生在1949年以后的上海,相信他的浓厚的海派气息,除了部分来自家庭(他父亲是圣约翰大学医学院毕业生),更来自他对上海城市历史文化的研究。表面看,他笃悠悠、轻轻松松,实际上他总在暗下功夫,这正是经典上海先生的个性,棱角已被生活打磨得溜光滴滑,不露锋芒、不张扬,却认认真真地处理生活中的每一个细节。现今提倡和谐社会,"和谐"本身就是海派的精髓,所谓君子和而不同,海派就是令多元文化和谐共处。和谐,绝不是和稀泥,也不是烂糊三鲜汤一锅端。真正的和谐,必须要有一个扎实的强大之"本",才有吸纳各种不同流派的立场和能量,却又不会改变"本"之质，否则就不叫和谐，而是如破产公司被兼并了，连"本"都失去了。在众多俊男美女大汇集的圈子里，曹可凡能独成一家，且是无可取代，归根他老派又不老式、海派又不失底线的主持风格。

尽管置身在娱乐圈，但曹可凡十分学者化，更可贵的是他从来不把自己高高置于观众之上，但也绝不刻意迎合讨好观众，而是不露声色地将观众导向更高雅境界。

貌似老派的曹可凡其实十分时尚，他对时尚的理解，不刻意、不在意，而是自然地流露出了很好的品味。那天，他上我家，一身旧塌塌的英国名牌风衣，颈上随便搭着一条颜色黯淡的（那种颜色新的看上去也像旧的）羊毛围巾，配着他一口略带苏州口音的老派上海话，貌似十分 30 年代，但他整个谈吐思维完全是摩登现代的。须知这些英国名牌风衣就是必须要穿得旧塌塌、风尘仆仆、漫不经心才现出气派，很有《北非谍影》中亨弗莱·鲍嘉的神韵。只有那些盲目的名牌追求者，不惜花几个月工资，求得一件英国名牌风衣，小心翼翼地拆刮啦新地上身，连褶皱都不敢起，那才叫寿头寿脑。随着全球化和城市化，如今的城市地域特色好像已经越来越淡化了。有人觉得是文明的进步，笔者却觉得有点淡淡的失落。喜欢《可凡倾听》，就是因为曹可凡的主持风格都有意无意地带有浓郁的海派神韵和时代特点，内里显示出一份薪火相传的坚持。

2012 年 4 月 10 日

从扬子饭店到马勒别墅至贵都酒店

——访上海国际贵都酒店嵇东明先生

有史以来,尽管中华美食名扬天下,但 Hotel 的概念曾经是个空白。直到 1846 年,黄浦江边今外白渡桥东侧,由西人造起的礼查饭店,是中华大地第一栋集餐饮、娱乐、住宿、享受为一体的五星级 Hotel。此时,上海已初现其繁忙便捷的商埠重镇雏形,南往北来五方人士出入上海,但人们对 Hotel 仍视为妖魔鬼怪般的洋玩意。当时上海,为来往旅客投宿服务的还是传统的只管住宿过夜的客栈,而且极少有餐饮供应,难怪中国有"在家千日好,出门一时难"的感叹。直到上世纪二三十年代,已有东方巴黎之称的上海,开始挂出了旅馆、旅店的招牌,设施和服务有了很大的改善,但一直没有走出传统的束缚,服务人员始终还洗不脱店小二及茶博士的形象:没有文化,不注意仪容装束个人卫生,举止言谈粗俗而且八卦……因为在中国,服务业向来被视为低人一等,因此这种落后的店小二式服务也被视为理所应当。尽管此时，由外国人开设的五星级酒店如雨后春笋在上海纷纷开业，但因为语言不通，生活习惯不同，中国人仍很少问津。直到 1934 年，三位广东人在三马路（今汉口路）率先将西方的 Hotel 概念引进，建造起有舞厅、咖啡厅、中西餐厅和客房的扬子饭店。这是上海第一家由中国人开办经营的有西方 Hotel 概念的酒店。扬子饭店的弹簧地板舞池，当年也为上海一绝。

不过，1934 年国际饭店的矗立，为中国的 Hotel 翻开划时代的新一页。她对上海的意义，远超出"远东第一高楼"或"上海中心原点"等由建筑本身所产生的物理意义。国际饭店的人文意义就是它的经营理念，对上海、中国，甚至整个亚太地区的现代餐饮服务业意义非凡。可以讲，由国际饭店而派生出的西方餐饮服务培训，可谓中国有史以来在服务业的一大创举。由于资金雄厚（由当时的四家银行——金城、盐业、大陆、中南联合投资），金城银行的老总吴鼎昌亲任国际饭店大老板，国际饭店的首任总经理为留美的卢寿联，他的经营宗旨为"顾客第一，服务至上"，对服务要求十分严格。总经理卢寿联的革命性创举是将"waiter"译为"侍应生"，从此"侍应生"一词作为汉语新名词而出现在中国人的生活用语和词典中。在这以前，餐饮服务员都被称为"堂倌""店小二""茶博士"，洋派点儿的为"仆欧"（"boy"的中译名），"侍应生"一词刷新了中国餐饮服务员的地位。为培训这首家由国人开设且投资管理的中国首家五星级酒店，卢寿联亲自编写教材《饭店实用侍应学》，这本书一直被称为中国酒店服务业的专业教科书，可以认为是近代中国第一本餐饮服务专业教材。

历史翻开新的一页。而今上海顶级酒店如天上繁星,从怀旧风格到极度现代都有,要想从中脱颖而出谈何容易。一度几乎所有的酒店都陷入了误区:宾至如归。但今天我们选择酒店,绝不满足家的感觉,一般有两个选择:要么是最时尚的,要么这家酒店营造一种独有的特色。酒店呈现的就是一种生活方式,每个人心中理想酒店从深层次说就代表着他追求的一种生活方式。好的酒店对旅游者来说,就是拥有流连忘返的体验,而对酒店来说就是入住率高,可以赚到钱。

对此,从扬子饭店到马勒别墅到如今的上海国际贵都大酒店从事酒店管理 23 年的嵇东明总经理,言简意赅地总结自己的体会:我们所经营的酒店,做的是文化,打造的是记忆,卖的是感觉。

他认为酒店管理有三重境界:用手,用心,用情。而对于一个执着于寻美和造美的人来说,"用情去做"这第三重境界显然是他致力追求的方向。

心脏外科大夫转型为老牌扬子饭店老总

嵇东明毕业于军医大学,当了六年心脏外科医生,做过不少漂亮利落的手术,发表过荣获全军科技进步奖的医学论文。但当另一种截然不同的职业机缘呈现在他面前时,他选择听从内心感受——1989 年,上海衡山集团刚刚成立,嵇东明转行应聘,成为该集团的一名酒店星级评定员。这其中,固然有命运感召的力量,我却更愿相信那是留存于一个男孩童年记忆中关于酒店的美丽梦想。儿时的嵇东明常随当保健医生的父亲去上海大厦、锦江饭店,酒店里精致的美食、和悦的服务、典雅的环境,成为他成长记忆中的璀璨星空。

可以说,嵇东明在酒店管理上的起步正好与上海酒店业的兴起同步,说他见证了上海酒店迅猛发展的 20 年也并不为过。这期间他还在夏威夷大学接受专业的管理培训。

1998 年,嵇东明开始出任他职业生涯中的第一个总经理角色——上海扬子饭店总经理。正如前文所说,扬子饭店是上海华人经营的第一家具有现代酒店概念的 Hotel,阮玲玉自杀前的告别 party 就在扬子饭店宴会厅,多年后她的女儿出嫁,也在扬子饭店宴会厅⋯⋯当 1998 年的扬子饭店和大多国有集团的老饭店一样,在销售、管理上本已如履薄冰、困难重重,况且又受 1997 年亚洲金融风暴的波及,酒店入住率十分惨淡。

怎么办? 必须面对客户重新调整,市场重新定位。

嵇东明果断实施内外兼"修":对"内",改换所有设备,包括酒店锅炉的改造,并为每间客房装入 INTERNET 数据接口。一部分行政房还配备传真机接口,以方便客人在房间发传真、发邮件、通电话,三线互不干扰⋯⋯一系列科学化的改造,使扬子饭店脱胎而成沪上第一家多功能智能型商务酒店;对"外",他又做起网络营销,让客人通过网站订房;还组建一支销售队伍,以底薪加提成的奖励机制,提高员工积极性,由他亲自带领团队跑市场,去北京、广州等地寻找客源。

眼看在嵇东明的双管齐下中,酒店的经营渐渐风生水起,孰料又突遭"非典"侵袭,最高峰时,几乎鲜有客人。无奈之下,只得让员工回家休息。但管理层规定:从总经理到部门经理,工资均打折,员工的工资则全额发放。

学医出身的他意识到"严格消毒"是特殊时期最具人性化的服务。空气可以消毒,紫外线灯管可以消毒,但枕头、被褥怎么消毒? 于是剪了八成新的枕头和被褥,拿两块样品送疾控中心化验,结果发现竟然有 11 种致病菌。说明用了一段时间的枕芯、被褥确实含菌量不少。一天,一名员工因为去医院看望母亲而晚到,他向嵇总解释:护士在为母亲消毒床。嵇东明灵机一动,酒店能否在特殊时期加上这项服务呢? 他想到了医院用的"床单卫生层消毒器"。于是就这样买来一台"臭氧发生器",在客人退房后,对床单、枕芯进行微蒸压。消毒之后,留一张中英文卡片在房里,上面写着:我们已帮您消毒,如果您闻到臭氧的味道,那是消毒后的味道。"你们这个概念很新颖,很周到。"有客人欣喜之余,将卡片连同小费一起放在床上。

在嵇东明任职总经理的近十年间,扬子饭店华丽转身为上海朗廷扬子精品酒店,以骄傲的姿态向世人宣告"海上传奇,重装归来"。

英伦下午茶:人文历史与文化艺术的优雅融合

2010 年,嵇东明走马上任马勒别墅总经理。1859 年,英籍犹太人马勒船长开船到上海,将茶叶、瓷器等运往英国。马勒别墅北欧城堡的外形源自小女儿黛安娜的一个梦,内部则装饰得酷似一条豪华游轮,有前舱后舱。慈爱的父亲把女儿的梦变为现实,并给这座城堡取名"Fairyland"。这个关于爱和梦想的美丽故事,成为嵇东明对酒店进行"软装"的灵感与核心,不仅如此,他希望能将这份爱和感动还原、延续和传递。

在嵇东明接手马勒别墅时,这栋有着八十余年历史的老洋房作为酒店已开了十年,且历经两次改造,再进行大规模改造,显然不可能。唯有从"软装"入手,做文化,做感觉,做品位,将人文历史与文化艺术优雅融合。其实也在还原一种生活方式,一种追求精致生活的态度。

他亲临城隍庙古玩市场,淘到不少30年代老洋房里的古董。为了更生动地还原故事"现场",他还费尽心思找到当年马厩门口的汉白玉马槽和井圈。马槽很贵,古董商开价就要17万。买不起,他就"游说"古董商:马槽放在仓库里浪费了,不如来马勒别墅亮相,一定能增值。果然,马槽放在酒店,没几天就有客人要加价买。还有酒桶和留声机。酒桶是18世纪英国海军的橡木桶,上面还留着枪伤。嵇东明借来后,把它放在马勒别墅的大堂里。有客人看中,想出高价购买。只是,被艺术和真情感动了的古董商,竟然没舍得卖。

如果说寻找古董是为了还原历史,那么一张老照片带给嵇东明的曼妙遐想,无异于一场变革,这也是日后,马勒别墅从众多被改造成精品酒店的老洋房里脱颖而出,成为沪上"Boutique 酒店"典范的制胜法宝。

他看到了:1936年,马勒先生和朋友们一起在别墅的花园里喝下午茶——Garden Party。何不利用酒店得天独厚的资源,让追求精致、优品生活的现代人,享受真正具有英伦范的下午茶?

下午茶,喝的是茶,讲究的是文化。茶品和茶具尤为重要。

嵇东明于是亲赴斯里兰卡的锡兰高地,深入了解红茶的生长环境、制作工艺,"搬"回厚厚一本 *The Way Of Tea*,找的都是那些有故事的茶。他说,有故事的茶才配得起有故事的马勒别墅。茶具更是神来之笔。请来汉光瓷创始人、复旦大学视觉艺术学院李游宇教授为马勒别墅专门设计开发——墨绿、金线、舵盘,那是艺术瓷和应用瓷的完美融合,令人惊艳,叹为观止。

英式贵族礼仪讲究优雅的风度,细致贴心的服务自然不可或缺。为此,嵇东明找到英国马术协会主席康博先生,一位有着英国皇家贵族血统的专家,专门为员工培训英伦下午茶的文化和礼仪。

"老上海的文化需要传承,但更应赋予其时代气息,"嵇东明说,"为什么非要喝酒呢?喝茶同样能沟通情感。喝茶时,如果能辅以美食,听到与之匹配的美妙音乐,实在是无以伦比的享受。"

六款不同主题的茶宴,渲染着六种情怀,由淡至浓。嵇东明特邀著名作曲家陈钢和小提琴演奏家潘寅林,根据这六款茶的色泽、醇度、口感,选配不同风格的乐曲,再辅以六道精雕细琢的美食,将音乐和美食完美融合。难怪有人说,马勒的下午茶犹如一场听觉、嗅觉、味觉交织着的盛宴。

随着下午茶的风靡,马勒别墅的餐饮业也开始享誉上海滩。学医出身的嵇东明,深谙养生之道,餐厅食物的选料都恪守"三高三低"的均衡营养原则。在他任职不到两年的时间里,从六七百万的年营收提升到两千多万。

剧情表演　预设完美服务

2011 年年末,在为马勒别墅交出一份完美答卷后,嵇东明去上海国际贵都大酒店任总经理,这也是贵都开业二十多年来,第一次由一名本地人担任总经理——五百多间客房,数百名员工,给予他的舞台越来越大,担子却也越来越重。

不消说整个上海,光是一个静安区就有多少家五星级酒店?各家酒店在硬件上大同小异,增值的恰恰是那些细节和它所提供的服务。

一个偶然的机会,嵇东明在读了上海戏剧学院副院长孙惠柱所著的《社会表演学》一书后,茅塞顿开:是否可将"社会表演"的概念嫁接到酒店服务中呢?"当时,我就给孙院长写了封 E-mail,20 分钟后,孙院长回了我电话,他很惊讶,没想到一个酒店人竟会对他的著作感兴趣。"

"理论是相通的,"嵇东明说,"首先,酒店的更新改造可理解为更换舞台布景,大幕拉开,引人入戏,这是看得见的硬件;其次,管理者是编剧和导演,我们的员工是演员,穿的衣服是戏服,客人是观众。如何来提高客人的体验,怎样为他们提供服务?这个流程犹如戏剧里的剧本,如果剧情设计得尽善尽美的话,自然会感动到客人。"

用戏剧表演的方式培训员工,将完美的服务呈现给客人,嵇东明的见解得到了孙院长的大力支持,上海戏剧学院的老师亲自给贵都的员工授课。经过几轮培训,员工们不仅在肢体语言、语速变化等方面更富色彩和感染力,待人接物和整体的气质都变得更具魅力和涵养。

"贵都不是因富而贵,这种贵,体现的是一种贵气,贵在坚持,贵在永不满足,贵在与时俱进和不断创新。"我想,这与其说是嵇东明对"贵都"的定义,不如说是他对自己的一种激励。

2012 年 4 月 10 日

　　当今,"老克勒"已成为一个消费名词了,在娱乐场所拉拉门,在商业大楼吹吹萨克斯风,能开几句破英文,似都可以戴上老克勒的帽子。这是对老上海城市符号的误读和亵渎。不论老克勒的出典是因为 class(层次)还是因为钻石的克数(Ct,克拉),能称为老克勒的,就是优秀的男士。某种程度上我们可以说,绅士不一定是老克勒(绅士相对老克勒更为内敛、沉稳),但称为老克勒的一定也能称为绅士。

　　笔者日前刚拜访过忘年之交、九四高龄的方守成先生。方老是老上海怡和洋行目前唯一还健在的华人高层,当年怡和洋行老总威廉·凯瑟克(William Keswick,1906~1982,他的独生女著有《中国园林》一书)的第三代掌门人亨利·凯瑟克(Henry Keswick)在 2012 年 3 月,率家人亲临上海,在外滩27 号拜见这位上海怡和的元老。

守成先生既不是历史名人，也不属当今的社会贤达，衣着既不时尚也不讲究，所谓真人不露相，恰如这位身材挺拔双目有神的耄耋老人，只要你往他面前一坐，就会感到他隐隐散发出的贵气。这里的"贵"不是富贵的贵，而是一种人格魅力。谁会想到，守成先生抗战时期在重庆先后在英国军事代表团和丹麦在重庆的中国别动团任职，专门协调英国、丹麦方面与重庆政府的合作，积极参与反法西斯运动。为此，大战胜利后，英皇乔治二世授予他员佐勋章（MBE 勋章），丹麦皇授予他自由勋章。解放后他很委曲地从事民办教育，但才华还是没被淹没，到"文革"前他已是市业余大学材料力学教研组长。在"极左"风横刮的时代这是很不容易的，改革开放令他有机会在英语教学上充分发挥……

　　表面看，他的生活方式与一般的退休职工无异，唯一能显示出他老绅士身份的是他每天离不开咖啡，还有就是一贯地礼让女性，包括对他家的保姆。

　　方老先生祖籍青浦东门，人称"东门方家"，是明代大臣方孝孺的后代。方孝孺（1357～1402），浙江宁海人，著名学者、文学家、散文家、思想家，在"靖难之役"期间，拒绝为篡位的燕王朱棣草拟即位诏书，刚直不屈，孤忠赴难，1402 年在南京被诛十族，幸亏他的小儿子当时在他的原籍宁海老家被义士仁人救到松江乡下，改了姓才保存了方家这支血脉。明末清初才复姓，并定下 16 个辈行：正大光明、祖功绩德、承仁守敬、以永世泽。由此可见，守成先生的守字辈，应是明末清初以来的第 11 代后裔。

　　方老先生曾祖父和祖父都是秀才，在青浦创办育婴堂，财力平平。方老先生的父亲是长子,因家无恒财,很早就出去学生意,后来进了美资美孚石油公司,薪水较高,这才使守成先生有机会接受良好的西式教育。守成先生一贯地关注社会、服务弱势的思想与家庭的乐善好施传统密切有关。

方老先生在青浦出生,在苏州长大,中学毕业于苏州萃英男子中学,从高一到高三,他就一直用自己的零用钱买了书本文具,晚上借学校教室,与同学一起为附近贫民区的失学儿童义务办学并宣传抗日。从中学时代开始,他就显示了天生的协调和服务社会的意识,从高一到大学四年级,每学期都被选为级长。大学四年门门功课是 A,曾获校内英语演讲第一名。大三时已任东吴大学的助教。另外,他是东吴大学足球队的队员,且是田径好手,还是爬绳冠军,学校认为他在"德智体"都表现卓越,且在"群"这一方面尤显出良好的凝聚力。守成先生是东吴大学 1940 届政治系毕业生,这届毕业生文理科总共 36 位,谈家桢教授就是那届的生物学系毕业生,只有方守成先生一人荣获"斐陶斐金钥匙奖",这是十分荣耀的。他很珍惜这个人生的第一个奖,一直把这个小奖章与他的挂表放在一起,可惜"文革"中被抄不知所踪,否则倒是很值得纪念的。

那天我们谈话的题目就是关于男孩危机,不料却引出他一个新话题——斐陶斐金钥匙奖。斐陶斐金钥匙奖属于斐陶斐荣誉学会,创办人为美国人爱乐斯先生(Josrph. H. Ehlers),他于 1920 年来到中国,在中国最早的大学——创于 1895 年的天津北洋大学任教。他一生最大的贡献,就是 1921 年在中国创立了斐陶斐荣誉学会,这也是中国百年大学第一个专为大学生颁奖的机构。命名"斐陶斐",即希腊文字母 Phi、Tau、Phi 的中译音,分别为哲学、工程学、理学三学科首部字母。与中国特别看重外语和数理化(这种看法至今还占主导地位)不同,西方认为哲学为科学之母,工学为应用科学,理学是纯理论科学,三者架成科学的铁三角。斐陶斐奖章造型如一把金钥匙,意喻知识就是开启人类文明的金钥匙。

斐陶斐励学会因太平洋战事爆发而结束,于 1964 年 3 月在中国台湾恢复。据知,诗人余光中曾获此殊荣。

守成先生的夫人梁佩华是广东人,苏州名校景海女中(级别相当于上海的中西女中)毕业,因为该校就在苏州东吴大学对面,年轻的守成先生早就注意到这位年轻漂亮的南国女孩。不过那时,男孩追求女孩都比较慎重,而且不可贸然上去搭讪,一定要有个中间朋友介绍。守成先生苦于没有这个机会,直到 1938 年,她也进入东吴大学,且与守成先生选读同一位教授的中文课。课上,教授经常把她的作文作为范文。一次,她写的有关抗日青年的作文被教授选为范文,同时,守成先生一篇写故乡青浦沦陷的文章也得到教授的好评。就这样很自然地,他开始接近这位漂亮的小姐。套用今天的话说,他开始追她了。至今,方先生还记得他们第一次一起看的电影是好莱坞奥斯卡得奖片《天长地久》。片中的主题曲《永远的微笑》(*Smiling Through*),至今仍在东广 947 的《英语怀旧金曲》中由著名主持人查理林介绍过几个不同版本。方先生仍能一字不漏地哼出全曲。他记得,影片描写一对青年在雷电交加时邂逅,相遇相爱,至死不渝的故事。从此,直到方太 2006 年去世,生活尽管充满坎坷,但他们相濡以沫,相扶相携地幸福了一辈子。

当时，即如方守成和梁佩华一对教会大学的洋派学生，在谈恋爱时仍十分遵循中国传统，当然首先是不滥交，以示诚意和慎重。此外，都需征得双方家长同意。守成先生的父母一贯主张婚姻自主，只要儿子喜欢的，他们都没意见，而对守成这样一位优秀的青年，佩华的父母自然一口应承。

民国时代男女青年交往，男方家里再有钱，一般也不会送很名贵的礼物甚至金钱、房子给女方，否则会将女朋友与交际花沦为一体，有看轻女方之嫌，也不会经常带女方出入高级餐厅场所，一般都是男方上女方家"蹭饭"，而且此时总是有一大家子的人陪着，男女双方不大有私人空间。或许这正是为加深女方家人对男孩子的考察了解，同时也是对女方的一种保护。当然也有私人空间，那就是两人外出看看电影，坐坐咖啡馆。方先生回忆，那时的男女感情十分纯洁，作为男朋友，更不敢轻易接触对方的身体，生怕对方因此看轻自己。或许，当今青年会觉得他们太过迂腐，其实，那是一种由爱而生的敬畏。这里意蕴着珍重和一生一世的承诺。对当今一些男女青年在公众场合都搂搂抱抱，随随便便就在一起，方老先生很以为不值。

1941年夏，守成先生大学毕业，将赴内地工作，这时正式向她双亲求婚。她母亲要他承诺，永远善待女儿，守成先生一世遵守了这个承诺。不久，他们在静安寺路沧州饭店（今南京西路锦沧文华大酒店现址）订婚，并宣布将于1942年农历八月十八日成婚。岂知太平洋事件爆发，上海全面沦陷，1942年春天，佩华单身一人，勇敢地从上海穿过中日双方交战区

（当时称为阴阳界）到重庆来寻觅未婚夫。有半年时间两人无法互通信息，守成先生决定到前线去找她，结果皇天不负有心人，竟然奇迹般地被他找到，而且那天正是他们原定的结婚日农历八月十八日（公历 1942 年 9 月 27 日）。

当时正是战乱时期，用今天的话来说，这对才子美女就是裸婚。此时，守成先生在重庆英国领事馆的英军代表团总部工作，新房就在领事巷内，离英国大使馆不到 200 米，更重要的是，那里有设备较好的防空洞，心理上觉得十分安全。新房设在二楼，下面是房东开的茶馆。方太将房间一隔为二，前半间是卧室兼起居室，后半间是厨房和饭厅，雇了一位当地妇女做保姆。战时的重庆作为陪都，来了大批外来人，房荒十分严峻，方先生觉得自己很幸运，一结婚就能有这样一个栖身之处。关于居家，方先生夫妇可谓上天入地都经历过了。抗战胜利后，他们在上海居住于北京西路胶州路的花园洋房，这幢房子现在还在。也住过南阳路的高级公寓，"文革"中在棚户区住了十三年，包括他们结婚时那个简陋的新房。无论住在哪里，方太都把家打理得整整齐齐、舒适温馨。方太烧得一手好菜（我家的钟点工就因为在方太家做了几十年，也学得一手好菜），风度典雅，性格爽朗，她讨厌社交应酬，但喜欢朋友。重庆时期，他们简陋的新房常常高朋满座，既有他们在东吴大学的校友，也有新结交的朋友，比如荣毅仁的妹妹荣墨珍、著名演员舒适的妹妹舒子霓，另外还有一对上海人都熟悉的天鹅阁咖啡馆的创办人曹国荣、乔彩贞夫妇。此外，还有著名外交家龚普生、龚澎姐妹，她们与方太是偶然在重庆的街头邂逅的，当时，龚澎就明明白白告诉方太，在重庆驻渝办事处工作，当时正是国共合作时期。此时，龚澎已和乔冠华结婚了。

说起龚澎姐妹和方太，还有一段因缘。方太的亲姑姑是反清的进步青年，在上海曾帮助过一位革命党人龚镇洲的夫人及三个孩子，安全收留在苏州梁家的大宅中。关于龚镇洲，周总理对他有很高的评价：有德有年，功在民国。方太的父亲曾经十分照顾他们，这三个孩子就是龚澎姐妹和她们的弟弟小名阿贝。可以说，方太与龚家三姐弟一起成长。

作为陪都的重庆，主要的夜生活就是周末舞会，一般都在英美军事代表团总部举行。英军总部的舞池就设在总部的餐厅里，十分简单，也不供应饮料，乐队由总部自己组成，但跳舞高手云集，有天鹅阁的曹国荣夫妇，还有方太和她的妹妹。英美军人也是这里的常客，我曾问过方先生，这些军人表现怎么样，是否十分粗鲁？方先生很严肃地跟我说，他们表现相当绅士、相当有礼貌，从不胡闹。有一次举行化装舞会，方太与她的妹妹扮成"双妹"牌花露水上的双妹，荣获第一名；天鹅阁老板娘乔彩贞化装成老式新娘，被评为第二名。守成先生谦虚地说自己舞跳得不好，但我想他有一位跳舞这么好的太太耳提面命，怎么可能跳得不好？

抗战胜利，回到上海后，他们这两对好朋友夫妇还常一起去跳舞。不过，他们很少去百乐门这种地方，认为那里人品太杂，多去朋友家里的私人舞会或埃爱令。解放后这里为武警大队所用，现今是翠华茶餐厅。因埃爱令一应服务生和菜单都用英文，从而删去不少暴发户，而且不设舞女，因此很受社会精英的欢迎。

长话短说，抗战胜利后，守成先生任怡和洋行机械部经理,可谓高位厚禄。解放前夕,怡和洋行开始撤离上海,守成先生坚决留在上海,他谦虚地说,他这样做是因为舍不得上海的家,舍不得他生活多年的上海。然后他又强调,一个人只有爱自己的家,爱自己的城市,才会爱国家。国家是一个抽象的词汇,但她是由无数看得见的亲人、朋友、家庭、城市街道、建筑所组成的,从这个角度来说,他又很自豪地说:"我是爱国的。"

解放后,无论是做民办学校教师还是厂校扫盲班的教员,守成先生对工作都是一贯地认真、执着,工人们给他起了个外号"十灯机"(十灯收音机是当时最高质量的收音机),因他的声音洪亮,口齿清楚。经过十二年的劳动改造,守成先生终于盼来了春天,从前进进修学院托福班教师到前进进修学院GRE班负责老师,共培养一万七千多名学员,其中不少人考到高分甚至满分,学生都戏称他为"外公教授"。直到2002年,他才正式退休。

法国作家福楼拜说过,一个人生来是贵族不稀奇,难得的是,一辈子都维持贵族的风范。或者我们可以这样说,一个人生来是位绅士不稀奇,难得的是,一辈子都维持着绅士的风范,比如守成先生。

2012 年 4 月 23 日

我们今天如何做母亲

据《圣经》载,原先全人类的语言是一样的,没有地域之分,后来上帝怕如此人类的能量太大,才令各域界有不同的语言文字。但有两个词语至今全球是一致的,那就是 Ma-Ma 和 Pa-Pa。母亲节将临,我常在想,如果在母亲节当天,全球不分肤色国界的人就像"地球一小时熄灯"一样,在特定时刻同时齐声呼唤 Ma-Ma,那该是一个如何震撼、感动的场景。

我们来到人世,看到的第一张充满爱意的笑脸是妈妈的,我们听到的第一首歌曲是妈妈的催眠曲,我们人生的第一个和永远的老师也是妈妈。这已经是我第四个没有妈妈的母亲节了,但妈妈的叮咛、妈妈的教诲已经融入我的血液基因里。正如张爱玲所说,"他们静静地睡在我的血液里,等我死去的时候再死一次"。

小时候学校里开家长会,同学们都会聚在教室门口,因为大家都对同学的妈妈十分有兴趣。这是我最开心自豪的时候，因为那个最漂亮、打扮最适宜的就是我的妈妈，这也是同学们公认的。妈妈是上海圣约翰大学 1943 届教育系毕业，但她没有做过一天老师，却做了我和哥哥一辈子的老师，特别是我的老师。

因为时代的特殊性，我们这一代女孩子受的是"女人半边天、男女都一样""铁姑娘""飒爽英姿娘子军"的教育。幸亏我有一个好妈妈，她给我补上了女孩子该受的基本教育，至今我都记得妈妈的话："女孩子可能生得不漂亮，但可以长得很美。"小时候，常为没有遗传妈妈的大眼睛和高鼻梁而耿耿于怀，这时妈妈总会笑盈盈地对我说这句话。随着年事的增长，我渐渐透彻地领悟了这句话的含义，而且传授给我的女儿。妈妈还有一句话："女孩子接受异性朋友的礼物，只能是巧克力和鲜花，太贵重的礼物会让对方看轻自己。"这句话我也传授给女儿。或许现今的女孩子会觉得此举太迂腐太老土，但所谓"吃人口软，拿人手短"，这可是最朴素又是绝对放之四海而皆准的真理。后来我才知道，这并不是妈妈的发明，而是妈妈在女子中学（上海市第三女子中学前身——中西女中）所接受的教育，且是她自己的人生经验结晶。

曾采访过母亲的中学校长，蝉联民国时代的中西女中校长和新中国市三女中校长的薛正女士，问她，是什么样的精神力量支撑她一辈子守着清寂的女子教育？她的回答朴素又让我震撼："因为女孩子将来都要做母亲的，如果每个母亲都能教育好自己的子女，我们的社会公德和人文精神就会一代胜似一代。"

从小就听到一个十分古老、流传很广的令人毛骨悚然的故事：一个杀人强盗在押至法场斩首前，看见人群中痛不欲生的妈妈，强盗向刽子手求情："让我临死前再吃一口妈妈的奶吧！"岂料，当母亲慈爱地把他如婴儿般抱在怀里时，他一口把母亲的乳头咬掉，然后痛心地谴责母亲："妈妈，当我第一次把别人的东西拿回家时，当我第一次出手伤人时，你为什么不教育我？"

　　笔者终生难忘一位母亲，我既不知道她的姓名，也不知她来自何处，但我真的很想找到她。这应该是 1966 年"文革"抄家盛行时。那时，因为"革命不用介绍信"，那些挽着红卫兵袖章的青少年可以随便闯进他们认为是地主、反革命或是资本家的家，任意搜抄钱财，被抄的家庭是不敢违抗的，我们家已经来了好几批。一天晚上，又有人咚咚敲门，进来一个衣着简朴，一副劳动妇女样的母亲，拉着自己十五六岁的儿子，只见母亲铁青着脸问儿子："你确定是这一家吗？"在母亲严正的目光逼视下，儿子眼皮也不敢抬，嗫嚅着点点头。母亲又说："把东西交出来还给人家！"儿子从口袋里拿出一个牛皮纸信封，里面是一些首饰，我们一眼就认出这是妈妈的东西。还没等我们反应过来，这位母亲当着我们的面给儿子两个耳光，一面骂着："你下次再敢随便拿人家的东西！"然后就拖着儿子走了。好久我们才醒悟过来，这个少年一定是参与抄家的红卫兵，浑水摸鱼拿了这点东西，这在当时是见怪不怪的。可敬的是，这个看似没有文化，衣着也十分简陋的母亲如此明了是非。她当着我们的面掌掴儿子，除了教诲儿子之外，也是为了在儿子前表达她做人的气节。四十多年过去了，当年的少年也即将退休了，不知他一路走得可顺利，但有这样一位母亲，相信他一定走的是正道。

现时，一句"不要让孩子输在起跑线上"就让当今的母亲们苦不堪言。孩子还在娘胎已经要为上什么小学操心。母亲们没有星期天只有星期七，因为这天，她们要陪着孩子上这个班那个班。到儿女已论婚嫁之时，还得老母亲去相亲角奔波操心……而今教育普及，母亲们的学历也大大提高，但为什么总觉得现在的母亲与她们的上几代母亲相比，总还欠缺了一些。到底欠缺什么，似也一言难尽。讲得老派点，就是缺乏懿贤和良淑。现今的母亲，孩子已经好大，仍可保养得十分风姿绰约，出于母爱的天性，她们当然宠爱自己的孩子，可惜只有宠没有爱。她们十分在乎自己的孩子走出来不能比别的孩子差，可惜只看重外在（如衣着、文具，包括成绩单上的分数），却忽略了孩子的心灵。她们一心要把孩子培育成精英，却疏忽了重要的是，将孩子培养成"人"……

中国传统，"母仪天下"是形容优秀母亲的最高赞誉，懿范和淑德是传统女性必须具备的基本品行。百年前西风东进，西方的女权与中国儒家的贤淑很温柔地相融，从而形成温婉坚韧的东方母亲形象。我们今天的母亲们，能不能传承上几代母亲的芳韵，培养更出色的小公民？

2012 年 4 月 27 日

不
讲
出
身

　　法国名言:三代才能造就一位贵族。曾经在笔者这代的
成长期,也有一句名言:三代红。即所谓根正苗红,就要查三
代。尽管"贵族"与"根正苗红"从属于两个完全敌对的阶级,
从中却可以看到,"家庭出身"曾经是如此不人道、宿命地主
宰着我们的命运。

　　中国五千年的文明,同时也是一部封建王朝的历史。民
间一直流传着"龙生龙,凤生凤,贼养儿子掘壁洞"之语。不
过,老百姓可不买这个账,因此也有"英雄不问出处"的豪言。

　　人各有命,犹如牌桌上有人就是拿到一手好牌,也有人倒
霉一手烂牌,但这并不说明拿到好牌的必胜,这其实牵涉到很
多因素,饱含玄机! 人生如牌局,老百姓是十分明白这一点
的,自有一套智慧的应对方式。

　　尽管科技、资讯及物质都没今天发达,但我们的老祖宗远

比今天懂得平衡和协调。喜欢老上海闲话,不仅因为亲切,更因为其实渗透着我们祖先的生活滋味:委婉大气。

贫富悬殊是世界上所有大都市都存在的现象,十里洋场旧上海自然也不例外,但在老上海话中,十分忌讳"老有钞票"这句话,觉得太直白了。如果你诚心想赞扬一下对方的家世,只一句"好人家",一应家世、家教尽在不言中。"好人家"的涵义极广,却非为大富大贵之意,否则就是"大户人家"了。"好人家"主要指家史清白,家教深渊,与财力无太大关系,收支平衡即可。因为旧时,战争政局变化常会引来家庭变故,"家变"之事时有听闻,因此财力和势力多少并不影响"好人家"之称,反之,那些投机致富的,即上海人称"暴发户",钱再多也不属"好人家"之列。

称为"好人家",家长应为规规矩矩的守法百姓。

今年正值中国银行百年诞辰。自从看了《潜伏》以后,我越来越觉得我的祖父程公慕灏(1894~1990)是我党潜伏在金融界上层的红色谍工,因为似乎在每一个关键时刻——国民政府强要入股中行、上海沦陷期间,中行不畏日伪淫威,洁身自好。解放前夕,积极护行配合解放大军接收,直至几十年在香港中行团结上层爱国人士,做好内地与世界贸易的二传手……每个关键时刻,祖父都做出了正确的选择,及时阻止了当时恶势力的破坏……

借着筹备庆祝中行百年之际,笔者曾经强烈要求翻开当年档案以解心中疑惑——或许祖父真的是一位潜伏在金融界的地下党员。好友们笑我:何苦呢,就是真的被你查出你祖父是个红色谍报人员,你也白白背了那么多年的黑锅,而今也借不了他的光。说老实话,我只是出于一种对历史的好奇心,倒从没想过借什么光。说到背黑锅,却悠然想起那已经消失的往事。

我们这一代,从小学入学表到干部登记表,曾经有一栏是必不可缺的:家庭出身。每次填表对我都是很沉重的负担,尽管我家里查遍三代六亲,都没有一个地富反坏右,说起来家世也算十分清白——父母亲都是 40 年代的大学毕业生,父亲是教师,母亲是银行职员,比上不足比下有余,按理来说,填上职员成分十分贴切,但不知为什么老师总要把我叫去横问竖问,反正就这样,在父母的坚持下,我每次都一如既往地填写职员,但每次老师领导也总要找我横调查竖调查,直到 1964 年,我高中毕业,初试已被北京广播学院录取,当时我欣喜万分,但我觉得班主任,用一种近乎怜悯的口吻对我说:"你还是要做好不被录取的准备。"我哥哥是市西中学成绩拔尖的学生,高考志愿他好像填上了很尖端的原子物理专业,但老师通过父母婉言劝他改填化学系,甚至当时学校保送了两名学生去哈工大,但他们的成绩均不如我哥哥,为此我哥哥还很委屈了一阵……后来我们懂了,这就叫查三代。

法国名言:三代才能出一个贵族。我们那个年代也有一句名言:所谓根正苗红就必须查三代。不怨天不怨地我们也认命了。

千百年来中国民间流传:龙生龙凤生凤。除了反映封建王朝历来的等级森严和阶级偏见外,更显示了浓重的宿命色彩,转念一想现今的官二代富二代农二代工二代与之何等神似,令人毛骨悚然。

回顾我们这代的红五类,他们的步子永远比我们快一步,人家插队他们参军,人家回城他们上大学,人家上大学他们出国,人家出国他们成海归精英,占尽天时地利之优。尽管当时,向我们许诺,家庭出身是不能自己选择的,道路是可以选择的,但背着一个沉重的出身包袱要走一条顺坦的路谈何容易!想当年有多少百姓为了下一代有个好出身不惜忍痛与家庭父母划清界限,牺牲亲情、爱情,可悲的是仍挽救不了他们的出身命运。

幸亏守得云开见天日,"四人帮"粉碎了,正所谓是玫瑰总会开放的,笔者有幸也抓住了这个机会。以为从此中国人可以甩掉家庭出身这个包袱,岂料,红五类、资产阶级、劳动人民之类的家庭出身是淡出我们的生活了,但官二代、富二代、工二代、农二代之说处处听闻,任何登记表里家庭出身这一栏没有了,但似乎官二代富二代还是隐隐影响着你的就业和前途,更不可思议的是只要你留个心眼,眼下不少名人专访,包括名人自述,都有意无意闪烁其词流露出自己是大家族大人家出生。大有当年阿Q"我家也阔着呢"之意。甚至明明是如假包换、根正苗红的"红五类",现在也变成大户人家的后代了,当然笔者在此并无意做什么外调内查,只是感叹短短二三十年我们的价值观竟有如此悬殊的变化。悲哀的是其本质还没有摆脱千百年的等级观念。还是"龙生龙凤生凤,贼养儿子掘壁洞"的观念在作祟。

马丁·路德·金代表美国底层黑人呐喊出:我有一个梦。今天奥巴马成为美国总统,这其中有很多政治因素,但至少在表面上令马丁·路德·金的梦想得到实现。而今世界已进入信息时代、电子时代,科技发达,资源丰富,更应英雄不问出处,真希望我们的后代能真正摒除家庭的影响,资源共享,公平竞争。

2012 年 5 月 11 日

　　说到茶点，笔者还是力推广东点心，又称饮茶。尽管广东饮茶不如西式下午茶讲究餐桌礼仪和氛围环境，却洋溢着平常生活的自如和轻松。

　　广东茶点中我最心仪蛋挞，特别是刚出炉的蛋挞香喷喷热烘烘的，再配一杯奶茶，绝对是价廉物美的享受。

　　蛋挞与一般其他的肠粉、粉果、虾饺、凤爪等广东点心十分不同，它很带几分洋气。一般的中国点心都是用蒸、煎、焖的手法烧制，唯有蛋挞是烘焙出来的，且有黄油、牛奶、鸡蛋等十分西式的原料，再加上烘焙本身就是西洋典型的烹调手法，因此笔者一直怀疑，蛋挞是由西方传入的点心。这可能跟早年广东大批为生计飘洋过海的传统有关。他们最早就接触了西洋生活习俗，又把这种文化带回老家并融合了本地的生活文化，比如茶餐厅就是很有岭南风味的饮食文化，早在上世纪

20 年代,茶餐厅在广东就分布很广,那高高的火车椅,分明就是美、加餐饮布置的遗风,而蛋挞就是茶餐厅的主打。那起酥的带有浓浓牛油香的托底以及黄澄澄飘着蛋奶香的溏黄,其制作方法其实是完全西化的。当它落地生根之时,人们也默认它是广东点心了。

说起蛋挞,上世纪五六十年代,在上海的四川北路,广东点心店林立,"利男居""一定好""新亚"的门市部都有售出炉蛋挞。在香港,蛋挞更是犹如上海的大饼油条,是普通香港百姓喜欢的点心。在香港有个惯例,每天下午三点一刻(港人称三点三),几乎是全港办公室不成文且雷打不动的茶叙时间,大家都会暂时放下手中的工作,泡上一杯咖啡或奶茶,轮流做东叫外卖请客,叫得最多的就是蛋挞。香港饮食界做过一个调查,结论是最能代表香港饮食的是云吞面、鱼蛋,还有就是蛋挞。

在 90 年代,香港突然吹起一股葡挞风,为了买到一打半打葡挞,香港人不惜大排长龙,还是供不应求,有些聪明人看出商机,纷纷开出葡挞店,起步快的几位还真赚到钱了。或许正应了这句老话,外来的和尚好念经吧,一时葡挞抢尽了蛋挞的风头,但强龙斗不过地头蛇,葡挞风光了一阵,就悄悄地沉寂下去了,而今只能与门不当户不对的美国炸鸡作伴,且都不如以前那么精工良做了,若要吃现做现焙的葡挞,还只能到澳门去才能吃到。

葡挞与蛋挞一字之差,确实十分相似,只是葡挞带浓重的焦糖味和肉桂香,因此笔者怀疑葡挞是蛋挞的前世。它们外形如此相似,口感是一样的酥脆而不腻,软滑干香,只是葡挞香料更浓一些,故而更有几分异国风味。

说起来,葡挞的祖宗在葡萄牙里斯本,已经有近两个世纪的历史了。葡挞的葡文是 pastel de nata,意为起士饼。它的诞生地在建于 16 世纪的里斯本,世界著名的热罗尼莫斯修道院。这令人有点不可思议,我们想当然地认为修道院的生活是清泊朴素的,怎可能会诞生这样美味的甜品。不过,据说法国最大的葡萄酒生产者也是一位修士。在十八九世纪,修士修女都是欧洲最懂得饮食的人。

说起葡挞的诞生也挺有趣,据说当时的修女都习惯用蛋清来烫衣服,认为这样烫出来的衣服更加服贴挺括,因此余留了大批的蛋黄,这未免太可惜了,而当年盛产蔗糖的巴西是葡萄牙的殖民地,里斯本到处可见大小加工的糖厂。恰恰在热罗尼莫斯修道院隔壁就有一家糖厂,不知哪位修女灵机一动,将蛋黄和糖做成馅,以酥皮做托底,再加上肉桂粉烘焙成香气四溢的点心。因为它源自葡萄牙,就称它为葡挞。这有点如宫廷食物,不过一般老百姓是吃不到的。直到 1820 年葡萄牙发生政变,该国所有的修道院遭查封,为了生计,修道院的人不得已出售葡挞秘方,买方就在 1837 年于修道院隔壁开了家叫 Antiga Confeitaria de Belém 的葡挞店,因为可口美味,很快就流传开来,甚至漂洋过海,进而被许多商家仿制,生产了大批的山寨版葡挞。尽管不正宗,却也大受欢迎。

犹如杭州产茶叶,葡挞已成里斯本的美食代表。不过,最正宗的葡挞配方还是掌握在这家店的老板和三位制饼师手里。这有点如可口可乐的秘方一样。这家持有秘方的葡挞店,自 1837 年开业至今已有 100 多年的历史,每天做饼师傅在密室里配好配方,通过管道输出。为了保存秘方,师傅都要签署保密合约;同时,为了避免秘方失传,老板和三位师傅都不能乘同一架飞机、同一班列车和驾驶同一辆车,甚至不能同时吃同一种食物,哇,还真有点《北非谍影》的味道呢。

犹如广东人习惯每天以一盅两件开始每天的生活,葡国人也是以两件葡挞一杯咖啡开始新的一天。这家店装修十分朴素,传统的葡萄牙瓷砖是其唯一的装饰,最高峰时,一天可以卖5万个葡挞,每个售价1.8欧元。虽然地处远离里斯本市中心的郊区贝伦,仍顾客盈门,客人从好莱坞明星到国家元首都有。读者何时去地中海旅游,不妨可去一试。

2012 年 5 月 14 日

渐行渐远的上海儿歌

　　4月底，在上海东方艺术中心由徐俊导演策划、小提琴协奏曲《梁祝》作者之一的何占豪配乐的《上海·侬好》上海方言童谣演出，盛况空前，一票难求。老百姓都心甘情愿自己掏钱入场观看。这场演出带给他们的不仅仅是童年的回忆，更有那种邻里和谐相处、守望相助的过往。

　　小小一首童谣，折射出的却是大大的人文景观，生动地折现了当时的生活方式和民生民态。那被几代人传诵的："摇啊摇，摇到外婆桥，外婆叫我好宝宝……糕一包，糖一包，囡囡吃得哈哈笑，舅妈买条鱼来烧，头没烧熟，尾巴（音：mibu）焦，外甥吃了快快摇……"南方多河道，水上交通便捷又经济，这里的一个"摇"字，生动地点明了江南水乡以船橹为主要交通工具的地方特色。旧时小孩大都与祖父母同住，自然做足规矩；反之外婆家难得去一次，外公外婆疼惜都来不及，自然宠爱有加。恰如鲁迅小说中所描述的鲁镇的已嫁女儿,每逢夏日,都有带着孩子回娘家歇夏的习俗,故而江南一带又有"外孙皇帝"之称。因为难得来,自然被奉为"小皇帝"了。因为是小客人,连舅妈也不敢怠慢,特地买了条鱼做添菜。不知是不谙厨艺,还是在"外孙皇帝"前有点紧张,手忙脚乱地就将条鱼头没烧熟尾巴焦,其中满溢着朴实真切的农家之乐和诙谐之情。一首短短的《摇啊摇》满载着平民百姓对现世静好的向往。

笔者还记得一首很美好的童谣:"蔷薇花儿朵朵开,后门口伲姐夫来,接伢(意思:"我的")姐姐早点回,大麦圆子囫囵吞,小麦圆子当点心。"讲的是一对小夫妻小别重逢后的喜悦。看来小媳妇(姐姐)回娘家已小住数日,那开得满墙满篱笆的蔷薇花暗示了姐夫思念娇妻的迫不及待心情,一早就急急赶来接小媳妇回家了。小媳妇也归家心切,碍着娘家人的面,又不好太直白,只是三口两口地把碗里的大麦圆子吃完。至于小麦圆子,借口带回家当点心吃(犹如现今的打包),其实舍不得让男人多等,早点夫妻双双把家还。老百姓的夫妻之爱,没有情人节也没有玫瑰花巧克力,就是如此一份纯洁质朴的常相守之情。小朋友通常会在对拍巴掌时唱这首儿歌。

上海十里洋场,但在光怪陆离的都会大墙后面,小市民仍遵着自己的心意,守着日子,你这边灯红酒绿、杯觥交错、"澎恰恰",我这里小老酒咪咪、小麻将搓搓、小乐惠,自得其乐。在上海流传极广的一首儿歌"淘米烧夜饭,夜饭吃好了。电灯开开来,麻将拿出来",接下来就转调唱起来了"搓搓小麻将,呀呀呀,来来白相相,呀呀呀",无一不洋溢着小市民随遇而安知足常乐的平常心,且带有浓烈的海派气息。上海生活程度高,但石库门弄堂里的小市民也过得有滋有味:买点萝卜干,切成小丁,热油里爆一爆,撒上一层糖,炒得浓油赤酱热辣辣地端上来,一样可口又下饭,还可以下酒。白天男人们上班挣钱去,主妇们也没闲着,唯有晚饭后是一天最清闲的时候。小百姓没有余钱上舞厅看电影孵咖啡馆,那时也没电视,最经济最便捷的娱乐就是搓搓小麻将。所谓小麻将,就是输赢小小的,白相相而已。麻将搭子有家里人,也有左邻右舍,穿双拖鞋,拿包香烟就可以"来来白相相"了,一样开心。

作为童谣,不单是嘴上哼哼的,多数是配合游戏一起哼唱的,如"搓搓小麻将",是几个女孩子围着一个圈子单脚站立,另一个脚互相纠搅成麻花样,一路拍手一路边蹦边唱的。"摇到外婆桥"则是两个小孩子面对面手拉手哼唱的,还有跳橡皮筋时唱的、捉迷藏时唱的……石库门弄堂是上海人典型的住宅样式,集聚着占上海大多数的中下层市民,尽管居住条件与今天无法相比,但内里自有一股天生天养生猛蓬勃的生命力。特别每到夏日放学后,弄堂里处处看到东一簇西一簇的哼着儿歌玩着游戏的孩子们。那些没有作者、没有版权的儿歌:"狐狸先生几点钟""笃笃笃卖糖粥""落雨了,打烊了,小巴辣子开会了"……此起彼伏,过不多久,弄堂里开始回旋着妈妈们的"×××好回来吃晚饭了"的呼声,孩子们才恋恋不舍地作鸟兽散。弄堂里的孩子代代老去,但孩提时的歌谣仍铭记在心。正如前文说过,童谣总是伴着游戏,孩子们的游戏无论是官兵捉强盗还是跳橡皮筋,或斗鸡及捉迷藏等,都需要组成一个团队才能完成,而且还要对垒分明,才能显出输赢。这同时也从小培养了孩子的团队精神，尊重集体，无形中也锻造了孩子的领袖天分。但凡游戏，总会有输赢，谁都不想输，但正如我们的人生，不是你想赢就能赢的。游戏让孩子们习惯了凡事有输有赢，这一局输了没关系，下一局还可以扳回来，输了并不可耻，最可耻的是耍赖作弊，如果一个小孩子被公认老是要耍赖作弊，小伙伴们就会很自然疏远他。原来，一个人的诚信，是从小养成的。相比之下，今天的孩子们显得多么清冷寂寞，他们大多没有小伙伴，也没有公认的"团队领袖"，成天独自一人面对着冷冰冰的电脑。电脑世界固然多姿多彩，但那毕竟是一个虚拟的世界，无法教会孩子们如何与人相处，与团队沟通，如何顾全大局，难怪现今的儿童大多比较自我。

我们常说故井家园，随着新世纪城市发展深化的步伐，居住模式的改变，家园已很难保，故井更是罕见。幸好，我们还有那段童年的梦。借儿童节即临之时，祝福孩子们，重拾童趣，承继孕育过代代父老的方言童谣。须知，那是我们永远不会消失的故井家园。

2012 年 5 月 15 日

　　东方电台 947 的《英语怀旧金曲》已满 1 000 期了,历时 20 年。当今资讯发达,表现形式千姿百态,这档以消费力相对低下的退休老白领为主流听众的、大部分广告商都忽略的音乐节目,却仍固若金汤,两位操老上海口音的金牌主持——上海王奕贤和香港老上海查理林功不可没。

　　查理林是位香港老上海,是"上海人不是上海人"最生动的诠释。他祖籍福建,生在上海,长在上海,又移居香港大半辈子,一口广东话仍然结结巴巴,不变的是那口软腻滴糯的老上海闲话和流利的美式英文。20 年来,他每周一次用他的标准老上海口音从香港向上海老乡们介绍他穷一生的精力研究和收藏的经典英语老歌。他曾告诉我,他的收藏有几万张唱片之多,播了 20 年,他笑言只是冰山一角。

　　查理林大名林秉森,英文名 Charlie,是他的美国过房爷

（沪语：干爹）著名的沙利文食品厂（解放后的益民四厂）老板为他取的。查理林生于一个富有、洋派又开放的家庭，可谓含着银匙出生。父亲林振彬，是美国留学生，上海华商广告公司的老板，享有"中国广告之父"之誉。赫赫有名的可口可乐、别克和福特汽车及无数好莱坞电影的广告都由他代理。查理的母亲毕业自上海圣玛利亚女中，父母亲堪为一对标准的绅士淑女。耳濡目染，查理自然生下来就是一位绅士。马术和社交舞本是西方贵族阶层的身份象征。查理的父亲早在上世纪20年代，已是享誉上海马场的马主，拥有赛驹三匹，其中一匹就以查理的名字命名。查理自小就读于西童男子学校，12岁时开始学骑马。那时他每天清晨去南京路的马会（今南京西路人民公园和上海美术馆现址）习骑，然后洗澡吃早饭，查理对美食的宠爱大约就是从马会这顿早饭开始的，再从马场赶去学校上课。回忆当时的骑马装，上身是维也纳呢（一种粗绒彩格布）衬衫外罩西装马甲，灯芯绒马裤，长皮靴，头戴鸭舌帽，十分阳刚。参加赛马或跑马师考核时的骑装就更帅气了：白色灯芯绒（夏天是 Shark skin——俗称鲨鱼皮，一种手感光滑凉爽的天然面料）马裤配长靴，黑色礼服式上装。帽子是蛋壳型的小礼帽，内衬软木质地，以保护头部，外包全红或全黑的丝绒。他有数次跑到过名次，但父亲严厉制止他分拿奖金，这就是绅士风度：因为查理不是职业骑马师，只是一个马术爱好者。跑马是一种身份，不是为赚钱。或许正因为如此，从小就奠定了查理一世只求气度不善理财的性格。至今，查理仍是香港马会少有的会龄60年以上的金牌资深老会员，可享受全免年费的荣誉。他还持有飞机驾驶执照。抗战胜利后，飞行员是当时无数上海青年的向往。另外还有一个重要原因，查理林诡秘地一笑，他当时的女朋友是位空中小姐，为了与她拉近距离，查理特地去大场飞机场学开飞机，每个钟头收费2 000大洋，十分昂贵呢。说到女朋友，因父母开明，家庭氛围西化，查理林十几岁时就开始交异性朋友了。尽管洋派如此，但查理林自言，那时的交女朋友，是连手都不敢触摸对方的。当笔者问他现今有家长担心在男子中学读书对交异性朋友会有心理障碍，查理哈哈大笑："我们读男子中学的，哪个交不上女朋友？只有轧女朋友越轧越精。学校的社交礼仪还专门教你如何大方得体地约会女孩子。那时每逢新年圣诞party，同学都会邀女伴参加，校方还会特地邀请西童女校的女学生来参加……"

父亲一直教诲他，你现在交女朋友，只是一种社交生活，不是以婚姻为目的的，待你有本事，有挣钱的能力，再考虑挑选未婚妻。所谓交异性朋友，就是邀请她做party的女伴或看看电影，吃吃晚饭，要做得十分绅士，比如，必须提前数天致电邀请，然后要上门当着女方父母的面把她接走，并说明会在晚上几点前把她送回家，一般是晚上十点前必须把女朋友送回家，并向她父母道过晚安后才离开。查理说，这体现了一份责任和尊重，"哪像当今的一些小赤佬，不大方，就是不敢跟对方家长打照面，来去一阵风……"。他的"playboy"天性，直到中年之际，仍不逊色。70年代，还买了一艘机帆游艇，船名"Sunshine"。逢星期天，就与家人友朋扬帆出海，一面放音乐自娱。这艘船，在香港游艇会组织的赛事中多次得奖。

抗战胜利后，大批西方电台在上海设立。其中有一个美军电台,查理常去那里帮忙,因而有机会接触到最新的好莱坞电影插曲和各种版本的经典名曲。查理一家是基督徒,他从小就在礼拜堂的圣乐中长大,在母亲的督促下,查理林自幼学钢琴,因此有很好的音乐造诣。偏偏他喜欢爵士乐,这令他的钢琴技艺别有一功。他说:"有的人不了解JAZZ,以为是种胡闹,恰恰相反,就像一个人会驾车不稀奇,但如果你的车技足以让车打转翻跟头后再还原,不伤皮毛,那才叫本事,这就叫JAZZ。"

人生不可能永远是春天,1949年后查理的生活发生了很大的变化。而立之年,查理南下香港,"上海人再海派,到了香港可就一点也海派不起来了。阿拉从上海来香港,除了随身带的几套旧西装和几块洋钿港币(那时外币限制出关),呒么路道呒么铜钿呒么靠山,全靠自己走出来的。老实讲,香港的市面,也全靠阿拉这批上海人打出来的"。这位上海playboy,看似一点无谋生自立的本事,但到香港谋生的第一份工,靠的却是昔日他那一手爵士钢琴——在一家夜总会奏爵士乐。"这份工不吃力,人工也高,只要夜夜西装笔挺坐在那里奏自己喜欢的曲子。当时香港夜总会撑市面的还是上海人。"父亲和太太都"逼"他要找一份写字间的正式工,但乐队领班不让他走,他只好下班后再去夜总会"扒分"。因为有了查理林,总能吸引到大批南下香港的上海移民。查理林成了夜总会的大元宝,他在香港娱乐界的名声也日渐火红。1978年,他在香港电台建立了自己的栏目《Sunshine Old Days》(《阳光怀旧金曲》)。很快,他名驰香港老上海社交圈。有了名就有利了,他继承了父亲的华商广告,事业也做得风生水起。

改革开放,他迫不及待地回到故乡上海,同时带来了两部日本片《姿三四郎》和《两人世界》。不久,东方台947《英语怀旧金曲》开播,经王奕贤老友诚邀,他俩成为一对金牌搭档,他开始每周为上海老乡介绍英语老歌,直到今天。王奕贤老伯以九十高龄谢世,查理林仍坚持每周一次与上海听众相聚。有朋友善意地开导他:"你白相(沪语:玩)了一世的音乐,可以说已经白相出精了,又有啥用? 以你的聪明,在白相音乐上分点儿心去做生意,钞票一定会赚得更多。"但查理却认为,正因为他全心全意地"白相"音乐,才能达到今天如此高的成就——为上海老乡坚持做了二十年的节目。他说,每天醒来最开心的一件事就是"今朝我又要为上海朋友录节目了"。确实,这档节目成了查理林的一个交友平台,上海老白领们感谢他带来了他们年轻时代就谙熟的欧美歌曲。令查理感到意外的是,有时在出租车里,他都能听到自己的声音。查理林为人处世十分海派,出手大方,二十多年来,他不在编制,也从不拿工资,自贴时间、资料和精力,为上海听众录节目。他每次来上海,天天晚上都有大批粉丝和朋友去看他,将他奉为无冕之王。

月有圆缺,人有祸福。数年前,查理投资失败。此时,他已七十好几了,再打翻身仗,谈何容易。于是大房换小房,生活起了很大的变化。唯一不变的,是他搽了一辈子的"帆船"牌古龙水、相濡以沫的太太以及跟了他几十年的菲佣,还有一条老狗,最主要的是,他准点准时在《英语怀旧金曲》开始曲中那句"吾是香港查理林,今朝吾要搭大家介绍几只曲子……"

去年,笔者再度去探访香港查理林,此时他太太已去世,他的居室更小了,沿墙顶天立地的还是他所钟爱的老唱片,好像这房子就是用唱片砌成的。屋里弥漫着笔者熟悉的淡淡的"帆船"牌古龙水的香味。查理林的待客之道,还是旧时上海人家必备点心待客的传统。忠心耿耿的菲佣,已炸得一手标准的上海春卷,裹得一手上海肉粽。"……喏,阿拉音乐听听,点心吃吃,老话讲讲……交关乐惠。"查理搓着双手,一副满足窝心的样子。电脑里,正播放着那首著名的《我的幸福》(*My Happiness*)。这首我褴褓时就已听熟了的旧曲,仍是那样动听,萨克斯风音色沉实,缠绵委婉,欲拒还迎……这是查理林正在为上海听众做的节目。

　　只要有音乐,身体的衰老、钱财的缩水,查理都表现出一种淡定和潇洒。他表示,近年早已淡出香港的社交圈,尽管当今不少社会贤达曾经都是他家的座上客,尽管他持有最深年资的香港马会会员荣誉,他也很少去马会露脸。"社会就是一个名利场,我已经玩完了,是离开牌桌回家的时候了,家里永远有一位老情人在等着我,忠心耿耿,不离不弃,她就是音乐。"

2012 年 5 月 16 日

钱绍昌先生与笔者的姑妈和笔者先生的阿姨都是圣约翰同学（她们都是圣约翰同学公认的"美女"），我曾打趣过他："如果当初你加把劲，极有可能成为我的姑父或我先生的姨父，这样我就可以叫你一声好听点的（长我一辈）。"他则诙谐地说："我追过，但没追上。"

事实上，钱绍昌本身一表人才，而且舞艺了得，是当年很多圣约翰女生暗暗倾慕的对象。他圣约翰大学医学院毕业，后任广慈医院（今瑞金医院）烧伤科主任。1958年，在他主要参与下，成功抢救严重烧伤的钢铁工人邱财康，当时全国各媒体均争相连续报道，由著名作家柯灵写成电影脚本。著名电影演员白杨、王丹凤及最近去世的著名表演艺术家白穆等都参加了此片演出。

钱绍昌"文革"中备受迫害，并被剥夺行医资格。改革开

放后,院方欲重新聘他,他却婉言谢绝。对此,他说得很诚恳:
"我这不是闹情绪,而是作为医生必须曲不离口,拳不离手,这
是人命关天的事,像我这样疏离业务这么久,再重返岗位,我
自己心里都没底,如何向病家负责?"说到这里,他表示衷心感
谢在圣约翰受的全面扎实的教育,尽管他是学医的,但圣约翰
出来的英语水准就是不一样,他很顺利地调至上海外国语大
学任英语教师,教书育人,日子照样过得滋润多彩。他翻译的
两部美国电视连续剧《鹰冠庄园》和《成长的烦恼》更令他名
声鹊起。笔者曾与《中国日报》(*China Daily*)一位年轻女记
者偶然提到钱教授,女孩子即刻说:"啊,钱教授啊,最
handsome(英俊)了,他每天换领带,我们女同学就天天给他数
领带……"当然,那是80年代的事。如今钱教授虽然已八十
好几,仍顾长挺拔,丝毫没有老态。笔者的母亲是钱教授在圣
约翰大学的师姐,她说过:"钱绍昌的父亲比他还要风流倜
傥。"钱教授的父亲钱潮是民国时代的海上名医,小儿科专家,
诊所里满是妈妈带着孩子,可谓人满为患。人们喜欢打趣着
说:"钱医生医术高明是第一,不过长相俊朗也惹得那些年轻
的母亲们有事没事带着孩子往那儿跑。"一笑也。

正如前文所说,钱教授不仅医术高明,英文了得,在 party
中也永远是个闪光点。但凡圣约翰的男生,都喜欢玩乐队,搞
party。在老上海,有教养的白领和教会大学的学生是不屑于
涉足如百乐门、新仙林等这类营业性舞厅的,因这些舞厅都有
舞女。年纪轻轻与舞女交往,一方面囊中羞涩,更要紧的是如
若被家长知道,那可是要大受惩罚的。再加上圣约翰校园内
学生大多非富则贵,家中有私人 Ball Room(舞厅)的大有人

在,学生们开 party 笃定轮流在同学家里举行,乐队和舞伴都自行解决,那才是有品位有层次的派对。

钱教授年轻时就热衷于跳舞,说来凑巧,他生平第一次的 party 就在我先生外婆家,即邬达克设计的铜仁路 333 号的绿房子里。因屋主吴同文(我先生的外公)酷爱跳舞,所以在绿屋底层专有一间带弹簧地板的 Ball Room。吴同文的二儿子也是圣约翰大学的,所以常在家开派对。钱教授记得那一年他 18 岁,刚刚考入圣约翰医学院,是跟着几个同学一起去的。party 上有规矩的,男士不能贸然邀请陌生的小姐跳舞或随便搭讪,必须要注意观察这位小姐是哪位朋友带来的,然后通过这位朋友引见才能向小姐自我介绍,或交谈或邀舞。那晚,他就是经朋友介绍认识了一位非常漂亮的中西女中的女学生,并有幸做她当晚的男伴(partner)。可惜,他是初出茅庐的毛头小伙子,舞步十分笨拙。那个女孩子好像只有 16 岁,也是初次涉足社交圈,结果一曲下来,两人跳得手忙脚乱,满头大汗,十分狼狈,但心中的感觉却十分美好。后来他们索性不跳了,坐在一边聊天,钱教授就很绅士地一直陪伴在侧,对别的女孩子眼睛瞄都不瞄一眼。那时的派对都是玩通宵的,不觉间,女孩子靠在沙发上睡着了,钱教授仍寸步不离,直到女孩子醒来。"这是一位绅士在 party 上必须做到的。"钱教授对我说。这就是男子学校所教的基本礼仪:如果你在派对上已邀请了一位女士做你当晚的 partner,你就一定要奉陪到底,不仅陪她跳舞,还要陪她聊天,为她去餐台取饮料和食物,不能中途将她晾在一边,再去找别的小姐跳舞。这就是他的"处男派对"。

50 年后，圣约翰大学校友会在美、加举行，钱教授和太太也一起去了。半途，有人带着一位年长的女士过来，她一口就叫出钱教授的名字，但钱教授想了半天也记不起她是谁，原来这位白发苍苍的女士就是当年他的第一个舞伴。"岁月不留情啊，"钱教授说，"所以我奉劝各位，一切美好的东西永远保存在心里，不要再刻意去寻回，否则你会很失望的。"

参加了几次派对，毛头小伙子开始有了一点经验。那年派对，他鼓足勇气请到了当年圣约翰园内著名的美人、鸿翔公司金老板的第八个千金。金小姐可不是容易邀请到的，但因为她们家是钱潮医生的老病人，所以才能邀请到。那晚，钱绍昌特别叫了一辆三轮车，借穿了父亲的西装，上门接金小姐。当三轮车载着他俩缓缓离开时，他清晰地听到金家楼上开窗和窃窃私语的声音，原来金家虽然是有钱人家，但毕竟文化不高，而今海上名医钱潮的儿子来约会自家小姐，而且是个医科生，这对金家也是十分有颜面的。这是一次很快乐的约会，不过因为医科生的功课特别紧，不像文科男生那样浪漫又相对比较清闲，所以也没有奋力追求这位漂亮的金小姐。后来，金小姐与同是圣约翰大学的同学，上海著名的家具制造商"水明昌"的小开共结良缘。遗憾的是，"文革"中不堪折磨，夫妻双双自杀。

上海解放不久，圣约翰经院系调整，同学都分散了，再加上当时政府明令禁舞，改造资产阶级思想，一般家庭派对都不敢开了。钱绍昌也就远离派对，一心搞业务，这倒令他躲过了一次大灾难。原来，当年仍有一批酷爱派对的老同学，实在难挡派对的魅力，于是几个同学偷偷不定期地在家里开派对，结果遭人告发,污为大搞流氓活动,跳"黑灯舞",一网打尽送去劳改。钱绍昌很庆幸,自己及时抽身而出,没受牵连。不过,到了80年代改革开放之时,当年的一位因"黑灯舞"牵连而刑满释放的老同学,著名的"美丽"牌香烟的小开找上门来。原来,他要申请去美国探亲,但他的档案里有刑事记录影响他获得签证。虽然他费尽口舌向签证官解释什么叫"黑灯舞",但对方还是一头雾水。于是,他来请教老同学,这该怎么翻译。钱教授动了半天脑筋,灵机一动,将黑灯舞的"黑灯"翻译成"Dim Light"(朦胧的灯光),签证官这才恍然大悟,不过不解地说:"开party灯光当然是朦胧黯淡的,这有什么罪?"外国人当然不能理解在那个荒唐的年月,欲加之罪,何患无辞?

解放后,舞厅和私人派对是取缔了,代之而起的是另一种舞会,那是单位工会等组织的类似群众文艺活动的交谊舞会。小伙子姑娘们都打扮得漂漂亮亮的,不过伴舞乐曲不是钱绍昌他们所熟悉的英文老歌,而是苏联轻音乐,灯光是明亮的,也没那么多美食,但还是十分活泼愉快。当时国家领导人毛泽东、周恩来都十分支持这样的舞会。钱绍昌又开始了跳舞。1956年,在原中苏友好大厦(今上海展览馆)的一次舞会上,他认识了一位声乐歌唱家,后来就成了他终身的舞伴,这就是他的妻子。后来连这样的舞会也彻底在上海绝迹了。

改革开放后,申城又兴起跳舞热潮。特别圣约翰校友会,经几位老派对搞手策划,派对搞得有声有色,钱绍昌自然是舞池的闪光点。特别在80年代,那时他相对还年轻,堪称舞场皇帝。而今每逢圣诞和圣约翰的年会,仍经常能看到钱教授的身影。

"青春无悔",这是这位八十老人对过往岁月的回味。

2012 年 5 月 21 日

电视鉴宝节目因一位女嘉宾一口一声"干爹送的"引起一片哗然，不论这是否是导演预先策划，还是确有其事，皆因"干爹"一词比较暧昧，即使在旧上海，女孩子也不能随便认干爹。

"干爹"是北方用语，沪语为"过房爷"。曾经，姚慕双、周柏春有一个十分精彩的段子，甲打电话给乙："某某先生在吗?"乙答："某某不在，请问贵姓?""我姓顾。""请教大名。""仿野。""哦，过房爷(顾仿野)先生。"平白给对方讨了个便宜。

其实，"过房爷"的最初来源是十分纯正甚至严谨的，牵涉到传宗接代、香火延绵的大事。中国古训:不孝有三，无后为大，但有时人拗不过天，常有几房兄弟其中一房就是没有儿子。那时没有试管婴儿，纳妾或借腹生子都不一定解决问题，就唯有将其他几房兄弟的儿子过继一个过来,担当此房的传宗接代重任。书面语为"立嗣",上海方言就称"过房",所谓"过房爷""过房娘"就是这样来的。

在农业社会,主要的人事网就靠家族关系,人说"十个手指都有长短",更何况同一父母所生的几个儿子,于是为了攀龙附凤,宗族之间都喜欢与有钱有势的几房套近乎,认"过房亲"就是一种方式。

当上海缓慢地向东方巴黎发展之时,原来农业社会的宗族关系开始变得脆弱和落后,封建社会常年的陋习"龙生龙,凤生凤,贼养儿子掘壁洞"的血统论影响却仍固若金汤。人们为了在大上海可以谋得一席之地,不惜手段拉关系攀高枝,于是,认过房亲就成为了一条狭窄的通往权贵的途径。攀过房亲,俗称"拜老头子",其实其中有太露骨的利害关系,特别初到上海跑码头的,人说强龙斗不过地头蛇,不拜几个老头子(攀过房亲),还真寸步难行呢。众所周知,蒋介石刚出道时还拜过黄金荣作老头子呢。不但政界,在娱乐界,拜老头子之风更是强烈,特别那些女明星。大家应该都记得《一江春水向东流》中,舒绣文演的那个交际花就有个干爹(过房爷)。当然,也有小伙子拜过房娘的,性质是一样的。更荒唐的是,为了攀高亲,不少干儿子的年纪比干爹(妈)还大。

可能因为过房爷(娘)的名声太不怎么样了,所以坊间老百姓,特别年轻女孩子轻易不会拜过房爷的。但话说回来,我们也不能一竿打翻一船人,民间坊里也有关系纯正的过房亲,比如两个家庭友谊非同一般,为了来个亲上加亲,会让孩子互认过房亲。但上海人坊间一般不叫"过房爷(娘)",而是称

"寄爹""寄娘"，除了因为叫起来更顺口更有亲切感，主要是刻意撇清过房爷（娘）的暧昧含义，而且从形式上，拜过房爷（娘）是真的要铺红地毯、点红蜡烛，行跪拜之礼的；作为过房爷（娘）也要准备相当的礼金作为见面礼，而寄爹、寄娘就不用这一套。还有一条不成文的规定，未婚女子可以认干儿女，但不能被称为"寄娘"，而要称"寄爹"。

解放后，移风易俗，无论是认过房爷（娘）还是寄爹（娘）都不作兴了。最近一阵，认干亲之风似乎越来越流行。不过奉劝年轻女孩子，纵有千万般理由，也不要随便认过房爷（干爹），更不要随便向人透露你有一个过房爷（干爹）。

2012 年 5 月 25 日

中国香港是拥有最多全球入围的顶级酒店的城市之一，如文华大酒店、半岛酒店等。近年，笔者没有再查过排行榜，不知浅水湾大酒店是否还在榜。不过，无论如何，在我的心目中，浅水湾大酒店永远是荣居榜首。

饮食文化在个人身上的反映，看似是无意识的，其实绝对掺杂着很私人的情结，是早在童年时代就已形成的心态，一种根植在你血液里的无意识的反应。

人说内行品美食，外行吃环境。我是绝对吃环境的，不仅因为我是吃的外行，更因为我难免文人的致命弱点——太感性。我总觉得，"吃"不仅是满足我们胃的需求，更是满足我们由味蕾引起的一连串化学反应的奇妙感觉，不仅在感官更在感觉。

我心头至爱的餐厅，始终是香港浅水湾大酒店。居港期间,久不久就会约几位好友去那里下午茶。难得在我生日之时,亲友们会特地安排在浅水湾大酒店为我做生日,不过因为太昂贵了,也只是难得。回上海后,每次去香港,我和先生第一要去的肯定是浅水湾大酒店。

说起来,我与她还真有缘。1949年我们全家南下香港时的头几个月,因为举目无亲,上无片瓦,就是住在浅水湾大酒店。当时我三岁还不到,但还依稀记得每天入晚各客房都是片片麻将声,爸妈抱着我一个劲叫我叫人,什么"张家姆妈,李家伯伯",似乎酒店的每个客人都互相认识。后来长大了,听妈妈说,当时上海人"逃难"到香港,很多住在浅水湾大酒店。哇,连逃难都住五星级酒店,这可真"海派"。其实是因为当时香港的酒店业远没有上海发达,上海人知道的上层次的就只有一个半岛酒店和一个浅水湾大酒店,其他的香港本地人办的旅店,上海人是住不惯的。再则,当时上海人认为这场战事也如北伐之类的内战一样,两三个月后就会平息,就可以回上海了。没料到,住了快一年,还一点没有可以回去的预兆,这才纷纷搬出浅水湾大酒店,另觅安身之处,这是后话了。

可能也正因为如此,我们全家对浅水湾大酒店都情有独钟。后来我们搬去港岛摩星岭安定下来,但祖父和爸爸仍旧每天早晨驾车去浅水湾游泳,因为相距不远,久不久,祖父母也常带我们去那边喝个下午茶。那时的浅水湾大酒店没有现今的高层建筑,那柚木地板和木质百叶窗还有小小的螺旋形柚木楼梯,与上海的老家十分相似,或许这就是大人们为什么那样喜欢浅水湾大酒店吧。

事实上,现今的浅水湾大酒店是重新翻造的,只不过旧楼的样式和内里的陈设还保留着旧时的样子。

80年代，我首次去港探亲，带着几乎朝圣的心情重访了这间大酒店！酒店的扒房设在原来的室内阳台里，由木质的落地玻璃窗通向内厅。宝瓶形的石栏杆外，绿树成荫，树丛中不时闪烁着蓝宝石般的海面。天花板上30年代的吊扇象征性地缓缓转动，这件扒房狭狭长长的，餐位不多，正是一家高品位餐厅的象征。

80年代至今，这家酒店的香槟已从几十块涨到近二百块一杯，但我仍坚持每次去港都要去坐坐，特别自从读了张爱玲的《倾城之恋》。沿着碎石小径走去，走上极宽的石阶，到了花木萧索的高台……我总是在遐想，白流苏和范柳原是不是也曾在这个座位上打情骂俏过？那细碎的小径上，曾经印满他们的足迹……从此浅水湾酒店更成了我一份情怀。

总觉得一家好的酒店，菜肴、服务和设施固然重要，但更重要的是她能成全客人的一份梦想——人一生能有多少宿梦可圆？这也是一份福分。而浅水湾大酒店，就是可以一圆宿梦的酒店。

2012 年 5 月 28 日

土黄色的端午

　　旧时的老商号都没有礼拜天休息日，但一年中四个大节也会破例放伙计假，那就是过大年、清明、端午和中秋。可见这四大节日在传统上的分量。

　　如果用颜色来形容节日，过大年当然是大红喜庆的，清明应当是青嫩色的，就像青团的颜色，充满怀念却又因为在春天里，无处不布满生机；中秋是温馨的，所以我觉得她的色调是温暖的蓝色；端午又称端阳，已近盛夏，"火"很重，再配着艾叶和菖蒲的烟熏味，还有童年时代听到的凶煞的法海和尚的传说和充满悲情的屈原投江的故事。我也不喜欢端午的香袋，那种香带着浓浓的中药味，老让我联想起那恐怖的又黑又苦的中药。赛龙舟我也不会欣赏，在从前沉闷的农业社会，娱乐少，年轻人有使不完的力气，倒是十分热闹。现在大热天的，汗流浃背的，让人看着都觉得累，只是图个热闹。总觉得端午的色彩是黄颜色的，不是那种明快的黄，而是带点悲怆的土黄。

幸亏端午有粽子，那清香翠绿的粽叶为土黄色的端午抹上一笔悦目的色彩。笔者不太喜欢吃粽子，但粽子包裹着太多的童年回忆。老上海人家，习惯自家裹粽子，然后作为节日人情互相赠送，很少去买现成的粽子。端午前一个礼拜，弄堂里各家后门口——上海人家的厨房总是在后门，后门虽然比前门要简陋，但风景远比前门生动。从各家后门飘出的饭菜香，你就能触摸到时令的脚步。上海人端午节的厨房的繁忙和热闹，大约是仅次于大年夜和中秋佳节。后门口一溜儿都是忙着裹粽子的女人们，孩子们则端着板凳坐在边上，听着许仙白娘娘和法海和尚的故事，有人还会学着名角在越剧或沪剧《断桥》《借伞》的唱段，还真学得惟妙惟肖呢！这样的风景而今已经永远消失了。自家裹好的粽子，第一个相送的就是左邻右舍，然后是出嫁女儿，或者至爱亲朋。粽子本身并不值钱，主要是一份情意，让女儿感到娘家的温暖，让老亲老友重温笃实的交情。上海女人的手就是巧，裹出来的粽子硬扎又精细，你真想象不到，看似娇滴滴、嗲悠悠的上海女人，手劲会这么大，或许这就叫软硬功吧！

如果你认为上海的小姐太太只会跳跳舞、逛逛马路那就大错特错了，笔者的婆婆（北京西路绿屋的大千金，中西女中出身），甚至包括绿屋的女主人（贝家九小姐）都做得一手好菜，结得一手好绒线，当然也裹得一手好粽子。道理很简单：自己不内行，如何指挥和管理保姆？笔者的婆婆健在时（她在88岁高龄去世），每一年端午节都要带着保姆亲手包粽子，连豆沙都是自己捏自己炒的。裹好的粽子放在一个个网线袋里，每个袋里都写着备送人家的名字，多为婆婆几位出嫁的姑娘，还有她娘家的姐妹和她的老同学，如此七大姑八大姨的，那副腔调堪为壮观。煮肉粽也有讲究，一定要与咸蛋一起煮，如此，咸蛋里的咸蛋黄会特别油，而肉粽会特别香，这就叫互相渗透吧！

自家裹的粽子与外面买的截然不同，除了用料更加讲究，还富有个性，外面的粽子是行货，自己裹的粽子是原创的。大家一面品味着亲朋好友送来的粽子，一面评着谁家的粽子好吃。我真后悔没有跟婆婆学一手。

随着家庭结构的转型，好多家庭传统文化都失去了传承，这是十分令人遗憾的。

2012 年 6 月 6 日

相对黄浦区、南市区，静安这块区域开发得较晚。当永安和先施已成南京路上的地标，令上海人趋之若鹜时，今静安寺一带还是上海人郊游骑马的最佳选点。起步晚也有好处，这令静安区的街道和建筑更显现代感和时尚感。因为上海城的发展是由东向西的，当东区地皮已爆满时，不少大机构大企业如中国银行、四明银行、上海海关、英资惠罗公司、南洋烟草公司等企业的高级员工住宅，都集中在静安区。地产开发商也抓住机会，起造新式的现代化的公寓和里弄住宅，如德义大楼、华业大楼、枕流公寓、静安别墅、沁园邨等，这些住宅的特点是精致舒适，这一切无形中令静安区的居民结构以白领和专业人士居多。同样的道理，静安区的中学也特别集中，在女子教育尚未普及的上世纪 20 年代，静安区已有爱国女中、工部局女中、培成女中、协进女中、崇德女中……真是十只手指也数不过来。这就是书香静安的历史文脉。

我在南京西路上长大，从静安寺到石门路没几个街口，就有启明、益民等好几家文具店，上海唯一的一家航模店也在南京西路上，另外还有一家颇具规模的上海旧书店、少年儿童书店和两三家新华书店。南京西路说起来是条商业街，也可谓一路书香。静安区因白领多，外文书籍也十分丰富，记得我在初中时已常去新华书店的外文书专柜购买英语简易读物丛书，从《双城记》到《小妇人》等世界名著式式齐全，不少读者特地换几辆车到这里来选购，因为这里选择多。少儿书店更是我流连忘返之处。在南京西路江宁路口这样昂贵的地段，曾经竟然是一家四开间门面的报刊门市部，直到90年代才关闭。这也是我常去的地方。我还常常乐滋滋地看到刊有自己作品的期刊放在橱窗里，有时还会在门口的小黑板上看到最新杂志的目录摘要里有我的名字……只觉得短短一截南京西路，在我们眼里一点也不昂贵，在这里也能找到我们的空间。

遗憾的是，南京西路上的两家新华书店连带陪伴我们成长的少儿书店都先后消失了，更不要说那家旧书店了。一度，在静安寺地铁站的下沉式广场，开出一家带咖啡馆的时尚书店，但高兴了没多久，好像也消失了。

不过，生活中还是不断会有惊喜的发现，我很喜欢张爱玲故居——常德公寓底楼的咖啡馆加书店。另外，在充满怀旧情调、静僻的巨鹿路上，一幢小洋房底层静静地开着一家渡口书店，也是我喜欢去的。

诚然，时代变化了，价值取向也不同了，我们理解书店存

在的艰难,很感谢总是有那么几位偏执的爱书人,在红尘滚滚
的商业区为我们留下几缕清雅的书香。

2012 年 6 月 7 日

别了，数字百货公司老友

"百货公司"的概念是工业革命以后催生的。蒸汽机的发明提高了生产效率，在计件报酬、多劳多得的时代，无形中提升了产业工人的收入，同时也占据了他们大量的时间。于是，针对这群广袤的新消费群的需要，百货公司问世了。百货公司占地大，经营品种齐全集中，只要你想得到的，它都有售，大大节约了消费者的时间和精力，而且集消费消遣、吃喝玩乐于一体，即使你不花一文钱，也可以在里面逛上一天，并能得到贵宾的待遇。百货公司的问世，改变了自古以来单一的一手交钱一手交货的消费形式，从此，老百姓的消遣方式中，多了一道购物，又称"橱窗购物"（Window Shopping）。合家大小拖儿带女可以不必担心荷包的厚薄，轻松地进入百货公司，既开了眼界，又受到礼待，还节约了大量时间。同时，因为百货公司是大批量的进货，价格也相对便宜，所以一问世就广受平民大众的欢迎。可以说，百货公司先天的基因决定了它的平民性。

相对欧亚大陆，北美和澳洲属刚开发的新大陆，所以百货公司的经营概念在北美澳洲得以完善成熟可以说是占尽天时地利之因。老上海的四大百货公司的老板都是澳洲华侨，这绝不是偶然的。

百年前，百货公司在上海一问世，强烈地颠覆了中国传统的街市式的、没有橱窗展示的、不讲究店面舒适感的、可以讨价还价的传统经营方式而广受市民欢迎。但到了上世纪30年代，大批欧洲犹太人定居上海，同时也带来了欧洲零售业讲究精巧细腻的经营特色——Boutique（专卖店、精品店），货品为限量版甚至绝版生产。尽管价格要比百货公司昂贵，但对生活质量有要求及讲究和强调个性、时尚一族的上海人，马上被 Boutique 的购物形式所吸引。到了抗战胜利后，高层次的上海人不大再去四大百货公司购物了。

解放后，人民当家作主了，广大劳动人民的收入得到明显的提高，百货公司强调为广大劳动人民服务，许多私营的精品店并的并，关的关，但对一般平民百姓，影响不大。作为国营企业的窗口，百货公司的服务都非常周到和热情，令老百姓有种宾至如归的味道。一度，合家打扮得整整齐齐地去南京路逛中百一店等是上海广大市民百姓指定的家庭日节目，也成为外地朋友到上海来的指定景点，如果来上海不去中百一店，就好比去杭州不去西湖、去北京不去颐和园一样。为了满足老百姓日益增长的购买力，六七十年代开始，政府建造的数字百货公司先后兴起。在计划经济物质贫乏的年代，数字百货公司装饰了我们的城市,令单调的生活有了点美感。

但服务态度再好、再热情,货品大路、平淡,上海人还是有点"戆得得"。尽管解放了,但部分生活优越的上海人认为,百货公司的货品是"行货",而 Boutique 的货品才是精品。所以老上海人坚持,做时装要去"鸿翔"和"朋街",做西装要去"亨生"和"培罗蒙",定做男式皮鞋要去"博步",女士皮鞋去"蓝棠"……精品店、专卖店的特点就是强调个性的度身定做。

不过,百货公司对我们还是有一定吸引力的。那时我每天下班后,会特地在中百公司站下车,因为中百公司有一层全部是售花布和呢绒及绒线的。偌大的商场琳琅满目,还有布票和钞票可以打折的零头布出售,选择很多,常常会令你有惊喜。

相对中百一店,淮海路的中百二店可能因为历史文脉的关系——有不少是旧时的 Boutique 合并而来的,所以要比中百一店小资得多。特别在 70 年代末期,中百二店常有售出口转内销的羊毛衫、童装及小商品,无论是款式还是颜色,都十分别致,所以我们逛中百二店主要就是冲着那些出口转内销的商品。此外,70 年代我还在杨浦区一所中学里教书,离我们学校不远,在杨浦区工人文化宫对面有个上海市第三百货公司(我们亲切地称它为"杨百")。我也常常会利用午休一个小时的时间去逛一下。因为消费对象的不同,常常在中心区紧俏的商品,在"杨百"可能成为滞销的商品:比如 70 年代末市场上紧俏时髦的折伞,在淮海路中百二店一伞难求,但在"杨百"却有售;另外还有一种金帽子、蓝玻璃瓶售价 1.9 元一瓶的香水,这大概是改革开放后第一批上海生产的香水,在淮海路中百二店也是一抢而空,我在"杨百"却能买到。一时,我成了朋友们的代购员,常常出没在"杨百"。

城市在发展,生活不可能永远一成不变,随着日式百货公司(Mall)在上海崭露头角,上海历史悠久的百货公司终于挡不住了。何为日式百货公司?就是 Mall 内名店集中,环境优雅,将消遣、娱乐、购物餐饮融洽得更好更完美。比如 90 年代,位于南京西路江宁路梅龙镇广场的问世,大大冲击了国营的百货公司,那时我还居住在香港,但每次回上海,总要去梅龙镇广场逛一圈。当时真觉得,与香港铜锣湾的三越、松坂屋等日资百货差不多,连带梅龙镇广场地下的百佳超市也很有逛头。尽管价格相对其他超市偏高,但购物环境好,货物轮转快,人气很旺。但是,我们的城市脚步实在太快了,南京西路恒隆广场一矗立,梅龙镇广场一下就显得陈旧落伍了。

现代人逛商场,购物是其次的,更重要的是展示自身。与其说商场是个购物地,不如说商场更像个 T 字台,人们打扮得时尚漂亮去逛公司,吸引回头率展示自身是第一需要,同时也可以在商场内捕捉到最新的时尚信息。那些上了年纪的按数字排列的百货公司,就缺乏这样一个 T 字台,吸引不到时尚的客人,自然消费对象流失了,这也是无可奈何的事。

在上海历史悠久的百货公司受到彻底的动摇。其实这样的情况不仅在上海,香港的先施公司和永安公司同样每况愈下,连曾经风光一时的日式百货公司也日落西山,松坂屋和三越先后结业,崇光百货也摇摇欲坠……所以说,百货公司最终走向式微是无可挽回的。但它们走进城市的记忆中,点缀过我们的生活,我们感谢它们。

2012 年 6 月 13 日

　　我是 1964 年高中毕业。回忆我的暑假生活,是由痱子粉、浴皂和蚊香的混合型馨香、西瓜的清新和小伙伴们的喧笑构成的。虽然那时没有电视,也没有电子游戏机,但我们的暑假是那样丰富多彩,至今难以忘怀。

　　我从小是在老公寓里长大,所谓老公寓的格局,就如现今的两房两厅、三房两厅一样,一门关煞,邻里间互不搭界。但对我们小孩子来说,因为当时上学都是划块投考的,因此我们既是邻居又是同学,每天上学都是挨家在窗户下呼叫着,轧好道一起走,放学也是结伴而归。那时学校功课好像也不多,基本在学校的自修课上都可以完成,所以一放学,宽敞的弄堂里就成了我们的乐园。

　　到了放暑假,整个弄堂几乎都是我们的身影。那时的弄堂口还专门有块醒目的牌子"内有小孩戏耍,请推车出入"。

早在暑假前,老师已帮我们组织了校外小组,上午三五成组在指定的相邻同学家里一起做暑假作业,老师还会定期家访。做完作业,大家出点零花钱,去弄口的小书摊租连环画回来看。我记得,小摊主为了挣点蝇头小利,一本连环画要拆成薄薄的四本,新书两分钱一小本,旧书一分钱一本。家长在这方面零花钱从不吝啬,再三叮嘱要借新书,比较卫生一点。午饭小睡后,弄堂里就成了我们的天下:男孩子们溜旱冰、踢小皮球,女孩子跳橡皮筋、造房子……我们玩的游戏可真是名目繁多,比如"狐狸先生几点钟""麻林当"(London Bridge is falling down)和"水蜜桃"(Stop)。说起来"麻林当"和"水蜜桃"还是脱胎于老上海租界时期外国小朋友玩的游戏。那时我们玩的游戏,都是需要集体合作完成的,一般都有营垒相对的两方,有输有赢,无形中让我们从小就习惯了凡事都有输赢的心态,这局输了没关系,下局可以翻过来,最丢脸的是"赖急皮"(作弊),这是小伙伴间最看不起的恶习,如果哪个小朋友老要要赖,他会在群体中显得十分孤独,小伙伴会刮着脸皮嘲笑他"赖急皮,老面皮,磐(躲)在坑棚(厕所)没人理"。

看似最普通不过的弄堂游戏,让我们很小就培养了团队精神,共同维护游戏规则,这对我们日后做人处世其实有很大的影响。有趣的是,每个游戏的一方,都会很自然、很民主地推出一个公认的"领袖人物"。事实证明,不少孩提时的领袖人物,即通常俗语称"孩子王"的,长大后还真有一定凝聚力和组织能力呢。游戏中,自然而然催生出几代孩子都广为所知的童谣:"落雨了,打烊了,小八腊子开会了……","炒黄豆,炒黄豆,炒好黄豆翻跟斗……"。至今犹记得一首十分有海派味道的童谣:"淘米烧夜饭,夜饭吃好了,电灯开开来,麻将拿出来,搓搓小麻将,呀呀呀,来来白相相……"如今,一度这些陪伴了几代上海小孩子童年的儿歌,沉寂了。今天很多上海小孩子,连上海话都不会讲了,那是因为承载着孩子们成长的乐园——弄堂,已消失了。

我们这代男女生还分得很清楚,一般做游戏是男孩归男孩,女孩归女孩,但男孩子们常常会来捣乱或恶作剧,弄得女孩子们一阵尖叫,一片怒骂,男孩子却嘻嘻哈哈地扬长而去,令我们愤怒不已,同时也觉得很刺激。有时候,反而盼着男孩子们来捣乱,我们仓皇出逃,一面高叫着"鬼子进村了"。现在回想起来,其实是少年朦胧时期,男孩子对女孩子的一种健康的挑逗。

进入中学时代,我们的身影渐渐从弄堂游戏中淡出了,校外小组也转化成自愿的友谊结合。我们通常会结伴看暑期学生场电影,新片也只要1毛5分一张票。如著名的意大利电影大师的《偷自行车的人》和《罗马十一点钟》就是在这个时候接触到的。此外,暑假中的学校也很热闹,口琴班、歌咏队、航模班、戏剧组、舞蹈班、象棋组……都定期活动。那时,每逢国庆节,区里都有中学生文艺演出比赛,暑假是各学校文艺爱好学生排演节目的最好机会。记得我在初二的时候,写过一个剧本《小黑煤用处大》,我们就是利用暑假期间排练出来的,结果获得区中学生国庆汇演三等奖。这应该是我的第一个文艺创作。说起来,那时的老师真是不辞辛苦的园丁,暑假的时候也不大有时间休息,要在各活动室值班,还要家访。每年暑假,老师都要带我们搞一次夏令营活动,地点是在各大公园,少先队的星星火炬队旗在公园大草坪上一插,大家围坐成一个大圆圈,做游戏,表演节目。现在回想起来,那真是一片祖国的花朵。

进入中学,连环画远不能满足我们的需要,幸好暑假中的学校图书馆天天开放。中学时代,我的暑假大量时间是阅读中外名著,后来进入社会后再也没有这么大片的完整的不受打扰的时间,让我尽情地享受阅读时光,十分感谢那段时月。由于暑假期间学校各类活动繁多,所以高年级生常要轮流去学校值班,高中生还要担任初中生的活动辅导员,无意中也培养了我们的服务意识。

光阴如梭,世事多变,当年一起过暑假的小伙伴,多已浪迹天涯,但有几位至今仍保持密切联系。最开心的是,大家共同忆起往昔的弄堂游戏,还有至今仍能背得一字不差的童谣。相比之下,今天那些成天宅在电脑前的小朋友,哪有我们开心。

2012 年 7 月 3 日

　　老上海对精致生活的追求，人所皆知。所谓精致，讲究的是心思，与花钱多少无关。

　　炎炎夏日，多数人会食欲不振、厌食。记得我外婆就有几手夏日佐餐的绝招：买一小块大头菜，切成细细粒粒的小丁，热油重糖与毛豆子一炒，即时碧绿生青香气四溢；那种麻将牌大小的醉方白腐乳，浓浓地淋上几层麻油，入口香糯细滑十分下饭；外婆家是绍兴上虞人，绍兴人特别善于做腌、霉食品。外婆自己腌的咸菜，只取咸菜梗，不取叶子，开甏后仍旧生青碧绿，像翡翠一样呈半透明状，用滚水泡过后，切成小丁，撒上几丝红辣椒和一层黄砂糖，吃时糖还会被嚼得"嘎吱嘎吱"响，满口"清、甜、香、鲜"，吃了也不拉肚子。外婆每年夏天还要做几甏苋菜梗，其实就是老米苋梗，粗细如甜芦粟，切成二寸左右的小段放在甏里腌霉数日后，一开甏醇香四溢，不过这犹如榴莲，喜欢的人说香，不喜欢的人说臭，然后连卤一起盛出，淋上厚厚一层熟油，隔水蒸，吮其丰厚的内壁纤维质，鲜美无比，或者与豆腐一起烧，开胃又下饭。上述几样小菜，特别适合下蛋炒饭。再加一碗冬瓜番茄扁尖汤，是我记忆中最美味的夏日佳肴，而且价廉物美，一般老百姓都承受得起。现在不对了，餐馆里一小客苋菜梗豆腐，要卖数十块，而且苋菜梗只有小拇指那么粗细，纯粹的清蒸苋菜梗根本看不到，可能成本太高了吧？现在都说腌霉食品不健康，但我们都很健康，这大概与选材与精心制作有关。

婆婆是苏州人，苏州人更是食不厌精。每逢夏日，总有一碟洋菜冻丝拌蛋皮丝、火腿丝和香莴笋丝，色香味俱全。洋菜冻丝是用琼脂自己做的。有时撕半只烧鸭丝，与绿豆芽、茭白丝榨菜丝清炒，鲜美可口，爽口而一点不肥腻。天热吃不下饭，婆婆就会自己摊春卷皮，就如现今吃烤鸭一样，上述两个菜用春卷皮现包现吃，再熬一锅稠稠的百合绿豆汤，有时候是香喷喷的锅巴粥，真是不开胃也不成！冷拌面也是我家婆婆的拿手，主要是面浇头千变万化，有葱油开洋、浸蕈油……南风肉，是夏日最好的菜肴。炎炎夏日，正是南风肉上市的季节。南风肉蒸百叶、清蒸南风肉、冬瓜蒸南风肉、南风肉煲汤都是夏日佳肴。南风肉的肉质比火腿嫩，而且价钱也便宜多了，所以广受老百姓欢迎。婆婆最拿手的是火夹鸡，即一层冬瓜片，一层南风肉片，一层鸡胸肉片，再盖一层冬瓜，如三明治般夹起来，隔水蒸，原汁原味，清口又鲜美。这道菜功夫就在火候，既要肉熟，又要冬瓜入味而不烂。

说起南风肉，不得不提起火腿。北万有全专有售一种现批现卖的薄薄的熟火腿片,有上方的,也有腿筒薄片,整齐地排列在油纸上,外套一个纸袋,可直接入口,绝对卫生。犹记得 90 年代初,静安寺的"正丰"还有售。上海人重人情,即使是酷暑当日,总也免不了要走亲访友,烈日当空拎只奶油蛋糕,看了就倒胃口,而这样的火腿片就是夏日最当令又是很上档次的馈赠礼品,犹以北万有全的为佳,就是自家作为晚饭添餐,也足以令家人开胃。

时光流逝,上述几道夏日佳肴,如今已很难觅到影踪,即使再有售现批现卖的熟火腿,你敢不敢吃?琼脂洋果冻是否有工业添加剂?愿大家一起努力,全新打一场舌尖保卫战!

2012 年 7 月 9 日

有句老上海俚语"死脱外国人""奈么死脱外国人了,事体大了"。不说死脱中国人,而说死脱外国人,说明外国人的命有多么金贵。"外国人"在老上海方言中,有时也是一种形容词——"迭戈小姑娘老漂亮的,鼻头高高,像外国人","伊长得长长大大的,像个外国人"。一句"外国人都是这样的"(包括牛排带七分生、咖啡不放糖和奶、吃生鸡蛋),连带生活方式一旦带上外国口味,中国人再不习惯,也勇于模仿追求,似乎一沾上"外国人",这种生活方式就变得现代和时髦了。

老上海方言中的"外国人",一般就是指金发碧眼高鼻头的白种人,上海话俗称"洋人",尤以英、美、法、德等欧美列强侨民为主,另外能归于"洋人"的,就是日本人,老上海称"东洋人"。这些东、西洋人在旧上海,可谓处处高人一等,他们有专门的华人不能入内的会所和高尚住宅圈,外滩公园的"华人与狗不得入内"的牌子就是一个典型例子。

然并非所有的金发碧眼的洋人,都能得到这种待遇。老上海的"白俄",即从"十月革命"后的苏联逃出境的沙俄贵族和有钱人。他们大多两手空空,只捡回一条命,在上海从事各种服务性行当,如开餐馆(即上海人说的罗宋大餐)、洋装裁缝店。因为沙俄贵族都有很好的艺术修养,不少白俄开设声乐、芭蕾、各种乐器等教授班……正如电影《伯爵夫人》所述的,他们经济拮据,无权无势,不仅上海的洋人看不起他们,连上海人都看不起他们,称他们为"罗宋瘪三"。在老上海方言中,"罗宋"也成为一种贬义的形容词。"侬迭套罗宋西装啥地方觅来的,又蹩脚又不合身。""侬哪能像个罗宋人,只会用蛮力气",讥讽某人长得高大壮实却动作迟笨。现在想来,当年的"罗宋"两字相当于如今的"大兴",是质量差、假冒的意思。所以说,当年的白俄命运是十分悲惨的。这些曾经的贵族的命运可说冰火两重天。白俄第二代就更惨,他们没有机会受到好的教育,也不会有好的工作,他们除非内部通婚,连上海最穷的底层妇女都不愿嫁给他们。张爱玲的小说《年轻的时候》很生动地记叙了一个白俄的故事。可见一个海外侨民,如若没有强大的祖国做后盾,甚至连国籍都丧失,是多么地悲惨。在旧上海还有大量的菲律宾人等非金发碧眼的外国人,他们都集中在娱乐场所和夜总会任乐手,老上海话称之为"西洋人",与正宗洋人和外国人还是有很显然的区别。因为他们同样是生活在上海社会的下层,被上海人称为"洋琴鬼"。更有势利的,称之为"洋装瘪三"。

因为文化差异和传统观念的影响,号称"东方巴黎"的上海,也极少有华洋通婚的现象。所以像陈香梅嫁给飞虎队的陈纳德,在见怪不怪的上海滩,也算得上一条新闻。

建国后,上海滩的外国人,包括那些西洋人、东洋人和白俄,好像一下子人间蒸发了。此时市面上只有外宾,这些外宾,与老上海的外籍人士最大的不同就是,虽然共同生活在上海,但他们在与上海人完全隔离的、互不交流的空间生活,就像天外来客,让上海人觉得又神秘又好奇。难怪当时都有"围观外宾"的习惯,特别在节假日之前,学校老师都要对学生做好外事工作,对外宾要不卑不亢,不要围观,不要指指点点。不卑不亢说起来容易,要这些十几岁的孩子做起来,真太难为他们了。

改革开放,国门洞开,上海街头外国人抬头不见低头见,就失去了"宾"的味道,外宾也就成老外了,就像我们称"老张""老王"一样,外国人开始深入到老百姓的生活中,和我们一样挤地铁,与小商小贩讨价还价,蜗居在普通民居中……从中更显示出一种"上帝面前人人平等"的精神。

最近有种说法,外国人在中国变坏了:一俄罗斯提琴手在火车上侮辱中国女性,西班牙人不让路并竖中指,英国人在北京闹市区公然猥亵中国妇女,至于外国人乱穿红灯、插队、乱抛垃圾更是时有听闻,但不能说这是外国人到中国后变坏的,而是我们在同一空间生活甚至竞争,大家在同一地平线上,当"外宾"这层外衣撕去时,我们发现外国人和我们一样,会犯相同的错误,他们同样需要法律公德的约束和自律。

2012 年 7 月 23 日

十号风球

　　报载 7 月 23 号，香港挂起十号风球。众所周知，香港地区是由港岛、九龙半岛，还有散落在周围的几个离岛共同组成的。因此，每年的八九月份，香港多台风，港人称"打风"，曾经风灾是香港人谈虎色变的话题。每逢要台风时节，香港气象局就会挂起风球，以此来警戒市民。风球一般分为：三号风球，此时幼儿园都停课；然后是八号风球，此时风力已带破坏性，通常夹着暴雨。为安全起见，此时香港全部轮渡停航，学校、公司、企业全部停课停业停市；到了十号风球，那简直是恐怖，可以说是顶级的恶劣的灾害性气候；还有十二风球，我不肯定香港历史上是否有记载过。

　　不过对当今香港人来说，市政建设发达、安全、完美，特区政府对台风灾害的应对已有足够的经验，可谓绰绰有余。一旦香港挂到八号风球，任窗外雷电交加、风雨大作，窗内麻将声声,卡拉 OK 阵阵,上班族会欣喜若狂,因为无端端地多放了一天假。但是今天的欢乐是无数次血的教训换来的,早在50 年代,香港社会远没今天富有、发达,除了少部分洋人和高等华人可以住在坚固结实的洋楼,大部分香港老百姓住的是自己搭建的简易的木屋。香港地形特点就是多山,刮台风必夹着暴雨,雨水从山顶泥沙俱下,不知要冲毁多少的民居。因而每次台风过后,一片狼藉、惨不忍睹,社会上到处可见流离失所和失去亲人的灾民……50 年代曾经有两部经典的香港电影《十号风球》和《危楼春晓》讲的就是在风灾面前,香港老百姓如何守望相助、共度劫难的感人故事。当然,现在年轻一代的香港人对此是不会有体会的。

如果你去过香港,你一定会发现香港所有的山脚都有坚固的岩石围墙,并以粗实的钢铁支架加以固定。这就是为了防止山泥倾泻,每座山体的加固维修都有附近的物业共同负责,在香港每一座这样的山坡都有编号入档。确切地做到专人专职,以保证安全。即便如此,也会有例外,上一次挂十号风球的时候,我和女儿都在香港。清楚记得当时发生一起惨案,倾泻的山泥如脱缰的野马狂泻而下,破窗进入一外籍人士的家,冲下的山泥有整个篮球场那么大。所以香港一直对各山坡的监督是非常严格。

尽管香港人对"打风"已习以为常,但我们没真正见识过刮台风世面的上海人听到挂八号风球总有些紧张兮兮。在香港我就住在离岛,我的家不大,但阳台面对大海,一无遮拦。天天站在阳台上,就像站在船舷上一样,天天有海景欣赏。曾有人提醒我,你这个风景是很好,但"打风"来那可就不得了了。但也有朋友对我说，一年只有那么几天是"打风"的，其他的日子你都可以享受这无敌海景，又有什么不好呢？说的也是，但那次挂十号风球，应该是在1999年的台风"约克"。

应该说香港对灾害气候的预警是有条不紊的，早在下午两点钟，香港气象台就通过手机、网络、电台、电视等所有资讯通道发布"再过三个小时，本港要挂八号风球"以便让市民有充足的时间撤离回家。首先像我们这样住在离岛的职工完全可以在第一时间及时离开办公场所回家，因为八号风球一挂，全港的水面交通都要停航，那就无法回家了。这时办公楼的大堂所有醒目的地方都会贴出告示：现在挂三号风球，三个小时后再挂八号风球。说是三号风球，风力也够大了，但见街上行人匆匆，一些路边摊贩开始收档了，连公交车站上都挂着醒目的告示"现在挂三号风球，三个小时后再挂八号风球"。此时天已暗下来，雨点开始密集了，各公交站上开始排起长龙，但香港人应对台风的心理也很成熟，他们知道这时各公交车的发车间隔会相应缩短尽量输送市民回家，明白三个小时可以绰绰有余让他们返回家。所以，不见有人争先恐后也不见有人插队，人们次序井然等候上车。

同样的景象各码头已开始排起长队，住离岛的居民相对地心理紧张一些，因为万一赶不上船，即便有陆地上的交通还有地铁或者的士，但水面上的交通已全部停航，根本没办法回家了。不过这种情况极少发生，轮渡公司同样已做好相应的准备，除了增加航班以外，还会尽量调派最大载重量的轮渡来输送乘客，所以哪怕风浪再大，只要上了船就可以笃笃定定放下心了。"打风"前，人们纷纷采购饮用水熟泡面和各种罐头食品，以防万一。即使有时可能不到三小时已达八号风球，但为了交通畅通和稳定市民情绪，仍不对风球升级。我家正面对着大海，下午三点来钟已经风势猛烈，不过离岛居民对"打风"也是经验丰富，家家户户都备有防风板。遇上八号风球，面向海的窗和落地玻璃门都会放好防风板。那次我先生也同样地早早放好防风板，但为了一睹难得见识的八号风球的壮观，特地在阳台正中留下一个防风板的缺口，心想当风力再大的时候再夹上好了，同时电视机每时每刻在播放台风的进展情况。不到五点钟海面已是一片漆黑，沿海的电线杆都被吹得一晃一晃的，让人看得害怕，海风咆哮的声音犹如几百只野猫在狂叫，我们正在慌忙地想堵上那个缺口，费尽九牛二虎之力才把这最后一块防风板盖上，从此再也不敢大意了。当傍晚大约六点左右，天文台挂上十号风球，这样的恶劣天气，此时呆在家里是最安全的，但窗外风雨交加，狂风吹击着防风板，就像一个恶魔在外面敲击，千方百计想进入屋里一样，虽明知房子不会倒，但心里就是十分恐慌，幸亏有先生在。写到这里，我想起一个真实的个案，我的一个独居的单身女贵族闺蜜，就是在挂十号风球的这一晚决定出嫁。

香港有很多街头露宿者，早在挂八号风球之前，就有志愿者劝说他们撤离到安全地点——主要是室内体育场、香港市政设备的活动馆，让他们安度这个风雨之夜。

那个晚上终生难忘，既希望风球快快下来，又盼着风球不下——因为第二天可以放假。到了次日清晨六点,外面仍然劲风暴雨,忙忙打开电视,但十号风球已改成八号风球,到八点来钟,八号风球改成三号风球,上班族无奈地深深叹了一口气,准备着去上班了。

2012 年 7 月 25 日

　　老来偶发少年狂,凌晨四点与老伴拥被观看伦敦奥运会开幕式。为怕惊吵邻居,只能把音量尽量减小,忽然体会到一种犯禁的"快感",想起古诗"雪夜闭门读禁书"。以前喜欢收听海外电台,通俗称为短波,通常也在凌晨时分。在国门关闭的年代,这可是要顶着"收听敌台"的罪名的。现在开放了可以堂而皇之地收看来自伦敦的现场转播,没经历过"禁止之苦"是体会不到今天的快乐的,大家要珍惜。

　　提起英国,我们这代人首先想到的自然是莎士比亚和狄更斯,爱尔兰民歌《夏日最后一朵玫瑰》和《伦敦德里小调》,噢,还有瓦特发明的蒸汽机……观看了伦敦奥运的开幕式,才感觉到一部沉甸甸的英国史竟然也与我们息息相关。

　　伦敦奥运会的开幕式十分英国:不花哨,不做作,传承了英国文化严谨、写实、富有历史感的特点。从一开始的童声合唱,就让我们听到了《伦敦德里小调》那熟悉的旋律,一下子拉近了我们和伦敦的距离。还有我们喜欢的憨豆先生、球星贝克汉姆、哈利·波特……很喜欢这样平实的开幕式,让我们有声有色地重温了一部英国历史。

开幕式上最美的声音就是童声合唱,那样纯,那样真,那是天使的声音。那曲《伦敦德里小调》是我听到的最美的版本。我们成人真的要向孩子多多学习。

开幕式上让我震撼不止的是工业革命时期那代产业工人的出现:配着雄浑的音乐让人联想到火山喷发前蓄势待发的熔岩、广漠的大地,默默地显示着力量!令我想起聂耳的《大路歌》,无论是西方还是东方,产业工人大军为我们的"城市让生活更美好"贡献了毕生的力量和生命,他们是世界近代史的创造人和推动力。曾几何时,他们在历史的画卷中暗淡了。

那七根高高竖起的大烟囱,是城市产业工人大军最经典的足迹。工人老大哥在中国近代史上功不可没,一度享有十分高的荣誉。今天,当伦敦奥运会开幕式再现了产业工人大军的身影时,我们才惊觉近年的文学作品里少见描绘这支大军的磅礴气势的写实作品,除了电视剧《大工匠》。

曾经《咱们工人有力量》的歌声响遍 960 万平方公里,劳动光荣、尊重劳动者为社会公德。现今已经没有"产业工人"了,只有打工仔、农民工、外来务工人员,丝毫没有一种职业上的骄傲,也得不到社会上的尊重。除非迫不得已,哪个孩子的愿望是在工厂、工地上务工呢?

"工人"和"务工者"概念完全不同,工人也是一个职称,有技术、职业操守和组织性等要求,一样平等享用福利保障。

务工者的境界要低多了,只为了吃口饭,没有长远计划。近来常发现的偷工减料、施工质量、安全问题频生,纵然原因诸多,但肯定与我们只有务工者,没有产业工人大军大有关系。劳动者必须先受到尊重,才会尽职尽力。

2012 年 7 月 31 日

　　炎炎夏日，胃口不佳，偶尔忆起几只家传的老上海夏日小菜，在微博上随意一放，没料到反响如此大，特别对"北万有全"的熟火腿觉得不可思议，在这里再向大家介绍一下这家百年老店。想起来，百年前我们对饮食科学和卫生，乃至储存工艺的认识一定远不如今天，但"北万有全"的熟火腿以它的鲜美和安全卫生赢得全上海人的口碑。

　　这家百年老店是上海首创以熟火腿应市的，最早开设在南京路抛球场（今河南中路南京东路），店面不大，不过两开间门面，最为引人注目的是，店堂面街的长柜台上安放着两只用白果树（银杏树）做的大砧墩，砧墩上面罩着一只玻璃小橱。橱里放着几只切开的熟火腿，皮色金黄，肉色红白分明，一眼望去，十分诱人，这就是"北万有全"的熟火腿的特色。除此之外，还有腿圈，就是火腿靠近上方部位的一小部分，肉质特别鲜嫩。"北万有全"的熟火腿之所以别具特色,顾客一经品尝,无不留下深刻印象,自有他们的烹饪秘诀。据说在烧火腿时一定要与狗肉一起烧,还要用棺材板当柴烧,这当然是传言,但至少知道,要烧出好的熟火腿,一定要用精选过的优质木材烧制。当年的火腿师傅想来也多已不在人世了,我们没有及时将这些文化记录下来,真是一个遗憾。

操刀老师傅戴着白饭单、白帽子,根据顾客需要,无论斩块、批片、切丝,悉听客便,立等可取。这些操刀师傅大多是没有文化的,讲起来,干的也是粗活,但行行出状元,他们的刀功却是高人一招,名不虚传。刀功不是力气活,而是要有软硬劲,也是要讲技术的,没多年的经验根本举不起这把刀。老吃客都知道,火腿要现斩现卖才香,有些刁钻要求高的顾客,还会特地用竹签在火腿上刺一下,闻闻香不香,店铺有现成准备的竹签,哪像现在的真空包装火腿,像木乃伊那样年代悠久,哪还有香味。

另外,师傅一刀下去,基本上做到顾客要买多少就斩多少,八九不离十。把熟火腿批成薄皮或斩成火腿丝,更是一门技术活。一两熟火腿,在操刀师傅手里,在一阵轻捷的笃笃声中,可以批成薄薄的二十六片,片片肥瘦相宜,红白相映,极薄如纸,几可迎风飞舞,无一相连。这种刀功,是学徒进店学生意时就作为必修课训练的。三年学艺下来,还天天在实践中操作。现在想来,这手绝活完全可以申请入非物质文化遗产,当年"北万有全"店堂有块黑底金字的牌子——"凑巧像神仙过",就是以自家师傅刀功的高超来招徕顾客的广告语,事实上确实名副其实。

别看现在又是英式下午茶又是西饼店，而且动辄价格惊人，但我们的口福没有我们的老祖宗好。想象一下，酷暑当头，斩上几两熟火腿，回家小老酒咪咪，或者冬瓜汤里放几丝火腿吊吊鲜头，多乐惠。就是寒冬腊月，去"北万有全"批上几两熟火腿，回到家里用烧得笃笃滚的大米粥往熟火腿上一浇，就是香喷喷的火腿粥。这锅粥我印象深刻，直到80年代，"北万有全"还有这样的熟火腿供应，看着头发斑白的操刀老师傅，当时我们就在担心，这道传统美食到底还能保留多久，不幸一语成谶。我女儿和侄子总算还有这道舌尖上的最后记忆。现今我家附近的巨鹿路上也有一家"北万有全"，但只有四个字是对的，其他都不对的。

只有两开间门面的"北万有全"可以在上海滩立足百年，老少皆知，这里牵涉到一个原料进货、员工培训、经营特色、诚信卫生、传承发扬等众多细节。是不是很值得我们深思？对比今天，老总、经理帽子满天飞，店铺的设计越来越豪华，食品包装越来越讲究，经营规模动辄集团、上市公司，但能找得出一家经营特色和食品质量都能让上海人齐跷拇指的商家吗？

百年老店已无影可寻，笔者突发奇想，现在再打造一批新的百年老店，是否有这个可能？当今就业困难，高考竞争激烈，很多家长从孩子小学起就开始为他补课辅导，其实一个人的出路有多种，设想一下，几个青年遵照老字号的创业经验，从养殖到烹饪到管理经营，精益求精，是否可再现老字号的精彩？

现成的例子似乎也有一个，不过不是老字号，而是一家新字号——"城市超市"。说它新，到如今也有快十几年历史了,经营者是位海归,从一部自行车两个汽车间做起,现在在全上海都有很多分店,我家附近的波特曼酒店里面就有一家。在如今食物到处有添加剂、膨大剂、催熟剂等充满不安全的情况下,可以说,城市超市已成为上海某一圈子的人食物安全的保证。尽管价格要贵一些,但有啥比健康更要紧?举个例子,城市超市的鸭蛋比鸡蛋大不了多少,一看就是货真价实的散养鸭蛋。它有自己的农场,种植蔬菜和家禽,经营多年口碑不变。有时觉得,家族式的经营实际最具传承根基,当然,城市超市还很年轻,倘若它能坚持兢兢业业,家族后代珍惜这份经营,它完全可能成为新的上海百年老店。同样的,与我们老百姓生活息息相关的,如面包店、大饼油条店、卤味熟食店、糕团店,都可以用这种形式家族经营,既解决社会的就业问题,个人也不用看老板面色,做做街坊生意,不求发财致富,至少衣食无忧,生活稳定,香港多的是这种自给自足的店铺。小小的一间门面,老板从爷爷传到孙子,就像大树一样根已经深深扎在老街坊心中,成为代代相传的一个典故。让人欣慰的是,这个典故并没有消失,而且还在!

2012 年 8 月 7 日

毛
脚

　　老上海称未过门的女婿或媳妇为"毛脚",不知出典何
在,是因为其毛手毛脚,不够熟络的缘故吧? 老派上海人很少
有闪婚的现象,一般是男女间独自交往一段时间,觉得可以确
定恋爱关系了,才去见双方父母。这时候,一般是男方就开始
常常上门蹭饭,同时着力相帮女方家庭办点事,比如跑个腿、
修个水管、干点力气活……这就叫"毛脚女婿"。女方当然偶
尔也会上未来婆婆家做客。逢年过节问候一下,有需要时女
方也会鼎力帮忙。现在回过来看,"毛脚"这段事实,对日后
的婚姻生活相当重要,因为婚姻说到底,其实不单是两个人之
间的事,而与两个家庭、两个家庭成员之间有着千丝万缕的关
系,不单是经济的关系,更是文化修养和价值观取向的关系。
而"毛脚"这段时日,其实是男女由单一的恋爱关系开始转向
如何熟悉、了解对方的家庭文化,并与之协调磨合。在这个时

段,"毛脚"开始认识双方的家庭成员和各门亲戚,熟谙各自的脾性和好恶,为以后融入这个与之没有任何血缘关系的家庭做好心理准备。

中国传统,男女恋爱必有一个很明显的最终目的——结婚、组织家庭。不是以结婚为目的的恋爱,处处留情,只开花不结果的感情,在老派人看来是不道德的。我们那代人,从谈恋爱到结婚,最漫长的过程,是"毛脚"时期,因为在这个阶段,感情已从花前月下飘渺浪漫开始落实到现实中,一股油盐柴米的味道已开始渗入了:作为"毛脚",已常要参加对方家庭成员的生日、婚庆等等场合,聆听对方父母的唠叨和庭训。虽然这一切只是从一些生活细节才能体现出来,但恰恰是细节,所以无处不在,你很难改变和摆脱它们。可以说,中国的传统是无法接受试婚的,而"毛脚"这个阶段,恰恰是一种中国式的试婚方式。如果在做"毛脚"时期已是矛盾频出,那还来得及尽快结束这段感情。所以说,我们这代人的恋爱时间特别长,从相识到恋爱到"毛脚"时期,再到具体婚嫁,怎么说也得要近两年时间。现在的年轻人听了,一定要笑掉大牙了。

最近看新闻报道富豪征婚,才发现我们真的老套了。原来婚恋可以像产业化那样,高调地、全覆盖性地进行。不过,怎么看都觉得有点类似封建社会的皇帝选妃子,还比不上《灰姑娘》和《天鹅湖》里王子在皇宫舞会上选妃子那样浪漫和富诗意。说起旧上海的豪门,如无锡荣家、苏州贝家、无锡鼋头渚杨家、沙船大王严家、桐油大王沈家,宁波小港李家,还有富甲天下的盛家……真是几双手也数不尽,可从没听到过他们有如此大规模的征婚。当然,可能由于当时的通讯传媒不及今天发达。曾问过几位豪门之后，比如绿屋的两位舅舅，一个是圣约翰大学毕业，一个是大同大学毕业，分别娶的是武康路李家和地产滕家的女儿，两位舅妈都是圣约翰毕业，可谓才貌双全。曾笑问二舅，作为绿房子里的"王子"，你是怎么征婚征来的这位太太，他听了哈哈大笑："从前没人做这么傻的事，这种做法只有穷乡僻壤的土豪劣绅才做得出的，我追你的舅妈追得好辛苦呢，还做了好长一段时期的毛脚：陪未来丈人阿爸下棋、打扑克，帮丈母娘绷绒线、搓麻将，让他们相信，我不是一个花花公子，总算抱得美人归。"原来，堂堂绿房子的二少爷，也经历过一段艰苦漫长的"毛脚"生涯考验！

2012 年 8 月 13 日

毛脚（沪语）

老上海闲话叫吭没过门辤（ge）倪子囡恩（儿子女儿）的，已得到双方大人默认辤男女朋友为"毛脚"，勒拉上世纪七八十年代也称"敲定"，官方语言应为"未婚夫"或"未婚妻"。"毛脚"不晓得出典是啥？是因为伊拉还不适应这种青黄不接、尴里不尴尬的新身份——原则上已拨对方屋里厢和大人接受，但心里厢还七上八下——上海话讲起来，蟹脚还软嘞啦，所以有"毛脚"辤讲法？

老派上海人极少有"闪婚"，一般是男女独自交往一段后，觉得可以确定关系了，就带去见双方大人。一般当然是男方先上门，得到大人 pass（通过）了，男方开始频频上门，并常拨女方屋里厢留饭（北方人称蹭饭），就被女方亲友称为"毛脚女婿"。如张爱玲辤《半生缘》中，沈世钧就勒曼祯家做过一段"毛脚"，每逢伊来吃饭，曼祯姆妈还会去买点熟小菜作

.

添菜。当然,辔饭不能白吃,毛脚女婿要识相,手脚要勤快,主动帮女方屋里厢做点事体,比如买煤饼、背米等,女方当然也偶会上婆家做做客,但只限于逢年过节,走得太频繁,显得有点"急吼吼"。假使讲毛脚媳妇会得做人,常常想着搭未来的婆太太或小姑小叔们结点绒线衫或做几双鞋子,这就斜起讨人欢喜了。

现在回过来看看做"毛脚"这段日脚,是双方从花前月下到油盐柴米过日脚的斜起重要的过渡。像阿拉这种老派上海人看来,结婚不单是两个人之间辔事体,而且与两个屋里厢之间有着千丝万缕辔关系。做毛脚,就是男女双方了解对方辔家庭文化和成员辔最好途径。而个一切只有从过日脚辔小事体中才能感受到,为今后融入辔个与伊呒没任何血缘辔屋里厢做好准备。《半生缘》中,阿拉已看到沈世钧在弄堂里厢教曼祯辔几个阿弟学脚踏车辔细节⋯⋯

阿拉上海人还是比较正宗,男女谈朋友必要是以结婚为最终目的。否则,处处留情,只开花不结果,被称为"烂糊三鲜汤"。"试婚",或未婚先同居,还是会拨人家戳背脊。而"毛脚",可以讲是阿拉老祖宗发明的既聪明又折中辔中国式的"试婚"。

毛脚毕竟不是被捆牢的大闸蟹,即使在做"毛脚",男女双方一旦觉得谈不下去,还是可以拗断分手辔。不过一般人家非不得已,不大会走到辔步。所以,直到阿拉辔代,选择"敲定"是十分慎重辔。谈朋友辔辰光特别长——从相识到恋爱,再到拨双方大人认可做"毛脚",少讲点也要头两年。不过闲话讲转来,我还是老赞成有段做"毛脚"辔日脚。

2012 年 8 月 13 日

140 多年来，全球公认的上海首屈一指的地标，一直是外滩。

曾经，黄浦江上樯桅林立，商贾旅客摩肩接踵，沿江仓库车水马龙。依江踞城的十六铺，是"老上海"共同的记忆。我对十六铺有着特殊的感情，我的祖辈是从十六铺上岸在上海打拼的，开启了一段梦想的征程。那时，我家住愚园路，上班都从静安寺坐有轨电车，电车的哐当声伴着外滩钟声，虽然车速较慢，但很有意境。路上经过南京路再到外滩，穿过外白渡桥，到杨浦区的一个中学教书。后来有轨电车拆了，只好乘无轨电车。每天最开心的事就是上下班在公交车上欣赏外白渡桥。听着黄浦江上的汽笛声，外滩上的钟声，欣赏着百年如故的老建筑，感到非常地开心。

外滩曾经为上海衍生了首批白领。上海先生为了不与洋同事衣着上反差太大,小心地改变着老祖宗规定的服饰:在长衫里穿上笔挺的西装裤、千层布底鞋换成锃亮的漆皮皮鞋……上海人从来擅长混搭,很快,这种长衫与西裤混搭的模式流传到社会上。可以讲当时上海男士的时尚,最早是从外滩大楼流传出来的。一时,"在外滩上班"成为上海成功男人的标志。因为外滩,上海人接受了一种就业新观念:不一定要做老板做大官,只要好好读书,特别学好一口英文,能在外滩上班,就衣食无忧了。

现今,外滩的概念东起黄浦江,西至四川中路,北抵苏州河,南面滇池路,占地约 16.4 万平方米,经专家多次论证,确定了其作为上海现代城市源头的特殊地位,"外滩源"之名也因此诞生,不过上海人仍习惯称为外滩。

1994 年在江对岸建成的东方明珠,标志着上海开始现代化的转型。东方明珠带起了陆家嘴现代化建筑楼群:金茂大厦、环球金融中心……陆家嘴成为上海梦一个新的演绎,"在陆家嘴上班"与"在外滩上班"同样为优秀人才成功人士的暗喻。相比老上海,新上海人更钟情由东方明珠领衔的陆家嘴金融区,它没任何历史包袱,令新上海人心理上很有归属感。

对老上海来讲,则更喜欢隔江遥望这座高塔,浦东浦西尽收眼底。老上海对这个地标持一份特殊心理,好奇心和炫耀性更强于归属感:如果你在东方明珠、金茂大厦和环球金融中心对外开放初期就有幸进入与之有肌肤之亲,那是很值得炫耀,很说明你的人脉、地位和影响力的。不过,新鲜感一过,也就没事了。但对外来观光客,东方明珠永具吸引力。

　　相反，上海人会不时去外滩踱踱走走，因为这里留下太多几代家人和自己各个时期的印迹。

2012 年 9 月 7 日

面疙瘩

　　面疙瘩,上海坊间最普通最平民的一种吃食,做法简单,操作似也极容易,只要用面粉调一碗面糊,甩入沸水中,加入葱花酱油麻油即成,但现今少在上海家庭餐桌出现。原因是,面疙瘩用料单一,仅用以果腹,倘若从色香味角度来看,是一点都谈不上什么味蕾享受,但笔者内心却有极深的面疙瘩情结,源自三十多年前尚在中学任教师带学生下乡战三秋时,突有寒流来袭,学生一时无足够冬衣御寒,紧急之下学校学农指挥部命令提早收工。下午四点钟不到天色已显苍茫,户外已闻寒风呜呜,与我搭班的另一位班主任是持家有道的中年教师,她特别去伙房,先将大灶水烧开,大锅青菜炒得碧绿生青,油汪汪地往滚水里一倒,然后毫不吝啬地将平时熬猪油熬下的油渣连带白花花的猪油倒进去,然后用小瓷调羹将和好的面糊一勺一勺甩入汤中,雪白的面糊在嘟嘟冒泡渐渐泛成翡翠色的热浪中翻腾,朦胧水气中,有种极迷茫的美感,用现在的行话,就是极抽象极现代……香气弥散着整个伙房。很快,每个学生都捧着满满一搪瓷缸热腾腾香喷喷的猪油青菜面疙瘩,美味地一面吃着,一面听我给他们讲故事——那些故事都是我记忆中看过的电影情节七拼八凑地串起来,想来,应是我最早的小说创作,可惜没有留下底稿。即如这些边料故事,对当年这些只有八只样板戏可反复观看的文化享受十分苍白的学生,已如天方夜谭。此时外面已是寒风凛冽,气温骤降,但我们的混杂着菜香和面糊香的室内,却是笑语连连,玻璃窗上蒙着浓浓的雾气,更显得里面的温暖如春。我们就这样安然又快乐地度过这次寒流的突袭。

　　那是快四十年前的事了,我永远不会忘记那个寒流突袭的下午,那满溢满室的面疙瘩香味。这是我第一次吃面疙瘩,我从没料到,面疙瘩竟是那样美味。回家后我几次提出要吃面疙瘩,都被为我家服务了大半辈的熟知我家口味的老保姆坚决回绝:"这面疙瘩有啥吃头!"还摆出一副不屑的神情,似我侮辱了她的烹饪手艺。"想得出的,叫我烧面疙瘩。这种糨糊一样的东西,傻瓜也会煮!"

　　再也想不到,当年我的73届五班的学生同样谁都忘不了那个寒流突袭大家围在一起吃面疙瘩、讲故事、唱歌的下午……而那个吃面疙瘩的开心的下午是我们永远讲不完的话题。

　　为了重温旧梦,我们每次聚会都会要求点心上一道面疙瘩,但这个面疙瘩梦就是从未圆过。有的餐厅服务员连"面疙瘩"三个字都没听见过。也有的坦率地说:"面疙瘩?这种吃力不讨好,利润几等零的活计如今谁还肯做?卖菜泡饭都比它容易——只需冷饭一拌汤一放就可以了。面疙瘩,又要和面糊还要一只只下,多下几只要变面糊……"

有的女学生不服气,试着自己在家里做面疙瘩以解下思恋之苦,岂知一点都不好吃,成锅倒掉。

"程老师,为什么就是做不出南汇那个下午那种味?"

许是现在生活条件好了,看不上这种民间粗食了?似是有理,但好像又没这样简单。

一次在一私人会所进餐,老总说:"尝尝我们的面疙瘩,这是我们会所的招牌菜。"这句话听入耳真新鲜:餐厅招牌菜是名不见经传的面疙瘩。紧接着心头一喜:终于可以吃到面疙瘩了。却又有点担心:人说,近乡情怯,我是近面疙瘩情怯,是怕坏了我心中对面疙瘩的那份情恋。

那碗宽汤面疙瘩盛在一只蓝花大海碗里,面疙瘩小小的薄薄的,静静地漂浮在玉米色通剔透亮的汤里,衬着生青的菜叶和葱花,无花无巧,与当年那气势磅礴的大灶头里下出来的面疙瘩相比,别有一种"荷塘月色"般的典雅与宁静。我舀了一浅碗尝了一口,鲜美香口,面疙瘩口感细腻柔滑,说是面花瓣更合适。我毫不客气地连吃两碗!

一碗普通的面疙瘩为什么可以做得如此齿颊留香?因为面疙瘩捏得薄、匀,而且是发过酵的,故而上口富有弹性,可以令鲜汤充分浸淫其中。再讲那窝鲜汤,内涵丰富,聚合着各种精华,却是清澈通透,不见任何杂质沉淀。可见是花足时间慢慢笃熬而成。十分钦佩那家会所餐厅,哪怕做一碗最平民的大众食品,都那么花心思。

诚然，当年南汇那一窝面疙瘩远无如此精工细作，但是正值寒流来袭，再加上大家又围坐一起唱歌听故事……每个细节都可以讲十分到位，种种汇合成我们终生难忘的美好回忆。可见，细节是最最重要的一个环节。

现今时代，环境处境都变了。当年对面疙瘩的要求只要热灼火烫，吃得饱，哪怕只用猪油渣和猪油调出来的鲜汤，都可以美味无比。但今天众人对生活的要求变了，一样是大众化平民食品，就要花大心思落大成本来做。越是家常的越能体现出厨师的功底手艺，那才叫真功夫。同样给你一种高层次、优质组合的感觉。一个厨师一家餐厅，连一碗普通面疙瘩都肯如此下功夫，其他的菜，一样也是有水准的。

时代在进步，我们的百姓对生活的要求，也有如对面疙瘩，从当初的只求果腹保暖，所谓温老暖贫，到今天回归清淡粗杂自然却又要求可口营养新奇的口味，我们的面疙瘩制作工序，就不能只停留在四五十年前，如果一成不变以老法炮制，就会令人失望。

一碗好吃的面疙瘩，一定要与汤水相融，不能面疙瘩自成一体，汤水和配菜只作点缀，互不相干……而最重要的是，如何细细熬出那锅浓郁又清澈的汤底。所谓汤底，即为多种元素和合汇成的精华。

金融海啸冲击全球经济，投资失利，减薪裁员，就业艰难种种如突发的寒流，让我们生起熊熊炉灶，煮起一锅美味可口、精心制作、热气腾腾的面疙瘩，乐观面对，共度时艰。

2012 年 9 月 20 日

又到中秋!

中秋是除了过大年之外,中国传统中最隆重的一个节日。主题同样是阖家团圆,但总觉得,如果过大年的色彩是大红的喜庆色,那么中秋则是带点淡淡清凉和忧郁的蓝色,正如那首著名的流行曲 *Love is blue* 中的"blue",大约和嫦娥的凄美传说有关系。

提到中秋,首先令人联想到的就是月饼。月饼最初都是家制,互送邻里亲友尝新和联络感情的。现今的月饼包装越来越豪华了,但笔者还清楚记得,直到 60 年代,月饼包装大多是纸盒,铁盒装属于十分奢贵,买的人极少。老上海有种油纸袋装的一筒六只的月饼,直到 50 年代还有售,纸袋用红丝线一串一抽,无论是自吃还是作为礼品送人,这种包装实惠的月饼都是最受欢迎的,后来不知为啥,这种简易包装的月饼在市场上消失了。都说中国从来就是一个熟人社会,讲究人际关系学,如果这样说的话,那么中秋月饼是最早沾上这种功利和市场色彩的商品。特别对一班小市民,每年中秋要送礼巴结的关系,实在太多,于是民间就有一种叫"供月饼会"的组织,就是每月向熟悉的有品牌的饼店供一笔钱,就像现今银行的零存整取一样,如是到了八月半前夕,就可以如愿一次性拿到所需量的月饼,大大冲缓了这笔买月饼送礼的支出。香港电影《岁月神偷》中再现了这种延续到上世纪五六十年代的民间组织,可怜小小老百姓:每个月节衣缩食,省出供月饼的钱,到了八月半,终于可以拎回所需的月饼。小孩子不懂事,盼到这天,看到爸爸妈妈拎回成叠的月饼回来,欣喜若狂,结果七大叔八大婶、李经理王科长,分到最后,小孩子只分到四分之一双黄莲蓉月饼,失望地大哭一场。

说到月饼,好像一直是广式月饼在唱主角。诚然,广式月饼只只饱满油光锃亮,饼面满是吉祥如意的图案,十分抢眼。其实,上海老百姓更钟情老大房等百年老店现做现卖新鲜出炉的鲜肉月饼。虽然它们外形没有广式月饼那么霸气抢眼,只是在饼面上敲上一个红红的印章,但已是十分喜气,讨人喜欢,伙计根本无需做任何吆喝,那四周弥散的香气就是最好的广告。约在节前,各老大房的分店门口都会排起长队买鲜肉月饼,大多是退休老市民,也只有他们有时间排这个队。鲜肉月饼,有盒装,也有散装,但大多老百姓都选散装,排了半天队,喜滋滋热辣辣地捧回家,那份开心满足之情,满脸洋溢。鲜肉月饼经济美味可口,那才是真正的老百姓自己享用的月饼。

中秋团圆饭，虽不及大年夜丰富，但也是一年中很隆重的一顿晚餐。上海人的中秋团圆饭桌上，唱主角的大多是一只嵌宝鸭，也称百宝鸭：是将鸭子破胸开膛后，塞入预先炒熟的糯米饭，饭中拌着切成丁状的香菇、腊肉、火腿、红枣、莲心和鸭子的内脏等，塞得鼓鼓囊囊的，然后用棉线将鸭肚缝起来，用文火红烧，炖得香酥却不烂，热炙火烫香喷喷、红彤彤地端上桌。八月半的百宝鸭犹如大年夜饭桌上的满家福大火锅，象征着一家团圆平和，生活富足。

其实，真正传统的中秋节，祭奠祖宗才是头等大事。至于祭奠方式，大有大做，小有小做，但几乎每个家庭都要做。有好长一段时间，我们将祭拜祖宗列为迷信活动，现在很多小孩子连自己祖父祖母、外公外婆叫什么名字都不知道。祭拜祖宗可以让我们明了自己的家史，不忘先辈给我们打下的基础，祭拜祖宗是让你记得"我从哪里来"，你的根之所在。说到底，这是一种民间流传的朴实的爱国教育。可能有人会笑笔者小题大做，但只需细想一下，如果一个人连自己的家史都不了解，对祖辈先辈漠然无感情，怎么可以想象他会爱抽象的民族和自己国家的历史？

小时候最开心的是，中秋晚上烧香斗。整个香斗都是用大香编成的，内嵌檀香木，烧起来香飘万里，一点不熏人也不会污染环境。老上海有种香烛店专门做这种生意。香斗完全是用香编就，祭奠后由主持家长将酒和祭文放入香斗，然后燃烧。为安全起见，大都放在家中的天井或花园里，一般小百姓没有这么大的私人空间，就放在弄堂里最空旷的地方。因为是中秋之夜，常会有几只大香斗同时火光熊熊地燃烧，边上满是看热闹的邻居，小朋友更是特别兴奋。香斗可以燃上一昼夜之久，这好像是另一种风味的圣诞树。一只只燃烧的香斗，在中秋之夜显得格外壮观，令人对天地日月、大自然不得不生出一种莫名的敬畏之心。我们小孩子吃着祭奠的月饼，围着香斗互相追逐。这种童年虽然没有中秋联欢电视直播，但那种欢乐，哪是现在的小孩子能体会到的。

岁月神偷！而今的中秋，除了吃饭、吃月饼，月饼票送来送去……还有什么值得孩子们长大后回忆和留恋的？祝读者中秋快乐，花好月圆！

2012 年 9 月 25 日

单位食堂

从前没有身份证的时候,不管你在社会上办啥事,犯了事或做了好人好事,首先要出示的是工作证,那时单位是一个人最重要的身份证明,似乎人一定要附属一个单位,那才是一个真正的公民。

世界上啥问题最大?吃饭的问题最大。我们那时吃午饭,都有单位食堂,所以不用操心,但饭钱要自理。一到单位报到,每个职工都会领到一只白底蓝边的广口搪瓷杯以及一大一小同样白底蓝边的搪瓷碗,从此每天都与它们形影不离,因为那就是你的吃饭家什——直到用得磕磕绊绊,只要没有新的发下来替换,还是不会随便丢弃。每月发工资时,就一定先要把当月的饭票买好。一张张饭票油腻腻、厚厚一叠用橡皮筋捆着。如果这沓饭票丢了,那真是很大的损失。现在想想,用饭票这种做法,实在太不卫生了。你想想看,一手拿饭菜,一手交饭票,这种交叉污染,现在想都不敢想。不过,当时好像大家都吃得十分健康。

人说大锅饭好吃,大锅菜难烧。一般单位的食堂,对老百姓来说,吃吃还是很可以的。特别油煎大排、面拖大排、面拖小黄鱼等,因为是大油锅才做得出,在家里根本很难办到,还有红烧狮子头和大块红烧肉,因为是大锅一起焖烧的,所以肉汁都渗透到肉里去了,热辣辣地拎起一块浓油赤酱的红烧大排垫上碧绿生青的蔬菜,花费不过两角左右。汤还有肉丝荠菜豆腐羹、油豆腐线粉汤,也不过一角几分钱一碗。可怜当时有些青年职工为节钱办婚事,往往中午不买菜就买碗汤喝,故而有了"汤司令"之美称。那时每个单位食堂,都会有几个出名的"汤司令"。有的单位食堂的汤是免费的,放在食堂角落,自由舀取。曾经流传过这样一个笑话,一个"汤司令"习以为常地舀了一碗免费汤,尝了一口觉得淡了点,就往里洒了把葱花加了点酱油,正喝得津津有味时,就看到一个食堂阿姨走来,从汤桶里捞出几块抹布,原来那不是什么大众汤,而是阿姨擦桌子的抹布水。

中国传统,一应店家、商铺都是免费供应午饭的。当时没有大规模的单位食堂,但有专门的包饭作,就是一家饭铺每个月固定地向几家指定的商铺店家等供应午餐,饭菜都是做好后由老师傅挑着送上门的,有四菜一汤、六菜一汤,丰俭由人。进餐时,大掌柜先吃,小学徒最后。我的曾外祖父曾在钱庄学过生意,他一直有站着吃饭的习惯。回忆那是在钱庄做小伙计时养成的习惯,时时要见机行事,手脚勤快,即使吃饭也是如此。站着吃饭,就是为了方便随时放下碗筷,招呼客人和大掌柜、二掌柜……在旧上海，除了洋行、银行等大企业会有设施齐全的类似单位食堂的福利外，一般的店铺就是这种包饭作送饭，塞饱肚皮为主，吃饱就好，但都是店里负担，不用自己掏钱。

曾听一位当年在永安公司搞地下工作的老干部朱勇回忆，永安公司的食堂，在当年上海滩也算数一数二的：规模大，菜肴好。一张八仙桌围着四条长板凳，坐满八个人就开饭，四菜一汤，装得铺铺满满，饭尽吃。老朱还倒背如流，菜单有苦瓜烧牛肉、梅菜扣肉等，日日调花样，都是广东菜。不简单的是，不论职务高低，大经理还是小职员，都是一样的饭菜，一个食堂，一张饭桌，一视同仁。说真的，在抗战前的上海，在永安公司任职也是一份不错的工作。据说当年，永安公司的大老板，也常会在单位食堂用午餐，一来了解伙食好坏，更重要的是要了解各部门的情况。不过这种良好的福利，在抗战时终于维持不了了……不过，到了抗战胜利后，永安小开郭琳爽结婚，有一晚的喜酒就办在永安公司的食堂，郭琳爽带着新娘子逐个向每桌职工敬酒，对新娘说："这些都是我们永安的宝，我们要好好感谢他们……"

清楚记得我的童年时代，在小学时吃午饭，是家里的保姆给我和哥哥送来的，那是用一种叠在一起的"饭罉"，最底层最大，是装饭汤的，上面一层装饭，再上面一层是分成几格的碟子，是装菜的，最上面倒扣着两个碗。我家至今还保留着那个饭罉。小孩子初初离家上学，总是很想家，中午看见老保姆来送饭送菜，真的觉得很温馨很亲切。

到了中学时代，当时的中学生十分流行中午带饭。上学时，一个帆布书包，手里拎着一个敲得坑坑洼洼的铝制饭盒，四面扎着油汪汪的绳子，这就是我们的午饭。一早晨，操场上已经放好几个大蒸笼，我们就把饭盒往蒸笼格里一放，到吃午饭时就能领到蒸得热腾腾香喷喷的热饭菜了。其实，我们大家都住得离学校不太远，但不知为什么，每天带饭已经被我们视为一种成熟的表示，特别中午时分，大家一面吃饭，一面谈论功课，真的十分开心。或许这就是集体生活的一种乐趣吧。

如今，我们已经进入了退休之龄，每逢中午时分，看到那些像没头苍蝇到处头五头六投午餐的白领们，联想到自己的午餐时光，从保姆送饭到带饭到校到进单位食堂吃饭，不知不觉中就走过了大半辈子！

2012 年 9 月 25 日

我的穷街上的学生们

　　著名的"穷街"爱国二村终于要拆迁了，那是我的小说改编的电视剧《穷街》拍摄实地。捏指一算，已经是快三十年的事了。

　　记得去年我和陈燕华（在《穷街》里饰演女主角）一行曾经重返爱国二村穷街拍摄地，当年拍摄之地所借的民居，至今家里的墙上还保留着摄制组成员和屋主的合影。拍摄过程需要一组穷街娶新娘的镜头，正好穷街上有人办喜事，摄制组顺顺当当地借了几个镜头，如今新娘新郎的儿子都要近30岁了。

　　穷街上还有一家"穷街"烟纸店，一开间门面，迎街一个玻璃柜台，店招牌就直接写在墙上，我们重访穷街时，店主正和朋友们在窄小的店堂里打麻将。穷街上的烟纸店也很有穷街的经营特色：透明、自助。你要什么自己到柜台里去拿，然后自己付钱,自己找零,店主还是继续和朋友打牌。穷街入口,曾经是家馄饨店,据说曾被称作上海首富的周正毅就是从这里起家的。

听说燕子姐姐回来了,穷街的居民们几乎可以说是倾巢而出,拥着依然年轻漂亮的燕子姐姐感慨地说:"快三十年了,燕子姐姐你一点也没变。"然后带着一丝苦笑说:"我们的生活也一点没变化……"

三十年来生活怎么可能没有变化?我至今能记得他们稚气未脱、泪流满面登上带着他们离家越来越远的列车去插队落户的情景,现今我的学生们都已双鬓斑白退休了,不变的是我们浓厚的师生情。其中最有感情的是我连续做了他们五年班主任的73届五班(当时中学是五年制),当年班上四十几个学生,经他们互相寻觅,已联络上了大半个班的老同学。从有第一个教师节开始,我的学生们每年都要请我。令人欣慰的是,我的穷街上的学生都分享到了改革开放市政建设带来的甜美果实,虽然从杨浦区动迁至更边远的宝山等区,毕竟脱离了四代穷街的生活模式。他们兴奋地对我说:"程老师,我们终于扔掉了用了半辈子的'马桶豁洗'和煤球炉,住上有房有厅,有小区绿化的房子,真是彻底翻身了。"

至于说到成功成材,我的穷街上的学生也有,不过可以说只是凤毛麟角,但他们在社会上再海威,在我这位老班主任和老同学面前,还是当年的学生模样,一点不会"摆魁劲"。我的学生们,他们经历了上山下乡、回城顶替、下岗重就业等一系列波折,现在大多都拿着2 000元左右的退休工资,随遇而安,大部分都已在家照顾第三代,安享晚年,十分满足。一个学生乐津津地告诉我,他老两口一个月总共不到5 000元的退休工资,一个月的所有开支只需一个人的退休工资就够了,我简直觉得不可思议,但他们异口同声地笑程老师眼界太小:样样DIY,又绿色又省钱。不打的士,都乘公交和步行,小日子过得是实惠惠、滋润又乐惠,久不久还会呼朋唤友去下农家乐,但年底封给孙辈的大红包、该需要来往的人情却也出手大方,一点不马虎,这叫有来有往。他们还特地送来他们亲手烹饪的小菜和烧卖锅贴等上海点心,还有自做的酸奶和自磨豆浆,果然鲜美可口而且绿色。细想一下,这不就是我们几代上海百姓一直遵沿的平实的生活态度吗?上海话"过日脚过日脚",就是这种脚踏实地又小乐小惠的生活态度,我们其实从小从长辈那里受到的教育也是这样一种生活态度,节俭自足、随遇而安,只是如今很少上海百姓还抱有这种心态情怀!

据说现今有个别老师逢教师节会向学生暗示如何表示表示,而我的学生每到教师节和春节都会想到我。最令人感动的是,日前我因健康原因住院数日,本来医院的护工根本请不动,再加临近春节,夜班护理成为一个大问题,我的学生们得知后,立时自发组成一个夜班护理值日表,与我的死党朋友一起,为我端屎擦身,让我安然地度过那段寒冬时日,我知道我欠我的学生们的这份情,这辈子是无法还清的,而任何物质上的回报都会亵渎和玷污了这份珍贵的师生情谊。

我总想不明白,这一批成长在"读书无用"和"打倒师道尊严"年代的学生,比当今成长于"教育是知识投资""教育改变命运"的年代的学生们似乎对老师的感情更浓厚、为人处世也更淳朴实在。

从为人处世来说,穷街上成长的男孩子都有一种仗义、敢于担当、坦诚的阳刚之气。女孩子都秉承上一代中国女性的节俭顾家、精通家务的美德。我想,这大概就是穷街上天生天养出来的一种生活态度。

说到底,什么叫成功教育? 是不是出来的学生成为精英、成功人士才算是成功教育? 我觉得不对。我的穷街上的学生,可以说个个都是成功教育的样板:奉公守法、对家庭负责、不屈不挠跨过生活中的每一道槛,我们就要教育出这样的公民,这样的公民就是好公民。

穷街消失了,穷街的精神真希望能够代代相传,衷心祝福我的穷街的学生们!

2012 年 9 月 29 日

上海闲话里有很多"小"字头，譬如"小乐惠""小弄弄"
"小悠悠"……还有"小洋房""小汽车""小花园""小公寓"
"小房子"……这里的"小"不能笼统理解为一般的物理体积
的大小，而更有一种小可爱、小巧精致、随意舒适在其中。

说到海派文化，人皆云之海纳百川，上海人形容为人处世
大度出手大方的作风，也称海派或世海。殊不知，一个"小"
字也尽显海派文化的魅力和大度。上海开埠一百五十多年，
传奇辈出，然而其中不少传奇，恰恰孕育于城市的细微之中，
就如我们现在所说的"细节决定成功"。

北方有句俚语：包子的口味与包子的褶纹多少无关。偏
偏是有百多年历史的上海南翔小笼包，就是规定每只包子只
能有18个褶子，多一褶或少一褶都不是南翔小笼包，就是不
正宗。小笼包虽小，这里的一个"小"字却十分严密十分讲

究,上海还有小馄饨,小汤圆,尽管外形迷你,但内里一样有馅料,有分量规定,毫不马虎。这就是海派文化的特点。

上海十里洋场寸土寸金,空间金贵,一伸腿一抬头之间,稍不留神就要你付出昂贵的代价,真所谓"骆驼闯入瓷器店",因此每个上海人必须学会小白鼠的灵活,在最小的空间里,作出最大的成效。因为空间昂贵,上海人连一间小小的十来平方的亭子间居室,都可以布置得壁灯加落地灯,沙发组合柜,十分舒适典雅。80年代,上海电视台曾办过一档《室雅何需大》的节目,你会看到小小几平方,经过巧思精装温馨又实用。有句上海俚语:螺蛳壳内做道场。这最能折射出上海人善用空间的奇思妙想。那陪伴了几代上海人的百年老字号品牌,比如414毛巾、蝴蝶牌花露水、固本肥皂、奶油花生牛轧糖、红双喜乒乓球……都是从开设于弄堂的小厂里飞出来的,却能驰名全国乃至东南亚。

上海闲话中的一个"小"字说简单倒也十分令人寻味,可圈可点。

比如,"小乐惠"其中却有大哲理:劳累了一天,晚上添一碟小菜小斟一番,就是小乐惠,或者逢周末休息合家去点心店吃小馄饨,小笼包,破费不大,其乐融融,这就是小乐惠。再则盛夏之夜,西瓜浸在井水里凉着,合家乘凉吃冰西瓜也是小乐惠。这些流传几百年的上海俚语,其实很有现代感,是一种享受低成本的微幸福。上海生活指数高,谋生辛苦。聪明的上海人就尽力追求这种低成本的微幸福来自勉,随遇而安这是社会安定的主要元素。

有这样的需要就有这样的市场。

上海人连一碗没有任何面浇头的光面都要下得软硬适中，然后加上一坨猪油，再撒上一把绿油油的葱花，浇上老骨汤，冠之以一个非常美丽的名字"阳春面"。阳春面因为价廉味美，又果腹，一度广受从黄包车夫到写字间白领的欢迎。面疙瘩也是最普通、最平民的吃法。操作似也很容易，只要调一碗面糊下入沸水中，加入麻油葱花即成。看似无花无巧，但面糊要调得薄匀，且发酵过，才会上口富有弹性，鲜汤可以是咸菜汤，也可以是南瓜汤，当然有条件可以肉汤、鸡汤，丰俭由人，也要花足时间文火熬成。如此才能做到面疙瘩和汤水相融……一般老百姓家常吃碗面疙瘩，既可调口味，也可省下下饭的菜金，也是千家万户的大众食品。可见食物是否可口，不在价钱的贵贱，而在你是不是用心思做。

信不信由你，上海有家百年老字号店"北万有全"，火腿一两就可起售。众所周知，火腿十分贵，一两起售就是满足小老百姓小乐惠的心理，按行规一两火腿可以切成薄薄的 26 片，那是考验师傅的刀功，然后鱼鳞般整齐地排在油纸上，再套在纸袋里，扎上红线，恭敬地递给你，伙计不会因为你只买一两火腿而对你翻白眼。寒冬腊月一两火腿烧一锅火腿粥，足可香溢满室，炎炎夏日一两火腿佐以冰啤酒，也令人食欲大振。北万有全的一两火腿，也可以出手送礼，是很有特色的一份礼，都好过现在过分包装木乃伊般的真空火腿。另外，直到上世纪 70 年代，上海小姑娘还可以花上几毛钱，在小烟纸店内零拷一小盒雪花膏，可惜现今这一切都不见影踪。

大上海毕竟都是营营生活的小市民，五光十色的引诱很大，上海俚语中一个"小"却起着大大的警示。比如：搓搓小麻将,会打麻将的人都知道,台湾麻将和广东麻将的来去都很大,唯有上海的老派麻将来去都很小,资深的上海麻友最恨那些"跌倒糊",这种人的牌风是最不受欢迎。上海麻将的特点是做花,什么喜相逢,一般高,大三元等,充分体现了上海麻将是以消遣怡情为主,有节制的。咪咪小老酒也是三五知己好友一聚,并非喝得酩酊大醉。再如做点小生意,小弄弄,小来来,旨在起一定的警戒,生活指数高,物质诱惑大,稍不谨慎,身败名裂,破产犯事极有可能发生。凡事不张扬、不过分,点到为止,这是最典型的上海人的处世态度。

在我们赞扬海派文化的高度和厚度同时,请不要忘记她的"小"——她的精度。

2012 年 10 月 10 日

天厨往事　可歌可敬

　　因笔者祖父程慕灏先后任上海、香港中国银行的副行长，祖父身为银行家，为振兴中华民族工商业，自然放贷款总给予支持，因此与民族资本家交往颇多，包括"天厨"创办人吴蕴初及公子吴志超父子。因此在笔者成长过程中常听闻大人们闲谈中有关"天厨"的轶事旧闻。80年代笔者赴港探望祖父母时，适逢天厨创办人吴蕴初的公子吴志超和棉纺大王吴中一一起上门拜访祖父，祖父一见就高兴地叫"胡子翘"（吴志超的谐音），可惜当时我在这方面比较木讷，没有留下合影。

　　现今顺昌路330号"天厨"厂房面临"白茫茫一片真干净"的命运，我禁不住要向大家就我所知的有关"天厨"的往事和创办人吴蕴初吴志超父子两代人，创业的艰难和爱国的胸怀向大家讲述一下。古语"前人种树后人乘凉"，我们不能为了这棵树现今可卖好价钱就把它砍了卖了。

一、1923 年两开间石库门起家，同年迁往顺昌路330 号

　　吴蕴初 1909 年毕业于上海兵工专门学校化学系，学业优秀，深受校方器重，毕业后留校任教达三年，后一直从事化学技术工作，在当时堪属时代精英。后受中国实业家火柴大王刘鸿生之聘为刘氏创办了炽昌新牛皮胶厂，味精就是吴蕴初在该厂的化学实验室中试制出来的。当时日本的味之素在中国的销路铺天盖地，吴蕴初觉得中国人自己能生产味精，认为这是一个十分有前途的工业，但味之素的制造配方如可口可乐一样是绝对保密的。聪明的吴蕴初经过一年多努力在实验室成功试制味精样品，当时他既无资金也无实力，后经人介绍认识上海酱油大王张逸云。说到张逸云，他的孙子有一阵与富贵嫂刘敏多次在电视台介绍老上海，现身说法展现真正老克勒的气派，笔者在圣约翰校友会活动上常见到他翩然的舞姿。早在 20 年代张逸云已有私人游艇，可见其富有。酱油大王张逸云也是个人精，看到味精与酱油的密切关系，即同意投资，当时资金总额为 5 万元，张占 4 万元，吴与另一朋友各占5 000元，在南市福源里租了两开间石库门房子，1923 年 8 月创办了天厨味精厂。张任总经理，吴蕴初为厂经理兼技师，并以佛手作为注册商标，并开始登报发售天厨味精，同年冬从福源里迁到当时的菜市路三北烟草公司即现在顺昌路 330 号。不过当时的厂房要简陋得多，仍属于家庭作坊式的，吴蕴初一家就住在厂里。说到这里不得不提一下，吴蕴初夫人吴戴仪女士，她应属于早期的职业女性，与吴蕴初艰苦创业，不同于

一般的阔太太。1938年,香港天厨味精厂成立,全厂一应厂务均由吴蕴初夫人掌管。1953年春,吴戴仪女士去世,同年10月吴蕴初也去世了,可见两人感情甚笃,可惜有关一些细节,随着我的长辈们相继去世也没处可问了。

二、顺昌路330号,一座上演了一位民族工商业企业家奋斗史的戏台

一直认为房子犹如一座舞台,上演着种种人世间的悲欢离合,戏会落幕,但舞台可留给我们无尽的遐思,是原汁原味的历史见证,这就是名人故居的魅力,也是城市历史的见证。随着"天厨"的业务发展和战事的影响,先后在新桥路斜土路间租地50亩自建厂房,1937年又在合肥路搭建简单厂房,1938年为避战事,在徐家汇徐虹路又租到一块地皮建造简单厂房⋯⋯但顺昌路330号自始至终是"天厨"最正宗最有代表性的象征,犹如品牌旗舰店,承载着一部沉甸甸的民族工商业发展史。

1925年开始"天厨"业务蒸蒸日上,刚从顺昌路330号出厂货物未及分配已半路被店家拦住购去了,不少商家为早日得到货物上架,均预先付款预订。1926年与1927年间天厨味精先后在美英法等国先后获得专利,在当时,中国产品在国外获得专利是很罕见的,连美国当时也没有氨基酸工业,再说华侨多喜用国货,因此,"佛手"牌味精在东南亚和美、加的声誉很高。1933年美国举行芝加哥开埠百年纪念博览会,"天厨"也参战并得奖。因业务扩大,1929年"天厨"将顺昌路330号东厂房翻建成三层钢筋水泥厂房,并于1932年再将顺昌路的

西厂房翻建成五层楼钢筋水泥厂房,就是现面临被拆厄运的这幢房子。邹韬奋曾访问过吴蕴初,将他自幼苦读成名成业的经过以落霞为笔名,写了一篇《创造味精的吴蕴初君》在《生活》杂志上发表。

三、热衷社会公益,拥护新中国,理应为他树碑立传

虽然成为"大款",但吴蕴初生活不奢华,现今上海滩名人豪宅中有吴同文的绿房子,荣家老宅,贝公馆……唯独从未听闻有吴蕴初公馆,足以证明他个人生活简朴。老职工回忆当年他常在顺昌路 330 号与职员同桌吃饭,以了解情况,他还创办了"清寒教育基金",专以资助学业优秀但家境困难的学生。还在沪江大学化学系设立了奖学金,并捐资设立了中华化学工业研究所,设立了化学论文奖,办了会刊,并购买了南昌路 315 号花园洋房一所,赠捐给中华化学工业会,不知该楼有无被拆?

1933 年,东三省陷落后,"天厨"捐款 10 万购飞机一架以示抗日,机名"天厨"号,由当时吴铁城市长主持仪式,飞机后编入杭州笕桥空军基地。或有人认为此是商业操作作秀,但硬碰硬的 10 万元,可是真金白银呀!

1949 年 5 月上海解放时,吴蕴初身在美国,同年 11 月 25 日回上海,直到 1953 年在上海逝世。

早在抗战后期,吴蕴初就宣布将他的全部股份,他的其他一些投资,包括他味精发明权,全部捐出,组成"蕴初资产保管委员会"用于社会公益事业。这笔捐款直到解放后,连本带息已达人民币百万,50 年代的 100 万呀!吴蕴初逝世后,家人将

此笔款项捐给上海图书馆。90 年代，笔者曾与吴蕴初的儿媳妇和孙子同桌吃饭，此时他们已定居香港，衣着朴素，言谈举止谦和，一点不像富后代。

听说吴蕴初下葬在万国公墓，想来也给掘掉了。对这样一位民族企业家，理应多多宣传发扬，让我们今天民营国营企业家包括政府官员多多学习，或许如是市场上的假货毒货贪污可以少一点，现今年轻人可能还知道邬达克，但有几个人知道吴蕴初？而我们为他树碑立传都来不及，却还要拆他呕心沥血打造成的事业标志——顺昌路 330 号，无非是因为那块地皮处于钻石地段，我们总不能以怨报德吧！

2012 年 10 月 23 日

　　"红宝石",一个很华丽的名字,烘托的是一个很体面的氛围,于 1987 年在上海华山路——一条很优雅的马路,悄然低调地现身。当时上海市面上的西餐厅兼西饼店,设在锦江、和平饭店等的涉外酒店要收外汇券,对社会开放的,除了几只老面孔:凯司令、老大昌、东海等外,根本没啥可以坐坐吃杯咖啡的地方。就是以上这些硕果仅存的老字号,当时也因为吃惯大锅饭而死气沉沉。除了凯司令的原尊栗子蛋糕还保有金牌特色外,东海的柠檬派上的柠檬啫喱做得像石膏,老大昌的代表作——拿破仑蛋糕上的核桃肉常会有股哈喇味……本来上海咖啡馆无论是氛围还是招牌鲜奶蛋糕,足以为群芳之冠——应该讲早期的"红宝石"鲜奶蛋糕颇有上咖的遗风。在七八十年代,上海一般工薪阶层还不懂下午茶和吃咖啡,上咖的主要客流是一批享受落实政策之福的老资产、老高知和老白领。可惜树大招风,这批老克勒们也令上咖引来一批倒卖外汇的黄牛和想在这里钓大款的"拉三"(不正经的女人),上咖因此开始变得乌烟瘴气。老克勒们纷纷避之不及,上咖的声誉就这么一蹶不振,连鲜奶蛋糕也不见了踪影。就在这时,一家小悠悠的,只得一个门面的,铺着当时罕见的红白格子棉布台布的(当时的咖啡馆大多是玻璃台面,有时还有股抹布臭)"红宝石"问世了。虽然没有广告,也没有请任何媒体宣传,但很快成为那批原先找不到方向的老克勒们聚集之地。他们的太太、女儿们,在同在华山路的当时上海滩最高档的美发厅之一——"露美"做好头发后,也会与女友们结伴顺道去"红宝石"坐坐。刚开始营业的"红宝石",除西点外,还供应简单西餐,就是老上海所谓的罗宋大餐——海派色拉、炸猪排和罗宋汤。正因为占尽了天时、地利、人和之优,"红宝石"刚刚问世,很快就红火起来了。

说到"红宝石",不得不提起她的创办人过老先生。过老先生是英籍华人,1941届圣约翰大学经济系毕业。他的外婆与宋庆龄的母亲宋倪桂珍太夫人是亲姐妹,难怪他能请得到美丽端庄的退休英语老师倪太太任这家名不见经传的新开咖啡馆的总经理。倪太太是我和先生的老朋友,早就知道她是宋氏三姐妹的表亲,原来和过老是亲戚。有这样的掌门人,有这样的总经理,"红宝石"的贵气不言而喻。说真的,"红宝石"的装修并不豪华,但豪华和贵气完全是两码事,归根结底是进出的人的气质。过老对母校圣约翰持深厚感情,每次校友会的点心都是他提供的"红宝石"鲜奶蛋糕,而每逢周六周日上午,华山路的"红宝石"但凡圣约翰的校友光顾,都可享受免费续杯。这些气质优渥的客人的光顾，也令"红宝石"更显优雅，而被一致公认为当时上海高档的餐饮场所之一。

因为笔者母亲和倪太太的关系，"红宝石"开张不久，过老和倪太太特地请我和先生吃过一次午饭。过老当年七十不到，精力充沛，十分幽默，虽侨居英国，却十分上海。讲到开店初衷，他笑谈是"弄弄白相相的"。他改革开放后从英国回上海，强烈地怀念起旧时上海随处可见的小咖啡馆：入夜后沿着街面隐在一片梧桐树阴中，嵌着车边玻璃的门内亮着一晕柔和的光，推门进去，店面不大，但桌椅间相距宽落，铺着很英国的格子棉质台布，最合适年轻的过先生这批讲究氛围又囊中不丰的年轻人，与女朋友一起消磨一段甜蜜时光……还有那面包尽拿，大块煎得透黄香脆的炸猪排和香浓的红汤的罗宋大餐。过老回忆，在约大曹家渡后门，一溜开的都是这种每客才五六角洋钿的罗宋大餐的小店，笃定可呼朋唤友去享受一番。但是，这一切都无从寻觅了。于是，从无餐饮经验的过老，在静安区侨联的牵线下，以个人投资的身份与静安区粮食局各投资 45%，静安区侨联出 10%，以中英合资的形式，共同创办了"红宝石"。"红宝石"问世的意义，不仅是开放后的上海餐饮的新亮点，成为一簇中老年优皮的麦加（现今，上海缺乏的正是中老年优皮的麦加），更在由此带起华山路日后成为一条著名的西饼街。曾问过过老，他的鲜奶蛋糕配方是哪里弄来的？他伸伸舌头再指指自己的脑袋。就是凭舌头的记忆，他不知让人试做了多少次，他必亲自品尝鉴定，直到某天如天光勾着地火，舌尖上一阵悸动：就是它了！"红宝石"鲜奶蛋糕就这样诞生了。

"红宝石"的鲜奶蛋糕出名了,供不应求,开始开分店了,分店越开越多,过老曾经十分抗拒,认为会坏了品牌的声誉,这当然是个智者见智仁者见仁的问题,不过笔者很赞同过老。大批量集团性的生产是不可能打造出经典品牌的,而今的"红宝石"在全市有 20 多家分店,恕我直言,她曾经的骄傲——鲜奶蛋糕,无论是口感还是原料——鲜奶的质量都远不及以前,连个头也缩水了,而且被很粗糙地装在简陋的塑料盒里,早先的优皮贵感已褪尽了。当然从另一方面来说,"红宝石"的门槛要比从前低很多了,她已从高档走向大众。现今,麦当劳太没情调,而那些稍有情调的如开在新天地的那些咖啡吧,岂是月入三四千的小白领所能负担得起的? 就是带女朋友去星巴克,也只能偶尔为之。上海真的很缺乏一般青年人能消费得起的氛围温馨优雅的咖啡馆,这个梦有谁能圆呢?

2012 年 10 月 29 日

栗子飘香

　　上海本地是不产栗子的,但上海人都有深切的栗子情结,比如糖炒栗子。每逢深秋季节,一些当街店铺就架起一口巨型漆黑的生铁大镬,里面是黑漆漆的砂粒,令栗子在炒制过程中受热均匀。身强力壮的师傅提起一把大铲不停翻炒,这可是累活,一般要二三十分钟才能将栗子炒熟。名为糖炒栗子,当然里面有砂糖,除了令口感焦甜外,还可避免栗子粘上砂粒。糖炒栗子最不需要广告,它的香味就是最好的广告,阴冷秋风一起,鼻子闻到糖炒栗子的香味,两条腿就会中了魔似地过去。一包滚烫的糖炒栗子捧在手,踏着一地的落叶往家走的时候,想着与家人一起围坐边剥栗子边嘎讪胡,心里的幸福指数也会大大升高。

　　遗憾的是,而今劳动力贵了,商店里已不大见到那种现炒现卖的火热场景,取而代之的机械操作,没有记忆中那种热旺香甜的感觉。记得电视剧《人间四月天》里，陆小曼围着羊毛披肩，当街买了一包滚烫的糖炒栗子送进嘴里，一片黄叶落下，那小小一个镜头竟令我久久难忘。

栗子有很多种吃法，每当桂花飘香时，以前家里就会烧桂花栗子羹吃。桂花栗子羹好吃，甜得很清淡。但剥生栗子是一个很吃力的活儿，先要将栗子肉放在温水里浸，然后撕掉表面那层衣，而且要撕得很干净，否则会有涩味。煮法倒是很简单，只要放上清水煮烂，一定要放以红糖，最后再洒上糖桂花，入口甜糯。其实生栗子也十分好吃，生脆甘香，我喜欢边剥边吃。后来看到梁实秋写的《雅舍谈吃》中也提到，"杭州西湖烟霞岭下翁家山的桂花是出名的，尤其是满家弄，不但桂花特别地香，而且桂花盛时栗子正熟，桂花煮栗子成了路边小店的无上佳品"。我才知道，这一道甜食是源自杭州的。徐志摩的《这年头活着不易》，其实也跟桂花栗子有关，原来徐志摩每值秋后，也必去杭州翁家山尝一碗桂花栗子羹。有一年，因下大雨，这一带的桂花几乎全被打落，为此，徐志摩深感人生的无常，就写了这首诗。

栗子鸡是上海人家饭桌上的一道常见菜。据我婆婆说，栗子鸡最难烧的地方在于栗子要焖得酥而不烂，这就叫功夫。秘诀在栗子先要放在油里浸泡，再煮酥就不会破相。不过说起来容易做起来也没这么简单。还有八宝鸭，象征着丰盛吉祥、阖家团圆，一般是上海人八月半或年夜饭上的主角。虽然八宝鸭里有糯米、香菇、火腿、莲子种种，但如若缺少了栗子，就会缺少一种糯嫩甘甜的口感，可谓损失不少。

上海人挥之不去的栗子情结还有栗子蛋糕。海派的许多西点,其实并不是法国或意大利等国的原产,而是上海的西点师傅采用本地的食材,结合本地人的口味,再在传统工艺上注入西方元素而成,比如出名的栗子蛋糕。它曾经是凯司令的招牌产品。凯司令创始于 1928 年,就是张爱玲《色·戒》中的女主角在这里坐立不安地等待她的秘密小组暗杀对象老易来接她的那家西餐店。说是西餐店,但凯司令的西饼和盒装曲奇更有名,特别是栗子蛋糕。凯司令由三位西餐从业者合资开办,其中一位凌阿毛原是天津起士林的西饼师。天津良乡栗子出名,却不出栗子蛋糕。凌阿毛来到上海后,不知怎么灵机一动,别出心裁,创造出了口味佳美的栗子蛋糕,从而成为凯司令的招牌产品。因为栗子可以做成栗子酱,因此一年四季我们都可以吃到栗子蛋糕。凌阿毛的儿子也得到父亲的真传,令这一拳头产品在凯司令得以传承。可惜,"文革"十年,这位栗子蛋糕高手自杀了,幸好他还有徒弟,在上世纪 80 年代初,我们还能吃到正宗的栗子蛋糕。什么是正宗的栗子蛋糕? 就是整个蛋糕身没有一点面粉,全部是用栗子泥堆成,只有底部是一层薄薄的用六谷粉(玉米粉)烘成的硬底,整个蛋糕身呈球盖形,然后用鲜奶油由上至下像丝带一样裱出各种精美的花纹,中间嵌一个艳红的樱桃。因为没有面粉,蛋糕身容易塌落,所以栗子蛋糕都做不大,最多五英寸,而且一旦切开就破相了。只有外行的人才会嘲笑"上海人真小气,买个蛋糕还买那么小"。栗子蛋糕不太甜,实在是很具海派特色的西点。可惜而今所谓的栗子蛋糕只能算栗蓉蛋糕——整个蛋糕身都是面粉做的,栗子就像奶油一样裱在上面,外形也与其他蛋糕样没有区别。而且现今很少看见原尊的栗子蛋糕,大多是直接装在塑料盒子里,吃起来要像吃冰淇淋那样用勺子挖来吃,腔调也没了。这只能说明师傅功力不够,怕蛋糕塌下来,才出此策。

不论如何,喜欢上海有 N 种理由,其中之一,就是秋冬时节,栗子飘香!上海这座城市就有这样的魅力,简简单单土里吧唧的栗子,经海风一吹,就能绽放出朵朵芳葩。

2012 年 10 月 30 日

海派文化个「小」（沪语）

　　勿晓得从啥辰光开始，"上海"前头总归拨人家加勒一个"大"，"大上海"长，"大上海"短。其实，上海闲话里头有交关"小"字头，比方讲"小洋房""小花园""小悠悠"……还有"搓搓小麻将""咪咪小老酒""小乐惠""小弄弄"……假使讲，依拿这点"小"仅仅理解为物理意义上个体积个大小，这说明依个上海闲话还不够灵光。再打个比方，"小悠悠"除脱应理解为除了体积上个大小外，更加有一种小巧玲珑、精致适宜个意思勒当中。

　　上海闲话"螺蛳壳里做道场"，活脱活个点出了上海人善用空间和物质资源个本事。上海人形容出手大方个为人处世为"海派"或"世海"。同样个，一个"小"字，也尽现海派跟世海的魅力。北方有句俚语：包子个口味与包子个褶纹多少没关系。偏偏上海南翔小笼包，就是规定每只包子只能有 18 个褶子，多一褶或少一褶就是不正宗个南翔小笼包。可见，上海人对一个"小"字也一点不马虎。上海开埠近 170 年，传奇辈出。不少传奇起步就勒一个"小"字。比如著名个国际饭店，因为地基占地面积很小，却要造一幢远东第一摩天楼，交关设计师都不敢接这只生活，但邬达克就勒这块迷你个土地上创造了"远东第一高楼"个奇迹；还有著名个天厨味精厂，1923年是从南市个一幢两开间石库门里厢诞生个；此外，陪了阿拉几代上海人个老字号品牌，像 414 毛巾、白象牌电池、奶油花生牛轧糖等，都是从弄堂小厂出来，名扬全国。

上海人海派，但勿管大生意小生意一样认认真真做。信勿信由侬，上海有家百年老字号腌腊店"北万有全"，火腿一两就可以起售。按行规，一两火腿要切成薄薄的 26 片，迭戈绝对考验师傅个刀功，然后拿火腿片像鱼鳞一样整齐个铺排勒油纸浪，包好后再老当心个套勒牛皮纸袋袋里，双手恭敬个递拨客人。伙计绝勿会因为侬只买一两火腿而对侬翻白眼。

上海闲话里个"小"，里厢有着大道理。比方讲，"小老酒咪咪""小麻将搓搓""赚点小钞票""小弄弄"，这里厢个"小"，倒勿是真个数量个大小，而是一种大大个警示，大上海五光十色个引诱老大，生活指数高，稍微勿当心，破产、坐牢监个事体老有可能发生，难般放松放松是可以个，不过凡事勿好过分，点到为止：三五知己朋友小老酒咪咪是可以个，不过吃得酒水糊涂，酒后驾车就讨厌了；同样个，买彩票搓麻将，小弄弄寻点小刺激是可以个，千万勿要扑上全副身价，凡事适可而止。不了解个人讲上海人小气，其实上海人只是小心翼翼个过自家个小日脚。

　　所以讲,阿拉在赞扬海派文化个高度跟深度个同时,请勿要忘记伊个"小"——精度。

2012 年 11 月 6 日

无商不奸和无商不尖（沪语）

“无商不奸”搿句闲话几乎已成老百姓公认个商场游戏规则：缺斤短两、以次充好、滥加添加剂激素……但侬不会想到搿句“无商不奸”个说话最早个出典实在是“无商不尖”。

听我的九十岁的爷叔讲，老早子交关行（流行）“无商不尖”搿句说话。不过，个搭里的“尖”，勿是尖刻个“尖”，伊是有“添头”个意思。迭个是有说法个：从前小百姓买米，勿会像大户人家一样半担一担一买，总归是几升几斗零买的，等米缸空了再去买一点，搿就叫“升斗小民”。米铺的伙计舀米的家什就是一只木头个升，既是舀米也是量米个家什，有一升量、五升量个大小不等。米店伙计一手下去捺（将）米装满，再用一把戒尺捺米与盛器个表面刮平。搿点伙计的眼光侪斜起准，客人对此也毫不怀疑。就是搿能（这样），伙计也会顺手再舀一眼米倒拉已抹平个米上，辒能嘎（这样）米上就会起一只尖堆——迭戈就是米铺送客人的"添头"，迭就叫"尖"。老早底不单米行，交关商铺都有"添头"迭戈行规，比方讲，布店有加三放尺，连点心店吃客小笼也会奉送一碗蛋皮丝葱花汤。去银楼买金器，也会送几只做工考究个首饰盒，常常帮衬伊拉个老主顾，逢年过节，银楼还会送眼迷你小金饰。辒就叫"无商不尖"。讲穿了，羊毛出勒（在）羊身上，迭戈也是种营销手段，大家侪懂个呀，和气生财嘛。如果商家一利也勿肯让，就违反了"无商不尖"个行规，帮衬个客人自然就少了。所以讲，只要卖家做得漂亮，买家也窝心，辒就叫和谐。

老早底辰光，商家个诚信十分要紧。辒辰光，荐人学生意或者借贷银钱，都要店铺作保，可见勒老百姓心目中，对商铺个信任。

到底具体啥辰光开始有勒"无商不奸"个说法，我也讲勿清爽。听讲勒抗战开始，上海市面就不灵了，不少人开始大发国难财，囤货奇居，空麻袋背米、买空卖空、以次充好……以至有"米蛀虫""房老虎"之说，老百姓纷纷抱怨"无商不奸"。我对"无商不奸"最有深刻印象个是，以蒸馏水冒充青霉素药商王康年。公私合营后，企业属国有，一口价，呒没添头，顾客也不会上当受骗，老百姓对国营企业是一百个信任，所以辒辰光倒是听勿大到"无商不奸"个抱怨。改革开放后，私人企业得到充分发展个空间，顾客享受到个"添头"倒也不少：大减价、免费售后服务、免费送货上门……但同时地沟油、瘦肉精、三聚氰胺、偷梁换柱……时有所闻，令阿拉老百姓又汗毛凛凛个想起瓣句"无商不奸"的说法！

　　啥辰光,阿拉可以还商人一个"无商不尖"个本色？瓣能商家旺财又旺丁,老百姓也窝心!

2012 年 11 月 6 日

老板油，说白了，其实就是老猪油。读者会笑掉大牙了，现在都讲究健康、修身，你端出老板油来，谁来欣赏。殊不知，在猪肉凭券定量供应的困难时期，倘若与肉铺的伙计没有交情，他收了你的肉票，扔一块连骨头的没丝毫油星的肉排给你，那才真叫欲哭无泪呢。

肥腴滑腻的肥猪肉，在我的童年记忆中，留下多少美味可口的回忆啊！乃至我今天还常常要寻觅它们：前几天，朋友送我一盒当令的潮州豆沙玫瑰月饼。现今谁还爱吃这样甜腻腻的又容易长膘的东西？当我将月饼一切四，看到夹在嫣红的玫瑰馅里的呈玛瑙色的长条形的猪油时，我简直欢呼起来，把别的朋友专门挑出来的猪油条也吃了。中国的豆沙甜食里，天生就应该搭配猪油，这可以说是一种天意：比如豆沙糯米八宝饭里必要搭配原条的猪油，否则吃口就没那么软糯；同样的,蜜枣豆沙松糕,必搭配红绿果丝和金丝大蜜枣以及水晶状猪油,恰如西式奶油蛋糕一定要配以白脱一样的道理。这是先天的搭配。

儿时的家常菜中,猪油更是必不可缺的调味品。那一个月定量供应的几张肉票,平时都舍不得买猪肉,专门买板油。猪油耐存放,外婆常常不舍得用肉票买猪肉,而是买板油,就是为了耐储存。将板油切成细细长长熬油,熬出又香又脆的猪油渣,撒一把细盐,是我们孩子们最可口的零食。不过连做零食也太奢侈了,要留着与鸡毛菜用热油一炒,碧绿生青的鸡毛菜,配着金黄的猪油渣,那就是晚上很好的添菜,香味四溢。熬好的猪油,放在灶上的瓷钵里,很快凝结成玉脂色的一钵,留着以后下面条、馄饨时,甩上几坨在碗里做调味。在碗里放上半汤匙猪油,加点虾籽酱油,然后放一梳刚刚下好的软硬适中的面条,再撒一把葱花,浇上肉骨头汤,就是上海家制的阳春面了。遇上大闸蟹、六月黄上市的时候,外婆还会将那些细细的蟹脚和蟹钳,用缝被子的针,将肉剔出来,和猪油熬在一起,那下起面条和馄饨来,味道就更香了。

香港北角有家著名的老字号"三六九"上海餐馆,至今仍挂出大大的招牌"正宗猪油菜饭"。其米粒粒粒晶莹剔透,配上粉红色的夹精夹肥的咸肉和油亮翠绿的青菜,管他什么胆固醇、高血脂,你不开胃都不行,生意大好。顾客趋之若鹜,都是上了年纪的老上海。香港已故知名美食家黄霑等都是那里的常客,还点明不放猪油他们不吃。

老上海人家过年,家制咸肉是必不可缺的一道冷盘。肥猪肉固然"可恶",但挑选腌咸肉的肉一定要五花肉夹精夹油,这样上口才鲜嫩。擦上花椒盐,放少量食用硝,用石块压紧,非如此,咸味不能进去,而且肉质越肥,香味越容易渗入。

年夜饭上还有种甜品是我们小孩子日盼夜盼的——水晶包。这种包子的馅就是拌上白糖和玫瑰露的切成细丁的猪油,咬上去,还能吃到咯吱咯吱的白糖。包子上还敲着一个红印,十分喜气。过年的甜品还有猪油八宝饭,猪油松糕……

这些由麦当劳、肯德基和必胜客喂大的小孩子眼睛瞟都不瞟一眼的中国老土食品,已经有三四十年在市场上绝迹了,我至今回忆起来仍垂涎三尺,却已无处寻影。即使有,也味道不对了,而且也不会有人欣赏。据说有个女孩,在上海老字号点心店王家沙买了个豆沙包,一口咬到一块大猪油,觉得恶心死了,直接就把包子扔掉了。

所以说,饮食文化里面,不单单牵涉到一种口味,这其中还有一种文化回忆、传承和亲情在其中。如外婆费尽心思,让家里人吃得好一点的良苦用心……

如今在上海,要找到一家正宗的上海口味的小吃店,还真不容易。我时常在想,如今就业如此困难,年轻人就业不是争做金融奇才,就是要当公司 CEO,似乎非如此就不算成功,弄得孩子早早就失去了童年的乐趣,小小年纪就啃着汉堡包,补英文,补奥数……他们根本没有机会回味和品尝外婆时代呕心沥血为我们烹调的美味佳肴,以至于很多美食失去了传承。须知这也是中华非物质文化的一大缺角。我们为什么不向中国台湾学习,发扬和继承传统小食,自我经营当小老板,立足街坊老邻,以诚信为本,自己做自己的老板。在老上海和老香港,这种小吃铺开在弄头巷尾,曾经遍地都是,且一家三代,代代守护着。老邻温老暖贫,现在回忆起来,是一种多么美好的遗憾!

2012 年 11 月 22 日

雪花膏忆旧

　　雪花膏,一个交关中国交关文艺的名字,伊老容易让阿拉
回忆起阿娘和外婆的老式三面镜的梳妆台上,一只绿盖头白
瓷身的小瓶子,只是现在不大有人用这个名字了。说实在,
"雪花膏"这个名字要有味道多了。雪花膏是舶来品,在《红
楼梦》里我们根本找不到雪花膏的影子,不晓得林妹妹宝姑娘
是如何保护皮肤,听我外婆讲,伊拉小辰光勒绍兴乡下,冬天
界揩好脸后,就用点猪油塌勒脸孔上,一样可以令皮肤雪白粉
嫩。自从有了雪花膏,中国女人的梳妆台上,抹上了一层现代
的色彩。

　　雪花膏作为舶来品,早百多年前,美国的旁氏、英国的夏
士莲、德国的妮维雅等洋护肤品已登陆上海,这种白雪雪的带
香味的洋膏药当然价钿昂贵,一般极少人用得起。

　　上海开埠后,西方生活方式随之进入。女学兴起,女性开

始进入社会。上海女性特别注重仪容仪态,那是因为上海的职业女性群体的数目为全国之首,她们的一举一动无形中令女学生乃至家庭主妇纷纷看样学样。职业女性要与人打交道,自然更要讲究仪态仪容,从纺织女工到公司女白领,都会自觉恪守这一点,但这里的仪容并不是浓妆艳抹,显得风尘味十足。其实当时很多大机构都有明文规定,女职工要穿深色宽身旗袍,鞋跟不能超过一定高度,不可以浓妆,但须平头正脸。

坊间俚语——一白遮百丑,即为女人只要皮肤白皙嫩润,给人的第一眼感觉就是清秀端正,上海话讲起来"长得清爽相"。而这种白雪雪的洋膏药就有这种功效,热水揩一把脸后挖一笃(一点)朝脸孔上一塌(搽),脸孔马上会白起来,细体(腻)起来,还会时隐时现散发阵阵香味。当然,这种花头一般平民百姓是消受不起的。但上海的商家老早就懂得"女人的钞票最好赚"的商界铁律,早勒上世纪初,一些上海本土厂家就纷纷仿效生产这种白雪雪带有香味的洋膏药,并聪明地起了这个十分上海的名字——雪花膏,与"可口可乐"的译名一样,又雅又朗朗上口,易记易传。就这样,第一代"Made in Shanghai"的护肤品问世了。其中以广生行(今"家化厂")的"双妹"牌雪花膏及家庭工业社的雪花膏(不记得是否"蝴蝶"牌)最广为人知。如果我没记错,好像 20 年代电影红星顾兰君还是家庭工业社的老板娘。

最早的雪花膏外形是仿效美国的旁氏包装,即绿盖白瓷身,后来精明的生产商分析了各阶层女性的需要,得出一个结论,即越是层次高的女性越是抗拒雪花膏具有太浓烈的香味,上海人称之为"一股拗味道"。但一般小市民包括女工和保姆，从经济角度出发，自然一物多用最合适，越香越好，所以生产商以不同颜色的盖头来区分同一牌子不同成分和不同档次不同香味的雪花膏，特别针对曹家渡杨树浦和普陀的大自鸣钟一带的消费群，因为那里纺织厂比较多，女工集中，她们都清一色地欢喜香气浓烈的雪花膏。针对她们比较省俭的习惯，商家一破化妆品大都过度包装的习俗，推出简易包装的雪花膏，如铁盒装。同样铁盒装的还有大盒中盒和迷你盒，迷你盒因价格相对低（因内含量少，其实反而不合算）又如口红样方便携带而广受女白领和女学生欢迎。还有大瓶零拷的，那时街头巷尾的烟纸店都有零拷雪花膏，价钿就更便宜。因此对上海女性来说，每天早晚洗完脸塌一层薄薄的雪花膏，根本不是什么奢华之举。哪怕最简陋的小亭子间里，勒窗台或五斗橱的一角，依都会看到有一面鸭蛋形的镜子，前面放一瓶或一小盒的雪花膏。整个房间因此显得温馨了。

众所周知，化妆品与香烟酒类一样，利润是极大的。因此化妆品商家尽管大力薄利多销，仍是赚的。在旧上海，国产的雪花膏还是最受中下层的女性的欢迎。

为了争夺市场，厂商必须不断开发产品。严格讲，雪花膏只合适春夏季，秋冬就要用较肥润的膏体，于是就有了"冷霜""面友"，还有据说可以除雀斑的"百雀羚"，这个名字也取得好！

商家自然不会做亏本生意。化妆品生产是一个流程，就像笃鸡汤，头潽的原汁原味，自然也卖得最贵，大都在大公司出售，然后一潽又一潽，最落脚的就送到烟纸店做零拷，卖得最便宜,所谓物尽其用,也可以讲造福了上海女人,令大家都可以享受一下化妆的乐趣——十分简单,只要揩一把热水脸,塌上一层薄薄的雪花膏之类(上海人简称为"塌油",外省人称为"搽香"),整张脸孔就会生出光泽,生动精神起来了。

解放了,化妆被视为资产阶级,但塌雪花膏并未禁止。擦得太香倒反而成了资产阶级的作风了,而香味较淡的进口化妆品都消失了,我记得那时,妈妈她们宁可用白凡士林,是因为她们实在忍受不了那太呛人的香味。当时还用一种蛤蜊油来护肤,冬天用尤其好,价钿也便宜。讲起来,蛤蜊油的外包装是真的花蛤,要找那么多大小一样的花蛤还真不容易,某种程度上比那种瓶装或铁盒装的要精贵,因为那是天然的而不是人工的。倒是工厂的女工自信十足,依然故我,特别一推进她们浴室,各种百雀羚冷霜友谊香脂夹着热腾腾的水蒸气扑面而来,现在想起来倒是一种十分典型的五六十年代的上海女人味道。在那缺乏色彩时尚的岁月,这种强烈的香味反而点缀了我们单调的生活。

随着人民对生活要求的日渐提高,上海护肤品也悄悄有了变革,到了 60 年代,一种香气比较清雅的面霜——"柠檬霜"问世了,它的香味是柠檬味的,很淡,包装也十分可爱,是浅淡色的柠檬黄玻璃瓶上面同色的盖头,售价 1.60 元一瓶,从此我与妈妈就与它结下不解之缘。改革开放后,美加净面市了,1.90 元一瓶。后来,露美护肤霜问世,2.50 元一瓶,还有什么珍珠霜、银耳霜,这个霜那个霜的,包装也越做越精致,品种也越来越繁多,价钿也越来越贵。不过,最令人感到欣喜的是,我妈妈这一代在超市的货架上重新发现了她们年轻时的护肤好伴侣——旁氏夏士莲妮维雅等。时过境迁,当年被视为高不可攀的洋雪花膏,如今竟位于超市货架上。这些化妆品从包装外观到香味及实体,一点都没变,令老上海的好婆们真有老朋友别来无恙之感。不过现在的时尚姑娘对这些老古董牌子是瞄也不瞄一眼了。

现今光是世界大牌的化妆品都琳琅满目,我不知道现在有没有零拷的雪花膏出售。那陪伴了我们上海几代人的老派雪花膏还存在吗?

2012 年 11 月 22 日

雪花膏，一个交关中国交关文艺个名字，伊老容易让阿拉回忆起阿娘搭外婆个老式三面镜个梳妆台浪，一只绿盖头白瓷身个小瓶头，只是现在勿大有人用辫个名字了。讲实在，"雪花膏"迭个名字要有味道多了。雪花膏是舶来品，《红楼梦》里阿拉根本寻勿着雪花膏个影子，勿晓得林妹妹宝姑娘是哪能保护皮肤个，听我外婆讲，伊拉小辰光辣绍兴乡下，冷天界揩好面以后，就用点猪油揭辣面孔浪，一样可以令皮肤雪白粉嫩。自从有了雪花膏，中国女人个梳妆台浪，涂上了一层现代个色彩。

雪花膏作为舶来品，早百多年前，美国旁氏、英国夏士莲、德国妮维雅唠啥洋护肤品已经登陆上海，辫种白雪雪个带香味个洋膏药当然价钿昂贵，一般极少人用得起。上海开埠后，西方生活方式随之进入。女学兴起，女性开始进入社会。上海女性特别注重仪容仪态,觯个是因为上海个职业女性群体个数目为全国之首,伊拉个一举一动无形中令女学生乃至家庭主妇纷纷看样学样。从纺织女工到公司女白领,侪会自觉恪守觯一点,但觯搭讲个仪容并勿是浓妆艳抹,显得风尘味十足。其实当时有交关大机构侪有明文规定,女职工要穿深色宽身旗袍,鞋跟勿能超过一定个高度,勿可以浓妆,但须平头正脸。

坊间俚语讲:一白遮百丑,就是讲女人只要皮肤白皙嫩润,拨人家第一眼感觉就是清秀端正,上海话讲起来"长得清爽相"。而觯种白雪雪个洋膏药就有觯种功效,热水揩一把面后挖一笃(一点)朝脸孔上一塌,面孔马上会白起来,细腻起来,还会时隐时现散发阵阵香味。当然,觯种花头一般平民百姓是消受勿起个。但是上海个商家老早就懂得"女人个钞票顶好赚"个铁律。早勒上世纪初,一些上海本土厂家就纷纷仿效生产觯种白雪雪带有香味个洋膏药,还特地起了老上海个名字——雪花膏,搭"可口可乐"个译名一样,又雅又朗朗上口,易记易传。就迭能,第一代"Made in Shanghai"个护肤品问世了。其中以广生行(今"家化厂")个"双妹"牌雪花膏及家庭工业社个"蝶霜"最广为人知。顶早个雪花膏外形是仿效美国个旁氏包装,绿盖白瓷身,后来精明个生产商分析了各阶层女性个需要,得出越是层次高个女性越是抗拒雪花膏忒香味浓烈个结论,上海人称之为"一股拗味道"。但一般小市民包括女工、保姆,从经济角度出发,自然一物多用最合适,越香越好,所以生产商以勿同颜色个盖头来区分同一牌子勿同成分搭勿同档次勿同香味个雪花膏,特别针对曹家渡杨树浦搭普陀个大自鸣钟一带个消费群,因为埃搭纺织厂比较多,女工集中,伊拉一般侪欢喜香气浓烈个雪花膏。针对她们比较省俭个习惯,商家推出简易包装个雪花膏,譬如铁盒装。同样铁盒装个还分大盒中盒和迷你盒,迷你盒因为价钿相对低,又譬如口红样方便携带而广受女白领搭女学生欢迎。还有大瓶零拷个,辟个辰光街头巷尾个烟纸店侪有零拷雪花膏,价钿就更加便宜。乃末对上海女性来讲,每日早夜汏好面塌一层薄薄个雪花膏,根本勿是啥个奢华之举。哪怕最简陋个小亭子间里,窗台或者五斗橱个一角,侬侪会看见有一面鸭蛋形个镜子,前面摆一瓶或者一小盒雪花膏。整个房间显得老老温馨个。严格讲,雪花膏只合适春夏季,秋冬就要用较肥润个膏体,后首来就有了"冷霜""面友"搭可以除雀斑个"百雀羚",迭个名字也取得好!商家亏本生意勿做,化妆品生产是一个流程,就像笃鸡汤,头潽个原汁原味,自然也卖得顶贵,大都勒大公司出售,然后一潽又一潽,落脚个就送到烟纸店做零拷,卖得最便宜。雪花膏造福了上海女人,伊拉享受了化妆个乐趣。只要揩一把热水面,塌好一层薄薄个雪花膏(上海人简称为"塌油",外省人称为"搽香"),整张面孔就会生出光泽,生动精神起来了。

有段辰光化妆被视为资产阶级生活,不过塌雪花膏并勿禁止。当时冬天还用一种蛤蜊油来护肤,价钿也便宜。蛤蜊油个外包装用个是真个天然花蛤,要寻介许多大小一样个花蛤还真勿容易,现在想起来,某种程度浪比瓶装或铁盒装个要精贵。倒是工厂的年轻女工自信十足,身上带有一股雪花膏香,特别一推进她们浴室,各种百雀羚冷霜友谊香脂夹着热腾腾的水蒸气扑面而来,现在想起来倒是一种十分典型个五六十年代上海女人味道。勒拉缺乏时尚个年代里,辮种强烈个香味反而点缀了阿拉单调个生活。到了 60 年代,一种香气比较清雅的面霜——"柠檬霜"问世了,伊个香味是柠檬味个,斜起淡,包装也老可爱,是浅淡色柠檬黄玻璃瓶浪同色个盖头,售价 1.60 元一瓶,从此我跟姆妈就与伊结下不解之缘。改革开放后,美加净面市了,1.90 元一瓶。后来,露美护肤霜问世,2.50 元一瓶,还有啥个珍珠霜、银耳霜,迭个霜埃个霜,包装也越做越精致,品种也越来越繁多,价钿也越来越贵。不过,令人感到欣喜个是,阿拉辮代人勒拉超市个货架浪,重新发现了阿娘好婆年轻辰光用个护肤品——旁氏夏士莲妮维雅等。时过境迁,当年高勿可攀个洋雪花膏,现在摆拉超市货架浪。从包装外观到香味实体,一点吤没变,令老上海个时髦外婆们真有老朋友别来无恙之感。勿过现在个时尚姑娘对迭些老古董牌子是瞄也勿瞄一眼了。

市场浪世界大牌个化妆品琳琅满目,我勿晓得现在还有勿有零拷个雪花膏出售。辮个伴了阿拉几代上海人个老派雪花膏还存在哦?

2012 年 11 月 29 日

陕西北路，旧称西摩路，南起延安中路，三幢没有名字的，造型现代摩登的，建于30年代的老公寓，成为陕西北路起源的地标，虽然没有名字，老上海都晓得这三幢公寓，自行为其取了俗名：十弄廿弄。然后穿过威海路、南京西路、南阳路、北京西路、新闸路、康定路一直往北延伸。这是一段很怡人的散步看风景读历史之路，承载着一段金粉玉琢的海上浮华：威海路口的红砖大宅程公馆（现沿街围墙已拆除），南京西路口的建于1918年的荣家大公馆，都是民国初年颇具代表性的豪宅；硕大、占地面积广，窗框门楣都有精缜的装饰。荣家大公馆斜对面那栋沿陕西北路南京西路口划出一道漂亮的弧线的像只巧克力蛋糕一样的平安大楼，线条简洁现代。从前底层是平安电影院，即张爱玲的《色·戒》中，王佳芝被戒严截止从而走上不归路之处！现今许多上海老字号如"龙凤"旗袍店等都搬迁集中在这一截陕西北路上,其中有家真正的原汁原味的老字号"美新汤团店",你可一定不能错过这家已有七八十年历史的点心店,至今还出售手工包的黑洋酥宁波汤果,做得精巧可爱,下熟后整只汤团如玛瑙样呈半透明,清晰地看得到里面的馅,每客 8 只小悠悠的汤果售价 8 元。这样一家店堂装修朴素的小小点心店还保留着这边买筹那边领货的老习俗,让人觉得亲切。可以原址原地在这里坚守七八十年成为一则典故,真是一个奇迹,所以如果逛陕西北路,一定不要错过这里。

陕西北路穿过南京西路,当你走在斑马线从南京西路的坐南向北走向南京西路的坐北向南的一侧时,如果你是细心和敏感的,你会发现这有如穿过一截时光隧道,因为一侧是毗连的如假包换的二三十年代高尚住宅建筑:从平安大楼一路朝东,依次为南阳公寓、花园公寓、重华新邨(张爱玲又一个故居之一,她就住在沿街的公寓,伏在窗口看着解放军进城的),还有著名的现为梅龙镇酒家的那幢硕大的英式洋房,原为沪上颜料大王奚润如公馆,后卖给他的爱徒虞洽卿。再过去就是著名的静安别墅,内里富有个性的咖啡室和创意工作室散杂在民居中,不知会否成为下一个田子坊?沿街的凯司令西餐店创办于 1928 年,就是《色·戒》中王佳芝在这里等老易的那家西餐馆。这里一列沿街店铺,几乎清一色都为世界顶级品牌专卖店,配着 30 年代的欧陆建筑,十分怀旧,十分有异国风情,却也有一家从 1948 年起就雄踞这个黄金市口的老字号,蓝棠皮鞋店。然而在马路对面,则完全是一派现代化的时尚味十足的街情:恒隆广场、中信泰富广场和梅龙镇广场并列,上海大约很少有这样一条马路,两侧的时代背景对比,会如此强烈!

然后你沿着陕西北路再往北走,走到北京西路,又是一道绝世风景——陕西北路369号,一幢隐没在黑竹篱笆与绿树丛中的英式乡村别墅,那是宋庆龄的娘家,人称"宋家花园",在这里宋家办了两件大事,一是宋太夫人的葬礼,一是蒋介石与宋美龄的宗教婚礼仪式。紧贴宋家花园的是建于1920年的著名的基督教教堂怀恩堂,至今每逢礼拜日早晨,怀恩堂都会响起钟声,弥散在还是很清静尚没有啥高层的这段陕西北路上,很怀旧,很怡人。再下去又是一环抱着好大一截陕西北路和北京西路的大花园,大门开在陕西北路上,现在为辞书出版社,这幢气派的英式豪宅建于1926年,原屋主为港澳娱乐大王何鸿燊的伯祖何东爵士,人称"何东花园"。

正对着"何东花园"是这段陕西北路的绝景,那是一片颇有南欧风味的连体别墅,它建造于1910年至1912年期间,占地很大,从陕西北路的北京西路端到新闸路,大房东就是何东爵士,后来转卖给一伍姓广东人,再转卖给中国融业公司。太平花园初期的住客,清一色是犹太人,在上世纪初,犹太人都是有钱人,至今这一带老上海街坊仍惯称太平花园为犹太弄堂。太平花园为连体别墅,共分南北和沿陕西北路三列,共有18个门洞,当时都为一户住一幢,一共住18户人家。紧毗太平花园近新闸路的陕西北路500号,是1920年落成的西摩会堂,据说当年是沙逊为纪念他夫人所建的。将会堂造在这里,一定也因为这里是个犹太社区吧!这座希腊神殿式的三层会堂建筑是世上唯一一座保存最完整的犹太教堂。1932年,陕西北路 500 号内又造了几幢校舍,开设了专招犹太人的犹太学校。二战期间这里也成为庇护犹太难民的避难所,当年希拉里的父亲就在这里避过难,克林顿夫妇访沪期间,特别来这里参观过!

过了新闸路,陕西北路的历史景观开始淡化了。因为再往北陕西北路开始临近苏州河,成为工厂区,现今这一带都是新建住宅。进入普陀区长寿路陕西北路就结束了。

2012 年 12 月 4 日

家教

　　一位刚游香港回来的朋友愤愤不平地向我抱怨，他们老夫妇俩因带着小孙女（大约五六岁）而被拒绝进入半岛酒店餐厅用餐。"香港人真是脑子进水，他们不晓得全靠我们内地游客，他们市面才这样好……"至于此事的前因后果因笔者不在现场，这里不敢妄加评论，不过有一点得以确定的是，香港的半岛、洲际、文华、四季、港丽等六星级酒店的餐厅，都是禁止幼童入内（客房自然除外），据说有人向香港旅游局投诉这规定有年龄歧视，但上列酒店有关管理层的反驳也振振有词：家有家教、门有门风，与酒吧、夜总会禁止不满18岁的青少年入内一样，难道这也属年龄歧视？好一个家有家教门有门风，原来，五六星酒店特有的华贵和高尚，就是通过对无数细节的精益求精打磨而成。我举双手赞成这五家六星级酒店的规则，更难得的是，半岛酒店餐厅还率先亮出"禁食鱼翅"的规矩！友人对被拒香港半岛之外一直耿耿于怀：本想让孩子长点见识，这也是对孩子的一种教育……说真的，小孩子进这样高尚的餐厅真是不大合适，他们还太小，根本不懂得享受这样的氛围和美食，他们应该去迪斯尼乐园、海洋公园、南丫岛等最合适。再说一句十分 out 的老话："筷头下出败子。"让孩子粗茶淡饭，过得简单点并非坏事！从小让孩子进出半岛这样的场所对孩子成长是否有利？我在上海半岛的下午茶也曾碰到过类似的境遇：邻座几个闺蜜样的女人一边下午茶一边叽叽喳喳的且不说，要命的是其中一个还带着刚会迈步的小女孩，虽然有个小保姆样的一直紧跟着，但她们在餐厅内穿进穿出的忙碌身影，再加上宝宝充满童真的尖叫声，与餐厅廊桥上演奏的乐队及"半岛酒店"四字背后蕴藏的众所周知的文化，是格格不入的！孩子的母亲看来是个有闲钱又有闲时的阔太太，只见她得意地看着自己的宝宝像穿龙灯一样穿梭于各餐桌，虽然客人出于礼貌都会摸摸她头发，但其实已很干扰了他人的私人享受，但这位妈妈并未加以阻拦，反而以一种周遭都很清晰听得到的"小声"说："我们从小就教育宝宝要学做个小公主，所以一有机会就要带她去高尚场所见识一下，这就叫家教……"

恕我老土 out！我们小时候接受的"家教"完全不一样。记得我的太外祖父还在世时，夏天开西瓜，外婆必先准备好一只小碗，将半只西瓜最当中最甜的瓤挖出来给太外公，然后再将西瓜切成一角角，所以我和哥哥从小就习惯吃没有顶部的西瓜。这就是我们这代接受的家教！

笔者还有一段难忘的有关家教的记忆，那还是在 1966 年

"文革"中,家里像篦头发样已被横抄竖抄了 N 次。一天晚上又是一阵猛烈的敲门声,我们战战兢兢地开了门,进来一位衣着朴素,一看就是典型的劳动妇女,拖着个中学生模样的儿子。只见她厉声地责问着儿子:"……你确认是这家吗?"儿子怯怯地点点头。只见这妇女摸出一只牛皮纸信封,里面是一对我妈妈的钻石耳环和一只马鞍翡翠戒指。想来是这个中学生来抄家时浑水摸鱼揣进自己口袋。这种趁抄家偷鸡摸狗之事当时处处可见,只是怕辱没红卫兵小将形象,大家不敢吭声而已。只见这位母亲当着我们的面给了儿子两个耳光:"看你下次再敢随便拿人家的东西吗? 我们工人阶级穷归穷,穷得要有志气……"如今,四十多年过去了,那大劫余剩的这对耳环和戒指还在,只是那对母子从此没有再见过! 想来那中学生如今也近退休之年,不知他过得可好? 但有这样的母亲,有这样良好的家教,他的人生之路一定走得很正。

在七宝古镇,我们可以看到著名雕塑家张充仁先生的纪念馆,其中最令我难忘的是张充仁当年在法国留学时,母亲给他的几封信。那种薄薄的中式信笺,行行娟秀的毛笔字写得密密麻麻,通篇无非是叮嘱他注意冷暖与友人同辈和谐相处,朴拙而简单。还有我们熟知的《傅雷家书》,大翻译家的慈父情怀洋溢全文,讲的也是做人的道理和从业的品格,同样浅白易懂……这就是家教。真正的家教就是朴质的、以身作则、言传身教,哪像现今的家教,什么亲子教育,情商智商教育弄得复杂极了,而且,现在的"家教"都明码标价,钢琴家教和英文家教都有价目表。

我们今天的家教,就是父母带着子女在周六日疲惫地奔波于各补习班之间,家教的目的除了督促子女出人头地,成为小公主小王子外,那最基本的做人道理,反而给疏漏了。在世俗的目光中,做任何事必要有功利的实用目的,家教也是如此。这点我们倒要向香港那几家六星级酒店学习。为了维护企业形象,他们宁可少做几笔生意。

"家教"说到底,就是一门美学。如果家长本身缺乏美学基本修养,怎样会对孩子施行好的家教? 美学与教育程度无太大的关系,美学是人在生活中自然感悟出的,正如我前文提到的那位劳动妇女。她不会讲流利英文,可能连字都识得不多,但她有颗质朴的心,在与时光的对话中,自然升华成朴实的美!

2012 年 12 月 12 日

　　老上海虽早就有"东方巴黎"之称,时装店林立,但大部分上海老百姓,还是极少去时装店定制衣服的,他们或者是去裁缝铺或者由相熟的裁缝师傅上门量体裁衣。那时,每年到这样的秋冬之交,一般财力中上的上海人家,都会在客堂间搭起一只生活台——裁缝要来了。进入农历十一月,已近过年,一家大小几口,过年总要添点新衣服。一年下来,小孩子长个了,旧衣服袖口毛了,丝绵袄要翻了,一年四季衣服要添了……这些都是生活(沪语:活计)。从经济角度讲,这些零零碎碎的生活送到裁缝铺去是不合算的,最合算的就是请裁缝上门做一个礼拜上下,包一顿中饭、晚饭再加点心,如是朝来晚归。作为裁缝,也最喜欢揽这样的生活,他自己不用开伙仓了。

　　上海一直有男裁缝和女裁缝之分。男裁缝都是吃过萝卜干饭,用当今的时尚话就是比较专业,做出来的生活也比较挺括。他们大多有自己的铺面,但接待、量体、裁衣,里里外外只他一个人。他们一般不大会去人家家里做。再加上,上门裁缝,接触女眷比较多,男裁缝也不方便,所以上门裁缝一般都是女裁缝。

女裁缝的地位有点如梳头娘姨,但待遇要好多了:一日两餐好饭好菜招待,还有茶水和点心,无非是希望她生活做得卖力点。另外,这些女裁缝走街串巷的,一张嘴巴能说会道,旧时的家庭妇女一般都深居简出,接触社会不广,难得来一个见多识广能陪她聊聊的女裁缝,心里也是十分欢迎的。

说也是的,朝南客堂里生活台子一搭,花花绿绿的料作一堆,再配上女裁缝与女眷们的快乐谈笑声,平时冷清清的家里顿时有了几分喜气,连邻居也会过来一起嘎嘎讪胡,翻翻料作,关系好的,还可以揩揩油,夹几件生活来做。

这些女裁缝,大多是看不出年纪的,她们好像永远胶定在四十到五十岁之间,穿着老派。旧时,我外婆家就有这么一个女裁缝桂姐,直到"文革"前,她还是穿着一身宽大的灰布大襟罩袍,下面一条薄丝绵裤,一只发髻倒梳得溜光滴滑,夹着一只蓝布包,这身装束显得十分古怪,在街头的回头率也相当高,她却十分淡定,我行我素。别看她们能说会道,一张嘴巴其实却是滴水不漏的,因为这些女裁缝都有固定的几个客户,而这些固定客户都是相熟的客户介绍而来的,所以几个家庭都是相熟的,讲话稍不留神,是非一出,她的饭碗头都要敲掉了。

这些女裁缝大多有一手好针线活,但一般不会踩缝纫机,所以她们只能做中式衣服。说起来,她们大多有一本不提也罢的身世。比如外婆家的桂姐,她原是某富有人家的下堂妾,所以是见过世面的,绣得一手好花,对色彩的感觉十分敏感。现在回想起来,她那一手托着肘部,一手夹着香烟的腔调,倒是很有几分风尘余韵,也很像那些成日穿街走巷的虔婆,我不大喜欢她。现在想起来,倒很后悔。如果那时我多跟她聊聊,或许又多一个上海女人的故事了。

随着社会观念个开放及衣着上个改进,比如两用衫、西装裤等开始取代老派个长衫旗袍,呒没吃过萝卜干饭个女裁缝,终究功力不够,渐被淘汰,而中西生活都拎将起个男裁缝做上门裁缝也开始普遍起来了。直到后来"割资本主义尾巴",这道上海风景,才消失。

2012 年 12 月 7 日

无花无巧的宁波汤果

汤团,实笃笃,胖乎乎,无花无巧,内涵饱满,像村姑一样朴实无华,象征团圆、祥和。北方人称汤团为元宵,广东人称汤圆,江浙一带称汤团,老上海称汤果。严格讲,汤团与汤果是有点区别的,正如上海本土文化和海派文化有微妙的不同。上海本土文化,源自农业社会,强调节俭实惠。如上海本地菜,钵满盆丰,实实在在,上海本地汤团也如此。记得本地汤团的个头硕大,比青团小一圈,盛在灰蓝的蓝边大碗里,一客两只,有鲜肉和豆沙两种,上班前一碗汤团下去,卡路里足够支撑到中饭。而海派文化已转化为成熟的都市文化,强调时尚、洋派、精致,正如汤果。汤果,源自宁波,因此也被习惯称为宁波猪油汤果,皮薄馅足,个头小巧如枇杷,下熟后晶莹剔透,可清晰看到里面的馅料,如玛瑙一样。相比本地汤团,汤果要显得玲珑精细多了,口感甜美,特别将其盛在薄胎瓷碗里用以待客,腔调十足。我们或者可以说,本地汤团有种粗犷刹克的可口,但品尝汤果是一种享受,在老上海还是上好的送礼佳品。

说到宁波汤果,笔者就会联想起陕西北路上的美新点心店。陕西北路,旧称西摩路,在上海算不上大马路,但名气很响。除了因为这里豪宅集聚——有宋家花园,世界上唯一保存得最完整的犹太会堂,何东爵士花园,建于1940年的基督教怀恩堂……对一众小市民而言,陕西北路上有两道令人印象深刻的风景,一是已拆除的陕北菜场(中信泰富广场现址),另一道风景就是建于1925年的美新汤团店。斜对着倨傲的荣公馆的这家只小小一只门面的美新(直到上世纪60年代才扩展成现在的两开间门面),八十多年来,地址门牌号都没有变,每日客盈满堂。其中经历过两场战争(抗战和解放战争)和N次政治运动,它仍然可以金枪不倒,成为都市的一则典故,当属成功之例,值得现在认为唯有走高档路线华丽转身才能挣到钱的商家深思。上海人推崇小乐惠,一般百姓消费不起英式下午茶,再说也不习惯这种洋消费,去美新吃碗汤果,也是上海小康人家一种阖家消遣的家庭节目。那时没有哈根达斯,也没有必胜客,即使男女谈恋爱,荡马路走过美新吃碗宁波猪油汤果,也绝不属丢面子之列。因笔者家就住在南京西路陕西北路口,对我们小孩子来讲,难得一个礼拜天不用上学,父母不用上班,阖家去美新吃碗宁波汤果,再加热腾腾的八宝饭,幸福指数已高涨到极点了。

自小到大,在我眼中,美新汤团店除了门面扩大了一间以外,至今没什么改变:临街是一圈玻璃间隔出的操作室,一目了然。店堂几乎没什么装修,但敞亮干净,至今还保留着顾客先买筹的传统方式。可能现今的时尚人物会觉得这太老土,但我们却觉得十分亲切。

这种坚持用手工包裹的宁波猪油汤果,一客 8 只,今天也只售 8 元,很有种温老暖贫的人情在其中,难怪今日在陕西北路威海路三角花园下棋晨练的老人,对话中总也离不开对马路上陪伴他们多年的美新汤团店。

"……啊要横(沪语读 huang,意"赌")一记东道哇,输了请侬对面美新吃汤团……""每天早上搭老太婆必要去美新买一客汤果带回去,辛苦了半辈子,就这点小乐惠是不肯放弃的。"特别那些已动迁他处的老街坊,久不久会倒几部车,来美新买些宁波汤果回去。

而今,这一段陕西北路已成上海老字号一条街,据说这些已经过华丽转身的老字号生意不怎么样,唯如汤团一样朴实无华的美新生意不俗,到冬至、过年还要排长龙。如今动辄华丽转身,其实不必。华丽转身得太多,把原汁原味都转掉了,转得我们已经不认识原来的样子了,而且成本叠增,最后导致价格直升。为什么当今老百姓特别怀念国字号的床单、脸盆、铁盒包装的百雀羚之类,那是因为其中印刻着岁月的痕迹。那时买水果送礼都装在一个用竹篾编的篮头里,俗称"黄篮头",上面覆一张红纸,水果好坏一目了然。还有南货店的礼包,虽然内里不过是点桂圆红枣,用黄粗纸包扎成有棱有角的梯形,鲜红的蜡光纸一盖,红绳子一扎,顿时就显得十分喜气。那时美新宁波汤果的礼盒,也是一只普通的扁扁的纸盒,上面印着"送礼佳品"、商家的地址电话等等,简单又便于携带。

可惜这些传统,都给华丽转身转掉了。

希望这家陕西北路硕果仅存的真正老字号美新能一直保持它的朴实无华,不要给华丽变身变掉了。

2012 年 12 月 19 日

　　喜欢上海有 N 个理由,其中一个理由就是上海浓烈的充满狂欢气氛的圣诞节,全城都沉浸在充满童真的节日的气氛里,与曾经的"东方巴黎"老上海相比有过之而无不及。这个理由可能会引起很多诟病——毕竟其中很多是出于商家炒作,且整个氛围太过艳俗,有悖于平安夜静谧、宁和传统的初衷。然无论如何,这体现了一个城市的开放、自由与繁华。

　　中国有"冬至大过年"之说,却原来西方也是圣诞大过年,难怪老上海称圣诞为洋冬至。圣诞节的高潮其实是平安夜。平安夜的标志是一栋十分质朴、白雪覆盖着,窗户内闪着琥珀色的灯火的小木屋,象征着家人团聚和爱。传统的平安夜都在家里度过,犹如中国人的大年夜。团圆饭后,阖家穿戴着整整齐齐去教堂唱赞美诗或望弥撒,感谢过去的一年上天的恩赐,祈求着未来美好的开始。平安夜(Silent Night)充满着圆融、安详与温馨，是一个让人回顾、沉思、感恩和退想的美好夜晚。

当这个洋冬至初来上海滩的时候，由于包含了一些西方习俗，如轻歌曼舞，在松枝下可亲吻心仪的女孩，不过只限于额头，互交礼物以方便传递一份感情的密码……令刚从封建束缚下解脱出来的年轻人感到无比好奇和兴奋，因此深受欢迎。因为一般中国家庭没有相应的过节氛围，年轻人就自行组合过平安夜，并把圣诞派对作为发挥自己创意和心愿的平台，由此逐步衍生出具有海派风格的圣诞派对，宗教气氛相应淡薄，并入乡随俗增加中国过节时兴热热闹闹的传统……这其中没有任何商业炒作的元素。派对的场地一般不是在学校礼堂，就是在同学的私宅，绝不会放在大酒店或夜总会等商业场所。

正如东方电台《英语怀旧金曲》的主持查理林所说，当时一进入 12 月份，乐队要抓紧练，女同学要忙着添行头（新的衣饰），而男同学要忙着快点找好派对的女伴（partner）。有些老实巴交的男生会为了找派对拍档而急得满头大汗。其次，每个人还要准备一段自己的拿手节目，到时候在派对上露一手。此外，挑选一份别出心裁的圣诞礼物，也十分考验个人的修养……

据笔者的妈妈回忆，平安夜前一个礼拜，圣约翰大学的钟楼前，就经常聚集着簇簇学生，交换圣诞派对的信息，等着邀请和受邀，一度成为了圣约翰校园的一道特别风景和传统。对女同学来说，圣诞的最大压力就是没有收到派对邀请。据说，当时，凡是平安夜没有收到派对邀请而只能待在家里的女同学,平安夜当晚是从来不接电话的。

与此同时,商家也摸到了这个洋节日的商机,比如国际饭店每年都会推出圣诞派对,主题当然是圣诞大餐,然后有抽奖、舞会,当然收费高昂,参加者都是达官显贵,不是一般家庭所能承受的。另外百乐门等夜总会的圣诞派对,更是品流复杂,青年学生和正派人家子弟都不会涉足。再者,上述场所的派对都由他人安排而无任何DIY空间,没有参与感,自然不合青年口味。

1949年之后,圣诞派对渐渐在上海销声匿迹了。"文革"前,即使上海教堂依然开放,可是圣诞活动也仅限于在教堂唱赞美诗,更遑论开什么圣诞派对和跳舞了,一顶黑灯舞和流氓的帽子套在你头上,马上送你去劳动教养。

上世纪80年代初,上海滩又开始听到圣诞老人的铃儿响叮当。但家庭圣诞派对还是比较少。我从来是热衷于家庭派对。我觉得虽然没大酒店那么豪华,但更温馨、更随意。从80年代开始,每个平安夜在我家里都举行圣诞派对:自己准备好一大锅奶油浓汤和用纯鸡蛋代替土豆的色拉,连色拉酱都是由我先生"秘制"的,朋友们戏称为"严记色拉"。前不久徐俊和曹可凡还来尝过"严记色拉",对其味道赞不绝口。当然圣诞树和圣诞音乐背景是家族派对不可缺的。

平安夜的活动从下午就开始,朋友们每家带一两个拿手好菜和点心,热热闹闹的下午茶就开始了。然后一路散步到国际礼拜堂,唱赞美诗做礼拜。再一路散步回来,然后圣诞大餐和派对正式开始,家庭派对中必要有几个能弹能唱、会搞气氛的高手,如是活动延续到半夜一两点钟,大家尽兴而散。

80 年代上海的圣诞文化还不成熟,记得曾经一个圣诞大餐的海报,让我们看了捧腹大笑。那是在蘑菇状东正教教堂改建的西餐店,海报上写着:"今晚,圣诞老人将莅临接见大家……"

一眨眼三十多年过去了,当年参加圣诞派对的朋友们都已移居国外,连那时候的小朋友,而今都已步入中年了。每当平安夜,他们都会打电话过来,一次又一次地回味着在我们家的快乐派对。还一个劲儿地问我,你们家现在的圣诞派对如何。令我羞愧难当的是,我已经好久没有搞家庭的圣诞派对了。说不出是什么原因。是年纪大了精力不够了,还是生活节奏太快、太忙碌,以至于提不起这份闲情。对于今天的上海人,真正的平安夜已成为一份十分奢侈的享受。

不过我知道至少有一个圣诞派对,从 80 年代至今坚持了有三十多年,那就是圣约翰大学校友会的派对,校友会会长是位著名建筑师,风流倜傥,每次派对都能邀到好几个 partner 以解决一些男同学"女伴荒"的困难,曾被同学冠以"快乐王子"之称。今八十好几仍乐此不疲,出钱出力。如今最年轻的校友都要过八十了,曾询问过大家派对是否还要继续,白发苍苍老校友们异口同声说:"要!"

对这些曾经的圣诞派对粉丝而言,这一年一度的狂欢是他们对过往青春无悔的追忆,是他们对生命的礼赞。

2012 年 12 月 28 日

喜欢上海有 N 个理由,其中一个就是上海无时无刻不充满狂欢气氛的各种派对,而进入 12 月,更是各种派对的高潮。这个理由可能会引起很多读者的不屑,毕竟其中很多是出于商家炒作,且在多人眼中,派对充满红尘俗浪,太过世俗。

"party",中文意思是"聚会",当 P 作大写为 Party 时,解释为"政党"。将 party 译为派对,真是神来之笔,音意俱佳。古语"人以群分,物以类聚",在派对之词还没进入汉语之前,汉字中的"社团""团契"其实就是派对的意思,一群志同道合的人定期聚集、喝酒、聚餐、作诗或者习武,这其实就是派对的概念。

"party(派对)"作为一个新的流行名词在沪语中出现,是由大批海归和教会学校的青年学生带进来的。今天人们或许把开 party 作为一种轻松休闲、朋友相聚的行为,但在最初,开

party 无论是邀请还是被邀的一方，都将其视为一件十分慎重的社交活动，特别在沪上一些男子中学，虽然不设正式的教授开 party 的课程，但有意无意之中，一个学生能否出色主持并得体地参加一场 party，已成为他社交能力的得分加码。派对有各种形式：茶会、游园会、生日派对、舞会，另有圣诞派对、新年派对、毕业派对、公司年会派对……虽然名目繁多，宗旨一样，无非是联谊和欢庆。派对表面上看来就是吃吃喝喝、游戏、跳舞，实际上是通过一种活泼的形式来训练个人的社交礼仪和个人修养。东方台《英语怀旧金曲》著名主持香港老上海查理林回忆，中国传统重男轻女，但西方的社交礼仪第一条就是"女士优先"，也是作为一个绅士的首决要素，还是派对的金科玉律。参加派对，通常会携带女伴（partner）。为尊重女性，一些如圣诞派对、生日派对等大派对，男方必须在派对前的两个礼拜用书信形式邀请心仪的女友任自己的 party 女伴。如果在 party 前数天才发出邀请，那是十分不礼貌的，说明你没有任何诚意。派对当日，定要上门接送女伴。在整个派对过程中，你要尽心尽责做个护花使者，不能冷落她，哪怕你在派对中认识了另一个更让你心动的漂亮女孩子，也不能把你邀来的女孩子冷落在一边去讨好另一个女孩子。这是派对中最没风度的行为。当然，派对女伴不一定是你的已确认关系的女朋友，你也可以在派对中结识新的异性朋友，但一切都必须进行得有礼有仪，比如一定要通过第三者与这位女性认识，同时也要将自己女伴介绍给对方，绝不能猛然冲上去自说自话地搭讪和要电话，更不能为了巴结新结识的异性而冷落自己的女伴，这就叫风度，就叫绅士。派对就是这样，把一名毛手毛脚的小伙子锤炼成一名绅士。东方台《英语怀旧金曲》另一位金牌主持王奕贤先生，是著名男子学校格致公学毕业的，年轻时是音乐发烧友，是乐队的手风琴手，也是个派对老搞手。他回忆，当年的毕业派对，其实也是一次校方对学生社交能力和修养的全面考察。因为那时的嘉宾，除了老师外，更有包括社会各方贤达、名人的校董会成员，还有各大企业有心来招募人才的伯乐。从派对的策划、场地布置到参加者的谈吐、吃相，无一不将毕业生的修养秉性展示得淋漓尽致。可见，参加一场派对，特别是公司年会和毕业派对，绝不只是吃吃玩玩那么简单。对女性亦然。女子中学也有一番专门的培训：切忌打扮得像棵圣诞树那样，不要在众人前搔首弄姿、高声谈笑……确切地说，派对是一场对青年社交资历的培训。

一样作为庆典，中国传统庆典，就是要搞得热热闹闹，每逢庆典必大摆酒席，划拳喝酒、打麻将推牌九，再加上唱堂会。而西式派对，"吃"并不是主题，一般也就是冷餐形式，连座位也不固定，便于大家互相交流，强调参与与互动，难怪大受青年欢迎。

派对，形式十分随意，可大可小。老上海盛行家庭派对，这种相对经济、自由和亲切的派对，十分考验女主人的功力，所谓"入得厨房，出得厅堂"，女子中学的家政课里专门有这个课程。毕业于中西女中（今市三女中）的我老妈至今还清晰记得其中的条条框框：女主人的衣着必须得体大方，不能抢走女宾客的风头；鲜花的插放必须有一个主题——要么是玫瑰系列，要么是康乃馨系列，千万不能玫瑰、康乃馨、水仙像炒杂烩一样的无政府主义。另外，女主人要眼观四方，细心周到,不能让你的客人有向隅之态和落寞的神情……

　　想深一层,派对并没有我们想象的那样俗气,而是一门很严肃的学问,解放后,"派对"洋名是不用了,但这种社交形式还是存在,不过以"活动"一词所取代,当然形式内容都属比较单调和拘谨,远不能与昔日的 party 相比。

2013 年 1 月 4 日

第一个国庆

中国传统，六十年为一个甲子。作为新中国的同代人，回顾自己从活泼天真的红领巾到今天成为一个作家，每一步都与共和国的成长之路息息相关。那是因为，儿女的基因就是源自母体的血髓。风风雨雨六十年，那是我们与祖国结成的一段血缘生命共同体！

在我的成长期，国庆假期只有两天。那时的国庆意义对我们远不仅是两天假期，而是一股向上奋发的励志动力，犹如好孩子干干净净洗好手，等着吃甜点心一样！

首先各教室要爱国卫生大扫除。用彩色绉纸布置得漂漂亮亮的，壁报黑板报还要出国庆专刊，然后参加评选，各班都要排练文艺节目参加校际汇演，并选出最好的参加区中小学生文艺汇演……那时学生有强烈的团队精神和集体荣誉感，忙得很开心很自豪，家长也会因此在左邻右舍觉得很有颜面：

"国庆快到了,小家伙又要排节目又要出黑板报,日日忙到天黑……"

1957 年我全家从香港迁回上海,我一口广东话,一句普通话也不会讲,虽然讲上海话与同学沟通没问题,但总觉得很难融入这个新集体。还有,人人胸前都飘着红领巾,唯我没有,每次出操晨训,众目睽睽之下,好不自在、好落寞。中队长鼓励我(当时孩子且单纯又老成)好好努力,争取在国庆节加入少先队。

"国庆节?哪天是国庆节?"我疑惑地问了句,引起哄堂大笑,就此全校出了名,这个"小香港"连国庆节都不知道!

为迎国庆,班级排了个情景朗诵剧——前苏联儿童剧《铁木耳和他的伙伴》片段,普通话讲得结结巴巴的我被老师硬拉上去做集体朗诵,明摆是滥竽充数,但多次排练令我的普通话进步很快,而且加深了与同学间的融和,老师用心何其良苦!

我的认真得到大家好评,我这个"小香港"终于戴上红领巾迎来了生平第一个国庆!从此,我成为班里文艺积极分子,从初中开始就一直为班里文艺演出排节目:从诗歌、话剧到联唱的串词。这应该是我最早的文学创作吧!初二那年我编的一出《小黑煤用处大》得到校级汇报的奖状,还参加了区里的文艺汇演。顺便提一下,我的母校今上海戏剧学院附中(原名培进中学),为社会输送了不少文艺人才,如余秋雨、今上芭团长哈木提、上海电视台前任台长盛重庆等都是母校的校友。

国庆一大清早马路上喇叭已响起《歌唱祖国》,小朋友们端着小板凳在弄堂内相约去马路边"抢位子"看大游行。我家弄堂口是大游行必经之路,两侧人行道像运动场的看台一样,小板凳由低至高秩序井然,从不听见有为争位而吵架。一些平时不大有机会打照面的邻里街坊趁此互相聊天谈笑,小孩子们在暂时作为步行街的马路中央嬉笑追逐,伴着大喇叭里播放的《歌唱祖国》的歌声,真是一片国泰民安、欣欣向荣的景象。

那一天谁都有理由穿得漂漂亮亮的,妈妈和邻居妈妈们名正言顺地穿上漂亮旗袍,涂上口红,爸爸穿着彩格法兰绒衬衫而不套上蓝布人民装,堂而皇之出来看大游行。卖气球的小贩特别开心,这一天,没有人会驱赶他,而且成为最受欢迎的人!在阵阵激昂的"五星红旗迎风飘扬"的歌声中,迎来了浩浩荡荡的游行队列。现在想起,那队列颇有西方嘉年华花车巡行的气氛,各种象征建设成就的宣传车都是真人表演,十分有感染力。大游行的高潮是文艺界的队列经过,从中经常会看到我们喜爱和熟悉的演员,不过那时的市民很有克制力,最多只是兴奋地向他们招手致意。侨界的队列也是一个亮点,他们的衣着都相对时尚,犹如一场时装秀。能参加游行的都是单位里的先进分子,是一份荣耀。看游行的人群中时时与游行队列中相识的友朋打招呼,很引以为豪。尽管马路两侧只有里弄干部大妈在维持,却秩序良好,氛围热烈。

晚上观烟火是国庆活动的压轴戏。那时没有那么多高楼,我家在三楼,客厅东窗遥对人民广场,犹如现今彩色大屏幕,国庆晚上,挤满来看烟火的亲友。我年轻的姑姑们却穿上如倒扣的酒盅样的大花蓬蓬裙,去人民广场大联欢跳集体舞去了……

看灯,是国庆节目的重头戏,从 9 月 30 日全市各主要街道开始亮灯。那时还是没有霓虹灯也没有夜生活的上海,节日灯火很让市民兴奋,而且是情侣们难得的浪漫狂欢的一晚……"十一"的灯市,给我们一年一度的国庆,画上一个饱满圆润的句号。

这是 1957 年 10 月 1 日,我的第一个国庆。

临睡前,我将红领巾整齐地叠好压在枕头下,盼着自己好好用功读书,快快长大,将来可以参加大游行,可以去人民广场狂欢……我相信,那是一个新中国少年最纯真最朴素的爱国情怀! 真正的爱国心,是不空谈不作秀,就是如童心一样坦白实在!

2013 年 1 月 5 日

冬日围炉之乐

　　近来都在热议上海冬天是否要供暖。说起来，从前上海的冬天取暖一直为奢侈之举，不是一般市民敢于问津的，如今空调普及，上海的冬天比过往要暖和多了。

　　老式的取暖方式有多种。最高级的是使用煤炭或木柴的壁炉，这一般都是上世纪初的上海老洋房才具备，另外有水汀需在大炉间烧，普通住宅也不具备这种条件。

　　相对比较普遍的取暖装置就是火炉，也唯中上人家才承受得起，这种炉子是生铁铸造。每当上海街面刮起第一阵萧瑟秋风时，弄堂里就会听到金属片互相碰撞、富有节奏感的"哐当哐当"声，挑着担子的小贩，踏着跳跃活泼的节奏，踩着一地梧桐落叶走街串巷。这就是老上海人称之为白铁匠，他的生活（沪语：活计）担，也称铜匠担，提点着市民：西北风起了，大闸蟹的脚硬了，屋里厢过冬的火炉要装了……

白铁匠的一副生活担子可谓麻雀虽小五脏俱全,一头是一只炉子和烧火炭,另一头是白铁筒以及工具,这些白铁匠很不简单。他们一般手头都有相熟的老客户。每逢秋风乍起,他们就会老马识途上门来装火炉。所谓装火炉,就是把白铁管,节节相套呈 L 状,与火炉衔接将废气引往窗外。听似简单,但这可是人命关天的"生活"。万一密封不好,一氧化碳外泄会引起中毒。

我还记得常来我们家的那位白铁匠长脚老高,就住在长乐路沿街。白铁匠的工作是候鸟式的,秋天装炉子,开春拆炉子,余下的时间就像一个流动的小五金修配铺,从配钥匙、修补汤婆子、定制各类五金家用模具(如蛋糕模子、油墩子模子)。钢精锅子铜吊的底肚调换等等,是上海民生不可缺的一道服务,乃至"铜匠担"在上海闲话中也成为一个形容词——形容某人动作太大,发出声响过大,就会说:"你哪能像只铜匠担,闹猛来……"

小时候每逢看到家里炉子装好了,我和哥哥不知为什么总是很有一种兴奋和向往之感。这点和我相差 24 岁的侄子都有同感。我想是因为冬日的炉子意味着温暖与团圆。

这种火炉是烧大煤饼。为了节约煤饼,一般都在冬日的黄昏时分,上班上学的都回来了,才开始生炉子。在我们小时候,煤饼都是计划供应。因为容易破碎,所以搬动起来必须小心翼翼,近乎虔诚。先将煤饼放在铁胆内,再把铁胆在煤气灶上引燃。看着天蓝色的火苗从蜂窝煤里窜出来,就像一群蓝色的小精灵在欢乐地飞舞。在我们的一片欢呼声中,爸爸提着火旺的煤饼放入炉膛里,屋里感觉顿时温暖起来。窗玻璃上就会很快布满水汽，有时连水汽也会结成冰花。我和哥哥就会在窗玻璃上写字画画。我们小时候如此，我的女儿和侄子也有同样的记忆。

晚饭过后正是炉火最旺的时候。妈妈总会在火炉上搁一吊子水，以备家人冲汤婆子和洗脸洗脚之用。因为生了炉子就总要设法煮点什么吃吃。那时物资供应贫乏，但爸妈总有办法。通常搁上红枣赤豆粥之类。最不起眼的宁波白年糕，父母亲会把它们切成一片片，放在炉子上蒸，蒸得软塌塌糯笃笃，再沾上伴着绵白糖的黄豆粉，又可口又有营养，感觉比现在的披萨饼更可口。爸爸还会把单位里买回来那种刀切淡馒头切成薄片放在法兰盘里在炉火上烤成金黄色，然后抹上摩洛哥油浸沙丁鱼。当时上海每家分大小户一月定量供应罐头票，而摩洛哥油浸沙丁鱼是少量不用票额的罐头食品，现今这种海盗牌沙丁鱼仍在各大超市有售，又腥又油，我仍热衷用以涂抹面包，或许就是为了追忆那舌尖上的记忆……60年代粮食供应中要搭一定比例的山芋，桂花山芋汤常会在炉子上出现。爸还自己设计一种中空的烘箱让白铁匠长脚老马敲打出来，搁在火炉上专以烘山芋，甜焦的香味弥漫着整个房间，实在没有啥可吃，就会将晚饭的剩菜和上面疙瘩，一样又鲜又香。此时爸爸总会放上几张唱片，在音乐声中，炉火渐渐熄了，我们仍围炉而聚不舍得散，直到炉子快冷却了，才捧着又暖又饱的肚子上床！

"文革"开始了，割资本主义尾巴，把白铁匠长脚老高的生意也割掉了。再说那时哪家还有心思生炉子拆炉子。一度除了医院和幼儿园之外，小孩子都不认识火炉了。

直到 70 年代中后期,严冬终于过去了。上海出于对老人照顾,恢复供应取暖煤饼,父母亲这才又找出废弃多年的火炉,在长乐路找回了老高。在不生炉子的日子里,我们家里根本与白铁匠无关的大小事宜,比如"文革"中每家派发做防空洞砖头的差事,都找老高帮忙。从前的人情就是这样绵长和深笃。我们家的炉火又旺起来了。且又多了一层用途,在炉子四周搭一个铁丝栅栏,用来焙暖女儿和侄子的小衣服,让他们可以暖暖地穿上身。就这样一只炉子给温暖了两代人的童年。

上海供应大大好转了,煤饼敞开供应,炉子可以从早生到夜,火炉上的美食也丰富起来。晚餐桌上的一品锅,热辣辣地直接从炉子上端到餐桌上还在笃笃冒泡。最令我怀念的是妈妈煮的火腿粥,直到 80 年代,静安寺的腌腊店还有出售切成薄片的熟火腿。刀工熟练的老师傅,将火腿切成薄薄的一片片,如鱼鳞般整齐地排在油纸上,这是煲火腿粥的佳料。这是我女儿侄子的最温馨的舌尖上的回忆。同时,烘山芋的甜焦香味又重新在家里弥散,现可是升级了——将流着糖汁的烘山芋连皮压碎,拌上白脱油,这种土洋结合的吃法可是老上海十分流行的,据说源自美国北部印第安人之法……

说起来炉子有很多缺点,首先对城市的空气污染,而且又占空间,开春了还要放置炉子和管子的空间,另外煤饼也需要空间堆放,哪有如今空调那样方便科学。但每逢冬天,我们全家还是时时怀念生炉子的时代,还有那位憨厚手巧的长脚老高!

2013 年 1 月 9 日

咖啡馆(一)

——老上海一道不可缺少的风景

　　咖啡,不单单是公认的一种饮料,外加还是仅次于石油、可以在世界市场上合法买卖的期货。因历史的原因,欧美在阿拉国民心目中一直为时髦发达的标志,所以当咖啡一进入上海滩,再加上本身成本高昂,价钿自然不菲。要论咖啡在中国最普及的城市我想应该是上海。上海人向来喜欢赶时髦、别苗头、扎台型,所以吃咖啡与其说是一种口舌享受,不如说是一种生活方式和市场的标记,并逐步发展成一种优雅时尚城市生活的符号,咖啡馆也因此被广泛应用在城市硬件建筑之中。可以提升整条马路的时尚指数和文化氛围。旧上海的霞飞路(现淮海路)和静安寺路(现南京西路)之所以在上海地图上风景这边独好,就与咖啡馆的密集有相当关系。光想想它们的名字——Hot Chocolate(沙利文)、DDS(甜甜丝)、Rosemary、Mars(东海)、Jimmy(吉美)、Philadelphia(飞达)、老大昌、凯司令、康生等,好比夜空中的闪闪繁星装饰了一个喧闹多彩的都市。

咖啡馆派生出一道最绚丽的文化色彩就是具有异国风情的温馨浪漫。但是要在老上海站住脚,哪怕最时尚、最摩登的咖啡馆也要根据不同的服务对象和环境打不同的牌。老上海咖啡馆一般分为两大类,一类是商务行政型的,如位于大马路(南京东路)的 Mars(东海)和德大,因四周洋行银行密集,所以店堂的布置侧重敞亮方正,比较硬气,有利于公司与客户的接待。中央商场的 Jimmy(吉美)在笔者印象中,面积不大,但原木白坯的卡座,用碱水刷得雪白洁净。咖啡杯是那种白底蓝边的粗瓷,同时还供应三明治、热狗之类的简餐,完全为了方便那边工作的白领午餐。吉美一直开到文化革命,他们的草莓冰激凌至今令我齿舌留香……

而到了被称为上海时尚地标的静安寺路,电影院、夜总会、舞厅遍布四周,是情侣和时髦人最中意的地方。个搭的咖啡馆当然要极力营造一种温馨浪漫的氛围。可惜我养得晏(沪语:迟)了几年,无缘感受到老海派咖啡馆的氛围,幸亏还来得及看到它们远远逝去的背影。

海派文化的精髓就在于以最低的成本推出最有特点的精致。咖啡馆的本意在国外就是单售咖啡、茶以及简单的点心。然到了上海,或许出于店铺租金的昂贵,当然还有消费者的需要,一般老上海咖啡馆都与西餐合二为一,集门市外卖,包括糖果、饼干、曲奇糕点、午茶、冰激凌于一身的多元经营。为了竞争,除了咖啡外,还形成了每家咖啡馆各自的拳头产品,如老大昌的拿破仑蛋糕、凯司令的栗子蛋糕、沙利文的牛茶鸡茶、天鹅阁的奶油鸡丝焗面、东海的柠檬派、吉美的草莓冰激凌、飞达的鸡卷、起士林颗粒饱满又浓又香的浓味咖啡糖……相比之下，虽然今天的上海咖啡馆遍布各处，但除了红宝石的奶油小方之外，你还能想起这些咖啡馆有哪些特色的糕点小吃吗？讲穿了只不过是星巴克的翻版，而不是"Made in Shanghai"的风味。

咖啡种类很多，但其实就分两大类，欧式和美式。老上海往往流行喝香而浓的欧式咖啡。随着咖啡的普及和美式文化的抢滩，特别是 1938 年雀巢速溶咖啡的问世，二次大战胜利后，上海年轻人开始爱上了香而淡、量偏大（用马克杯）的美式咖啡。如果没记错，吉美就是抗战前上海较少的一家比较典型的美式咖啡馆。

吉美在上海有两家，一家在中央商场，另外一家在四川路。讲起来四川路这家吉美还是沿马路的，又敞亮，位置比勒拉中央商场里厢的好。但正应了商家的一条铁律"地段、地段、还是地段"，四川路这家就是做不过中央商场的。

2013 年 1 月 19 日

　　因为非洲是咖啡的出产地，解放后亚非拉是中国最好的朋友，所以虽然咖啡一直是作为资产阶级生活的典型，但解放后上海仍有咖啡敞开供应。而且仍有国营咖啡馆陆续开出来，如南京西路铜仁路转弯角上的"上海咖啡馆"，南京西路西康路转弯角上的"海鸥"，南京西路黄陂路转弯角上的"海燕"……上海毕竟是上海，在上世纪五六十年代，"左"风如此结棍（沪语：厉害）之下，这些国营咖啡馆仍恪守着咖啡业的游戏规则，窗明几净，优雅安静，台子上铺着洁白的桌布，还插着一小瓶鲜花。不像当时的饭店乱哄哄，桌面油腻腻，还泛着一股揩布臭。

　　印象最深的是"上海咖啡馆"。伊是作为公私合营后的上海咖啡厂门市而开出来的。上海咖啡厂原名 CPC 咖啡厂，是老上海也可能是全中国唯一一家咖啡豆加工厂。从前辰光,一罐听头的 CPC 咖啡属十分体面的礼物。一般都是女婿孝敬丈人屋里的首选。至今记得,踏进上海咖啡馆,迎面一只大鱼缸,养满了热带鱼。顺着螺旋形楼梯上去,楼上雅座更显幽清。虽然没有背景音乐,仍足以过滤掉当时一些强硬的、令人不安的时代背景。难怪无论是"文革"前还是"文革"结束初期,上咖始终是一些老资产、老小开最喜欢孵的咖啡馆。讲起来其实在"文革"后期,上咖已经又不露声色地恢复经营咖啡西点了。伊格鲜奶蛋糕当时卖 3 角 5 分一块,是的的刮刮鲜奶油。红宝石的过老板亲口说,伊烘焙红宝石鲜奶小方的参考标志就是上咖的鲜奶蛋糕。

"文革"结束后,上海滩第一批想钓金龟的小姑娘,都欢喜孵在上咖。那时候大部分上海人还比较穷,能在上咖出出入入的男士,在当时自然算有点力霸。传说有位风流老小开,开着当时十分稀奇的日本摩托车,专门勒格搭挑小姑娘,遇到中意的,将左手袖子管一撸,只看手臂膀上,一溜七八只雷达表,让小姑娘随便挑一只,挨个辰光,没有个商品房,也没有LV 之类,老小开的几十万一时头上还真没地方出笼!

慢慢叫,买卖外汇券、倒买外汇外烟的,都把目光铆牢上咖,上咖开始名声一落千丈,乌烟瘴气,不久就关特(沪语:关掉)了。

即使在困难时期,上海市面上仍有咖啡供应。为了刺激咖啡的销售,国家政策规定,每听咖啡奉送两张糖票(约半斤),凡堂吃咖啡一杯,另外奉送方糖两块。

从上世纪 60 年代到改革开放初,咖啡豆的价格一直是 9角 8 分一两,那时我知道上海只有两家大型食品公司,一家是南京西路陕西北路口的泰昌（现中信泰富），还有一家是淮海中路陕西南路转角的万兴，有轧咖啡豆的机器。机器一转，整个店堂都飘香。这两台老爷轧咖啡豆的机器是否还完好？否则倒也是上海咖啡文化的一个见证。

哪怕解放了，上海人介绍朋友，但凡上点档次的，一定会约在咖啡馆，很少会约着吃小笼馒头小馄饨。因为"咖啡馆"三个字在上海，始终代表了一种层次。特别男方，哪怕从没进过咖啡馆，也得硬着头皮去开一趟洋荤，否则显得太土了！

曾经梦想开一家咖啡馆。80年代先生家落实政策归还了愚园路张爱玲故居对面的带个小花园的三层小楼，我天生爱朋友，爱听故事，爱美食……开家咖啡馆，名字都想好了"蓝屋咖啡馆"，可惜家人一片反对。

咖啡馆开不成，只好在屋里过瘾。反正我都以一杯香浓咖啡迎接新的一天！

2013 年 1 月 19 日

咖啡

—— 上海人挥之不去的情结

对大部分老上海人来讲，除了谈情说爱或者商讨点事体才去咖啡馆，大部分人还是喜欢孵在屋里厢吃咖啡，又经济又惬意。从前上海有句称赞家主婆能干的闲话"我太太烧得一手好菜"，这句话到了一些洋派的屋里厢，往往会变成"我太太烧得一手好咖啡"。随着咖啡文化融入老上海的上流社会生活，洋派人家的女儿嫁妆中必有一套精致的英国骨瓷茶具和一把咖啡壶。

讲到咖啡壶真是花头经杂多。但我还是最欢喜传统的、壶盖上戴着玻璃球的老式咖啡壶。常听年轻人抱怨，一天不吃杯咖啡魂灵头就回不转。我想对这点小青年来讲，这只能算无病呻吟，根本不能算咖啡瘾。在伊拉，咖啡只是显示生活质量的标签。真正的咖啡瘾发作起来，根本不是魂灵头回不回来的问题，而是如鸦片瘾头发作一样，总会千方百计、不惜代价。

听老人讲，上海沦陷后，与外界运输中断，市面上再也没有咖啡进口，全靠战前囤积的余库度日，故上海咖啡馆仍开得闹闹猛猛。当然一部分是靠黑市进货，据讲都掌握在犹太人手中，也有不少是用炒焦的大麦代替。咖啡老枪们心里明白，有没有咖啡因已不是太要紧。要紧的是吃咖啡的整个过程、氛围和心理。与醉翁之意不在酒颇有异曲同工之处。

"文革"中，原大中华橡胶厂老板全家扫地出门，勒我屋里附近一汽车间里，靠一人一月 18 块生活费过日脚，每逢从伊拉汽车间里飘出咖啡香，就知道是伊拉领生活费的日脚——伊拉拿到生活费，不是先去买米，而是先去买咖啡。

我先生的外公——上海出名的绿房子的主人吴同文，"文革"中与姨太太双双携手共赴黄泉，也选择了咖啡——用咖啡（姨太太是公认的烧咖啡的好手）送服安眠药。一壶又香又浓、滚烫的咖啡，是他们对人生最后的一点依恋。

"文革"中我屋里当然也不能幸免，但饭后咖啡还是不断。咖啡壶被抄掉了。婆婆就用纱布做了一个袋，把碾碎的咖啡放在袋里，然后放入牛奶锅里煮，一样香浓。因为咖啡杯也被抄掉了，就倒在饭碗里喝。我的先生还开玩笑，这不像在喝咖啡，像在喝中药。可谓是苦中作乐，苦中有甜。我们的宗旨是，明朝的事体明朝再讲，今朝该哪能（沪语：怎样）过还是应该哪能过，比如每天合家晚饭后能围桌一杯咖啡，已是不幸中的大幸！

我有一位老法国留学生出身的姑父，是译文出版社的法文翻译，即使"文革"中，伊吃咖啡还一定要坚持一套程序，也就是说要有一套吃咖啡的腔调。哪怕杯盘已不成套，他也要坚持杯是杯、碟是碟、糖罐是糖罐。杯子先要用滚水烫过以保证热咖啡注入后不会降低温度。喝咖啡一定要有伴以炼乳和方糖，即使后来有了咖啡伴侣了，他还是坚持用炼乳，以保证口感香醇。曾问过为什么要用方糖，他说这是规矩，没有什么"为什么"。有人觉得喝杯咖啡何必那么繁琐，姑父就会讲，做人就是一个烦字，否则有啥意思。现在有了一定人生经验，想想这句话充满哲理。人生享受的不是一个结果，而是一个过程。喝咖啡也体现了同样的道理。

只是而今生活节奏繁忙，没有那时候那么多的闲时，大家拿着个大马克杯，稀里糊涂地将咖啡送下肚，哪还谈得上什么品位和回味？而且对如今用一次性杯子喝咖啡更是深恶痛绝。更可恶的是那些咖啡机，按几个硬币下去，咖啡就哗哗哗地出来了，就像百货公司里那些同一款式的批量服装，没有个性，没有特别口味。喝这种咖啡有什么乐趣可谈？

2013 年 1 月 23 日

中国临床肿瘤学奠基人和开拓者吴桓兴教授

——纪念舅公吴桓兴教授诞辰百年

　　吴桓兴教授（1912～1986），又名 George Wu（乔奇吴），如今上海八十岁以上的资深市民，说到老上海的中比镭锭医院院长乔奇吴，可谓无人不晓。上海镭锭医院是中国首家肿瘤医院，而吴桓兴教授为该院首任院长。

　　吴桓兴教授是我先生的舅公，祖籍广东梅县，1912 年生于非洲英属地毛里求斯路易斯港。父亲吴英奎是当地有名的侨领，在那仅有八十余万人口的岛国上，吴氏家族已在那里繁衍生息了一百多年了。家族二百余人，有的仍继承祖业种田经商，有的已成为学者专家，其中还有岛国执政党的领导人呢。吴桓兴这位将毕生精力都奉献给祖国临床肿瘤事业的专家学者活泼诙谐，精通摄影和音乐，而且特别注重仪表衣着，讲究生活品味，是位典型完美的"老克勒"。我们都不习惯称他为舅公，而是随大流称他为"George 爷叔"。记得那年，他添了一对双胞胎女儿,当亲友纷纷向他道贺时,他毫不"谦虚"点点自己鼻子,得意地说:"哪能,我本事大吧?"作为上海女婿讲着一口外国腔的上海闲话和普通话,写出的汉字真不敢恭维,他欢喜"澎恰恰"和麻将,虽然跳的是"野野糊"(沪语:差劲),麻将台上又常做相公,却仍热衷。

一

　　舅公的母亲死于癌症,因而自小发奋读书立志学医,以挽救更多的生命。1929 年,他以全校第二名的优异成绩毕业于毛里求斯皇家学院的高中,并通过英国剑桥大学的海外考试,免费进入剑桥大学预科。本可理所当然升剑桥继续深造,但父亲希望吴家的后代能得到中华文化的直接熏陶,建议他回中国学习,他就是这样带着家庭的嘱托回国的。他自己回忆说:"我曾是一个伤感的爱国者,从小在国外,一听到中国歌曲就会想流泪。"

　　当时的毛里求斯还是英国人的殖民地,华人与土著黑人一样处处受到白人的种族歧视。在小学读书时,有色人种坐在后面,老师教学对白人子弟有说有笑,倍感亲切;而黑人华人的子弟,常被冷落在一边。毛里求斯四面环海,常有英、法、美、日的兵舰商船停泊,那时小小的吴桓兴常常伫立在海边,望着茫茫的大海,很想能看到中国的舰船,却怎么也看不到。

　　常言说得好,有其父必有其子。父亲吴英奎一生有两件事深受当地华侨的赞扬:一是抗战时,他曾献出家产支援祖国抗日;另是不管学费多昂贵,坚持对子女的培养。新中国成立后,吴桓兴的成就使远隔万里重洋的毛里求斯华侨感到欣慰。在吴桓兴父亲的动员下,他的二十多个亲属都回国参加社会主义建设。

　　1931 年,舅公从剑桥大学预科毕业后,只身来到上海,进上海震旦大学医学院。1936 年,获医学博士学位后出国深造,先后在比利时布鲁塞尔医学院肿瘤研究所、比利时比京医学院、英国皇家医学院肿瘤医院、英国伦敦大学等高等院校进修,分别获肿瘤学和放射医学文凭,并任英国伦敦大学医学进修医院附属医院放射治疗科副主任。舅公回忆,这段欧洲留学生涯不仅为他日后的事业打下扎实基础,更是他青春放飞最值得回忆的时光。在那时,他与中国血吸虫病研究专家毛守白及正在那里深造的歌唱家周小燕与郎毓秀结下终生难忘的清纯友谊。其中有不少故事,然舅公将其深深埋在心灵深处……

　　抗日战争胜利后,中国遍体鳞伤,急需各种人才。一天,他在医院墙上看到一则为支援中国招募人才的启事。难以压制的爱国热情,令他毅然谢绝院方的热情挽留,放弃伦敦大学的优越生活和待遇回到上海。并于 1946 年出任中国当时首家也是唯一的一家肿瘤专科医院——上海中比镭锭医院(即今上海肿瘤医院)的院长。当时的镭锭医院只有四十张病床,经费与人才都十分贫乏。在他的努力下,这所医院的医疗水平迅速提高,一时上海镭锭医院的 George Wu 蜚声中外。1949 年,有国民政府高官专门给他送来去台湾的机票,他婉拒了。1950 年抗美援朝战争爆发,他受中央军委委托,不及向家人告别,便穿上军装,跨过鸭绿江,抵抗敌人的细菌战。在此期间,他还为祖国分忧,每月捐出自己工资的一半,还主动把自己的花园洋房和小轿车献给国家,后来他又甘心领取按当时七百斤小米计算的工资待遇。到 1962 年的经济困难时期，他再次放弃保留工资，主动降低工资待遇。由于他长期生活在国外，已经养成欧美人以吃肉食为主的生活习惯，一下子很难适应，出现下肢浮肿，有关领导设法给他一些营养补助，都被他拒绝了。1952 年，他服从政府调配，全家迁离上海赴北京中国人民解放军军事医学科学院工作，负责创建国内一个崭新的学科——放射生物学专业，为原子能的广泛应用提供医学保障。从此就在北京安家落户。1954 年，他父亲从毛里求斯回国观光，看到离别多年的儿子，老泪纵横："乔奇，我老了，你和我一起回毛里求斯吧。在那里可以开业行医，也可到政府谋职，我已经给你房子都买好了。"但他对父亲说："祖国迫切需要人才，我要是在这时离开，你也会感到遗憾的。"

二

　　十年浩劫中，舅公受到无端的政治迫害，提出要回到毛里求斯。正好那时周恩来总理患病，很多老领导对他都很信任，令他又留了下来。在为周总理治疗的过程中，他是特别用心，却也常常由于未能按他的方案进行治疗而痛心，并对那时的医疗小组制订的保守医疗方案十分不理解。总理几次病情恶化，他都心急如焚。有次病重的总理问舅公："癌细胞究竟是个什么东西？"舅公就用通俗易懂的语言向总理做了解释："癌细胞这东西的确不能等闲视之，它善于四处活动，跑到人体的其他部位，在那里建立新的据点……法国有一位生物学家，称它为'无政府主义细胞'。"总理听了开怀大笑："这是一个十分好的比喻……"总理爽朗的笑声让舅公燃起了希望⋯⋯总理辞世后,邓颖超大姐将一个座钟送给舅公做纪念,并向他道歉:"总理是党的人,要听党的决定。有些事未按你的建议做,请你谅解。"每逢他回忆这些往事时,总是难以控制感情,热泪盈眶。

"文革"中,好多老革命和民主人士都受迫害,在就医治病上受到种种刁难。舅公不顾自己本身也处境困难,不见风使舵不明哲保身,仍尽力为他们做最好的治疗。当时溥仪患肾盂癌,此时周总理也不能照顾溥仪了,舅公本身也靠了边,但仍冒险为溥仪设计部分肾照射。此时,溥杰的日本妻子从日本带来血浆,但没有人敢给他使用,舅公就冒险地请护士给溥仪滴注。当溥仪最后病逝时,舅公对此很伤感:"我们连皇帝都能改造好,为什么就不敢给他做透析?"

那次,他给陈毅同志诊疗,病重的陈老总轻声问:"告诉我,在最近几年里,你有没有想过离开祖国?"舅公看看周围没有闲人,就说出了心里话:"想过,但事后冷静地想,那些攻击我的人,绝不能代表真正的人民。再说,我也不忍心离开祖国和我的事业。"

陈老总听了连连点头,陈老总也是留法的,一次突然对他说:"很想与你一起唱一曲法文《马赛曲》,可惜我已记不全歌词了。"舅公当日立时让女儿找出《马赛曲》全部曲词,自己先认真练习了几遍,然后再与陈老总合练,病房里响起了两位老留学生苍遒的《马赛曲》歌声⋯⋯

三

心怀一颗仁慈之心,舅公对所有病人,不论地位高低都一视同仁。

有许多平民病家因种种原因轮不上去医院请他诊疗,辗转打听到他住址后,大清早就去他居住的小区门口传达室候着,希望能拦到他的汽车抓住一线机会,得知这个情况后,舅公就有意让保姆每天一早去传达室"侦察"一下候在门口的病家人数,以便留出相应时间提早出门,就在传达室里为病家诊疗……

讲起来,舅公这种将病家放在第一位的品格,舅婆毛芝英早已习以为常,见怪不怪了。她清晰记得,1946年舅公留学归来,这对已分离了十年的未婚夫妇终可得以团聚,舅婆满怀盼望地去船码头接他,翘首之际,突然看见他在甲板上被一簇人拥着匆匆登上一辆汽车走了,原来有位病家早已"铆"上他了……

遗憾的是,这位半个世纪来终日与放射线打交道,从癌症手里夺回成千上万患者生命的国内外著名肿瘤放射医学家,他自己患上了巨球蛋白血症,想来与他长期与放射线接触有关。就在他病重期间,又有一个病人前来求医,家属想婉言谢绝,舅公却阻止他们:"不要拒绝病人的请求,我不能去医院,可以请他到这里来看嘛。"就这样,病人家属带着病例来到舅公家中,舅公就靠在沙发上查看病例,对病人今后检查治疗提出建议,折腾了一个多小时,一丝不苟地诊断完了他五十年医学生涯的最后一个病人,十二天之后他去世了。

如今舅公终于回到他的第二故乡上海,长眠在福寿园。

2013 年 1 月 29 日

　　要说上海女人的经典形象，十有八九就是斜襟上插着一方麻纱绢头、手执一把檀香扇的旗袍女士。就这样，在历史板块的碰撞下，在传统与现代间，东方与西方间，约束与开放间，一身款款旗袍，承载着历史的沧桑和现代的亮点，弥漫着浓郁的上海百年时尚风情，旗袍升华为今天全球华人女性最经典的民族华服。

　　旗袍看似密实，其实最是性感，旗袍的性感，是一种恬淡的靓丽。

　　旗袍好比上海的石库门，石库门是来自法国的概念，旗袍根本也是时装化了的西洋概念，只是在领口门襟工艺细节上仍保留传统中国女装的精华。

　　旗袍在未进入上海前，只是一件肥大的没有腰身的、男女装无太大区分的褂子，细节工艺极其考究：绣花、缀珠，嵌、切、滚,做工精细得很。旧时的旗袍为两截身,褂子长及小腿,内配绣满精美图案的宽大裤,但到要见外客时,必须再系上裙。

到了清末民初时代,女子开始从三寸金莲走向天足,旗袍已走出两截装(褂袄加裙子),开始进入真正的旗袍时代。所谓旗袍,除了将原先的上装放长至脚踝,以充分显示代表新时尚女性的天足,但仍显宽松、保守地掩饰着女性曲线。自上世纪 20 年代起,烫发与高跟鞋开始在上海时尚女子之中流行,女人的旗袍也开始相应西化了:旗袍开始吸收洋装的收腰、打胸裥装袖等西方裁剪工艺,尽显女人玲珑的曲线,并相应提升旗袍长度以显示女性足登高跟鞋的双足。但凡经济学家都认可一条铁律:女人的裙子长短绝对跟着社会经济的强弱走,即经济越好女人的裙子越长,经济越差女人的裙子越短。作为东方巴黎的上海,女人的旗袍长短也跟着这个规律走。上世纪 30 年代堪为上海的流金岁月,繁华昌盛,再加上高跟鞋的流行,30 年代的旗袍都长到脚背,在小腿处开衩,隐约之间时隐时现女人紧裹丝袜的小腿,尽显玲珑曲线,那应该是上海旗袍工艺发展的鼎盛时期。

到了上世纪 40 年代,上海沦陷,经济萧条,女人的旗袍开始缩短到双膝,那些复杂的嵌、切、滚传统工艺全部取消,一切以简约代之。

50 年代,新中国成立,旗袍作为旧上海的时尚符号,一度不为新社会所接受,渐渐淡出上海女人的生活。直到改革开放后,才又开始在市场上露面。但毕竟相隔太久,再说很多传统工艺都已后继无人,上海的旗袍再要回到三四十年代那种鼎盛时期看来是不可能了,再加上现今生活节奏快捷,在职场上是没有礼让女性之说的,旗袍这种有意约束女性举止的装束已不再适合职业女性的需求了,如挤地铁、赶公交、骑自行车……所以说,旗袍已经很难回到三四十年代那种顶峰。

俗话说,男怕入错行,女怕嫁错郎;殊不知,在老上海还得加一句,女怕穿错衣。上海百年时尚一般分三大派:学院派(职业女性)、公馆派(富家太太)、时髦派(交际花、舞女、明星)。同样一件旗袍,就能让你看出穿旗袍女性的职业身份、学识教养……这是非常重要的,教会学校的学生、写字间的女职员,包括女医生、女教师等,她们选择的旗袍一般都是麻纱、薄呢等色泽比较素雅沉稳的面料,不花哨、不张扬,也没有太多的装饰,只是适当做一点点缀。皮鞋后跟的高度适中,绝不会配那种细脚伶仃的高跟鞋。有钱有身价的公馆太太,她们的旗袍同样也不张扬,但做工极其考究,不少旗袍纽扣本身是用翡翠、玛瑙做的,不少还配有精致的手工绣花,旗袍偏向宽大,最典型的莫过于宋庆龄女士的旗袍,雍容华贵。至于明星派的旗袍,那可真是百花争艳,各出奇巧,而且尽量显示女性起伏的曲线,并配以细脚伶仃、几寸高的高跟鞋,真可谓摇曳生姿、步步生花,只是限于当时的社会道德约束,这样的装束往往被看成是不正经的。

旗袍本身生动具体地演绎了海派文化的真谛:海纳百川、中西结合、古为今用。西方的时尚元素和中国传统的审美在旗袍身上结合得那样和谐完美,真可谓天作之合。旗袍本身就是百搭,外面既可配皮草,也可搭配羊毛开衫,或者小外套,雍容随意,别有风味,各有风韵。旗袍也适合任何年龄阶层的女性,从青春少女到高龄妇女,都相宜相适。面料也可多元,从最普通的阴丹士林棉布到绫罗绸缎、羊毛薄呢,甚至用毛线编结都合适,只要搭配恰当、场所合适,都可穿出道道风景。要让旗袍穿得好看,最主要的是一个人的内涵:婉静、优雅、动作幅度不能太大,言语要斯文,不要搔首弄姿,这才是最重要的。

2013 年 2 月 13 日

关于麻将申遗，公说公有理，婆说婆有理。笔者倒认为，申遗成不成功不是主要的，我们要发扬麻将中所蕴藏的民间文化。记得小时候弄堂里有首儿歌"淘米烧夜饭，夜饭吃好了……麻将拿出来，搓搓小麻将呀呀呀，来来白相相呀呀呀……"或许会有人觉得这首儿歌不健康，小市民气太重，不过我倒是认为它很生动地勾勒出了一幅上海市井小市民安逸、知足的生活场景。

老派上海话叫"搓麻将"，而不叫"打麻将"，一个"搓"一个"打"，从字面上看，"搓"要斯文多了，"打"就显得急形恶状。会搓麻将的人都知道，台湾麻将跟广东麻将来去都是蛮大的，只有上海的老派麻将，来去蛮小。上海的麻友（麻将搭子）最恨那些"跌倒糊"的人。所谓"跌倒糊"就是直奔输赢主题而不懂得享受整个搓麻将的过程，这种人的牌风是最不受欢迎的。上海麻将的特点就是讲究做花：什么"喜相逢""一般高""大三元""全风向""一条龙""十三勿搭"等，再加上小点心吃吃，香茗品品，闲话聊聊，充分摆明了上海麻将是以消遣怡情为主，银钱输赢为次。

上海人就是会过日子，即使搓搓小麻将也有一定的讲究，因而衍生了一系列独特的麻将文化，犹如英国下午茶。英国因为下午茶出名，因而衍生了英国的糖果、饼干，还有骨瓷茶具都为世界著名。上海麻将也是一样的道理，老上海人家，只要是中上等人家，家里总有一个红木麻将桌，配四把靠背软垫椅子（如果是四张硬邦邦的骨牌凳，几圈麻将搓下来怎么吃得消）。那种类似八仙桌但四边有道楞的桌子，四面各有一只小抽屉，是专门放筹码的。再考究点的，还有专门的麻将落地灯。那是一种曲尺形的直接伸向台面的落地灯，配着乔其纱灯罩，令光线更加集中、柔和。考究的麻将桌，四个脚特别粗，上面专设有固定茶杯的座子。麻将桌上要铺一层厚厚的毡，上面再有一块浆烫得雪白的跟桌面一样大小的桌布，四角缝有布条以扎紧桌子四角并以固定。这样，打牌的时候手感会更好，而且比较安静。每个牌友的手边有把红木戒尺，用以将牌摆齐。特别是和牌时，用这把红木尺"啪"一拍，一排牌应声齐刷刷地倒下来，这种气势现在再也看不到了。以前连麻将牌也成为一种十分精致的工艺，不像现在的麻将牌都是塑料制的。在大部分人的眼中，麻将只是一种赌具，其实麻将也是一种工艺品，一般最普通的麻将牌是以竹为牌背，骨为牌面，都是手工的。考究点的，有象牙质与翡翠制成，也有全部是黄金制成的，当然这已经作为收藏所用了。这样的氛围，小麻将搓搓,来去小小的,不伤脾胃,闲话说说,吃吃点心,也是人间一乐。

有句上海话"要看这个人的人品,只要看他的牌品",还有句上海话"要看某人的档次,只要看看他的麻将搭子"。

上世纪80年代,在我们家里,我婆婆每个礼拜都要搓上两个半天的麻将,她的麻将搭子一位是著名老明星夏梦的母亲葛露西,那个时候她已经八十岁左右了,仍然风头十足。还有一位是我婆婆的母亲,即绿屋女主人——吴同文太太。还有海上名医王玉润的妹妹王雪梅。这一桌麻将也可以说是老上海历史的缩影,她们是一肚皮的上海滩故事!

她们每次来,都会轮流带各种点心:有生煎包,也有西式的栗子蛋糕,还有各种新上市的糖果零食,反正来之前先电话通气,以便带的零食不重复。做东的我婆婆,每次都负责如红枣白木耳、赤豆羹或汤圆小馄饨之类,麻将桌上有一条不成文的默契,但凡上次牌局赢的一方,必定多带一点点心之类,大家图个欢喜,而每次赢的一方就负责给保姆一点小费,所以,旧时的保姆找东家会先问一句:"东家家里打不打麻将?"如果打麻将的话,就会一阵窃喜,说明有外快。这种打麻将的乐趣,哪是外面那种棋牌室里一张塑料的自动麻将桌,四个不认识的人坐在一起,为了钞票争得面红耳赤,一副急吼吼的样子所能相比? 而且这种麻将来去都是很大的,许多人为此弄得妻离子散、倾家荡产。上海人的搓搓小麻将大部分是以相近的邻里朋友为伴,搓到上学、上班的回家就自动收场,俗称"卫生麻将",十分温馨,怡情,是真正概念上的搓搓小麻将,特别合适退休在家的老人。所以我觉得,麻将申遗能否成功不是主要的,而这种温润,可以锻炼脑力的功能倒是十分值得发扬的。

国外有桥牌协会,国际上有桥牌比赛,据说现在国际友人对中国麻将也挺有兴趣,麻将国际比赛中也有不少洋面孔。我们能否把上海小麻将的这种文化适当地融和进麻将国际比赛中,以真正地发扬中国麻将国粹,那才是最重要的。

2013 年 2 月 25 日

搓搓小麻将

关于麻将申遗，公说公有理，婆说婆有理。记得小辰光有只儿歌"淘米烧夜饭，夜饭吃好了……麻将拿出来，搓搓小麻将呀呀呀，来来白相相呀呀呀"。或许会有人觉得辣首儿歌勿健康，不过我倒是认为伊老生动个画出了一副上海市井小市民安逸、知足个生活场景。

老派上海闲话叫"搓麻将"，而勿叫"打麻将"，一个"搓"一个"打"，从字面上看，"搓"要斯文多了，"打"就显得急形恶状。会搓麻将个人，才晓得，台湾麻将跟广东麻将来去侪是蛮大个，只有上海个老派麻将，来去侪蛮小。资深个上海麻友，最恨个点跌倒糊个人，辣种人个牌风是最勿受欢迎个。上海麻将个特点，是讲究做花：啥个"喜相逢""一般高""大三元""全风向""一条龙""十三勿搭"等，充分摆明了上海麻将是以消遣怡情为主个。

上海人就是会得过日脚，就是搓搓小麻将也有一定个讲究，因而衍生了一种独特个麻将文化，犹如英国下午茶。英国因为下午茶出名，因而衍生了英国个糖果、饼干还有伊个骨瓷茶具都为世界著名。上海麻将，也一样个道理，老上海人家，只要是中上等人家，屋里厢总归有一只红木麻将台，配四把靠背软垫椅子（如果是四张硬邦邦个骨牌凳，几圈麻将搓下来，哪能吃得消啊？）。那种类似八仙桌但四边有道棱个台子，四面各有一只小抽斗，是专门摆筹码的。再考究点个，还有专门个麻将落地灯。那是一种曲尺形个直接伸向台面个落地灯，配着乔其纱灯罩，令光线更加集中更加柔和。考究个麻将台，四只脚特别粗，上面专设有固定茶杯个座子。麻将台浪，要铺一层厚厚个毡，上面再有一块浆烫得雪白个跟台面一样大小个台布，四角缝有布条以扎紧台子四角。辣能嘎，汰牌个辰光，手感会更好，而且比较安静。每个牌友个手边有把红木戒尺，用以将牌勒齐。特别胡牌时，用辣把红木尺"啪"一拍，一排牌应声齐刷刷地倒下来，这种气势现在再也看不到了。老早底连麻将牌也成为一种交关精致个工艺，不像现在个麻将牌侪是塑料制个，现在勒大部分人个眼中，麻将只是一种赌具，其实麻将也是一种工艺品，一般最普通个麻将牌是以竹为牌背，骨为牌面，都是手工个，考究个，有象牙质与翡翠制成个，也有全部是黄金制成个，当然辣已经作为收藏所用了。辣能个氛围，小麻将搓搓，来去小小的，不伤脾胃，闲话讲讲，吃吃点心，也是人间一乐。

还有句上海闲话"要看迭个人个人品，只要看伊个牌品"。也有句闲话，"要看某人个档次，只要看看伊个麻将搭子"。

　　上世纪 80 年代,辔辰光,勒阿拉屋里厢,我婆婆每个礼拜都要搓上两个半天个麻将,伊个麻将搭子一位是著名老明星夏梦个姆妈葛露西,辔辰光伊已经八十上下了,还是风头蛮健。还有一位是我婆婆个姆妈,即绿屋女主人,吴同文太太。还有海上名医王玉润个妹妹王雪梅。辔一桌麻将台,也可以讲是老上海历史个缩影,她们是一肚皮的上海滩故事!

2013 年 2 月 25 日

用
生
命
烹
制
而
成
的
咖
啡

曾汶伯伯张芝老师钻石婚的盛况还历历在目,马上又迎来曾汶伯伯的九十华诞,真令人高兴。

说起来曾汶伯伯的家族与我们程家还是三代世交,有我祖父银行界的好朋友,还有我姑姑的初恋男友。我们家的长辈忆起他当年在港大做学生时的英俊潇洒还津津乐道,还有我在各领域的好朋友,他们不一定全部姓朱,但都源自朱家这棵家族之树,难怪与曾汶伯伯张芝老师一见如故,第一次见面就好像认识了好久好久,特别他们家的那把可以说是历尽沧桑的顶上有个玻璃球的咖啡壶,更令我倍感亲切,总感到烧得出一手好咖啡的靠的不是技巧,而是一份对咖啡的切身感受,对人生的一份醇厚的体念。那天在曾汶伯伯家下午茶,当我看到桌上竟然还有现已十分罕见的本料色拉盆,我"贼眼乌珠"一亮,不禁发出一声惊呼:"这真是劫后余生呀!"不料我这不登大雅之堂的细节没有逃过曾汶伯伯的老花眼,他对此大为欣慰,确实,有啥能比被人理解、被人赞叹更让人感到欣慰!

我一直称曾汶伯伯为朱家伯伯,某家伯伯是上海滩上最淳朴最亲切的称呼,正因为我们有太多的平凡的又是心有灵犀一点通的互相欣赏的细节,从英文老歌到好莱坞老明星到老上海生活的种种细节回忆,均有共同点。一句朱家伯伯,已包含全部真情,无需再加任何定语和修饰。因为路住得相隔太远,来去一次很不方便,所以我们不常见面,但每次通个电话总要说个老半天,怎么也说不完,说真的今日今时这样能讲得上的忘年交越来越少。

人不可貌相,外表看似儒雅,境遇不顺怀才不遇的曾汶伯伯竟能闯过一个又一个生活中的坎,真可谓山穷水尽疑无路,柳暗花明又一村,迎来了他的九十华诞。何谓成功的人生,不是功成名就,也不是金玉满堂,而是成功地跨越一个个障碍,如曾汶伯伯那样:有自己喜爱的事业——翻译,有自己永不放弃的爱好,音乐和咖啡,有执着一世的生活伴侣、孝顺的小辈,曾汶伯伯很幸福地拥有这一切。不过这里有一个前提,就是他自己首先不放弃对生活的热爱和追求,他终于尝到了自己穷一辈子的经历不舍不弃、用爱和生命烹调而成的美味咖啡,他没有什么惊天动地的丰功伟绩,而他对人生的态度和生命的热爱给我们很深的启迪,即此曾汶伯伯九十华诞,我以此短文感谢他对我的启悟之恩。

2013 年 2 月 30 日　周六　晴天

怀

念

乃

珊

忆程乃珊先生

贺友直

乃珊先生离去一个周年了：人一旦离去，不知怎的，时间过得特快。

我与乃珊先生本不相识，交往的缘由从一本《上海FASHION》开始。乃珊先生写的这本书，并非写一个故事，而是由大大小小三十多种事体合成往日上海的风貌。这类内容若是配上插图会更加好看些，于是出版社的编辑找到了我，要我为这本作品配画插图，作家和出版社相中我当然乐意，于是由编辑领我登门，初会乃珊先生，感觉平和友善，是位易于交往的人。

我们的合作有点特别，是等米下锅式的，她写好几篇文字交我配几幅画。我读过她写的内容，其中涉及的生活我没经历过，因为我出身在上海社会的底层，而她所写的内容事物场景未曾目睹更谈不上亲历，画这类插图依何为据从哪入手？

为此，我提出主张：依你写的主题，由我发挥。画插图不同于连环画，只要主题相符不必拘泥于情节故事。她处事很放得开，允我离题，所以才画出这三十几幅插图的。举例如"冰淇淋"我未见过更未尝过，就画了一个穷孩子捧了一只盛装机制冰的水果箱飞奔，叫卖："冷饮哦卖冰哦！"这冰块盛在碗里加醋放糖在穷人嘴里也可等同冰淇淋。又如"旗袍"一则，这在旧时，凡女人无论老中青多穿旗袍，为求有点意思，我画一个侧身的少妇，该突出的尽显其女性的诱人处——性感，尤其在画的女人的腋下旗袍纽扣处穿了一方手绢，在画上题了一句"羡煞轻薄儿"，这样处理既不离题岂不是更有意思？书出版后，乃珊先生对插图感到满意，认为是一次融洽的合作。

乃珊先生是浙江桐乡人，乌镇孔另境先生的纪念馆落成开馆，她当然被邀，我也有幸参加，然而在前年纪念馆落成五周年纪念活动时，我去了却不见她的身影，怎会缺了她呢，一问，说是身体不好，我猜想：不过是伤风咳嗽头痛脑热的小毛病吧。不料，过不多久听说患的是绝症。却又在报上登载她被聘为上海市文史研究馆馆员的消息，正为她庆幸之际又是报纸发出她去世的讣告，骤闻之下，太感意外。作为作家，她正进入成熟期，精力能力的旺盛期。可是天不赐寿，上海又失去了一位有成就有前途的女作家！

我的印象，程乃珊在哪，那里就有笑语声，而今，一只角落寞了。

「我们生来都是旅人……」

曹可凡

严尔纯先生从爱妻程乃珊遗物中找到一本题有我上款的《上海素描》，落款时间为"2011.8.15"。乃珊的"马大哈"远近闻名。除写作外，乃珊凡事大大咧咧，此书想必她写完后随便一放，便遗忘了。睹物思人，往事历历在目……

印象中，与程乃珊见面，大都是在餐桌旁或派对上。有乃珊的聚会大抵不会冷清，大声的话语和爽朗的笑声总是盈满屋舍。尤其边啜几口红酒，夹几筷小菜，边听她讲海上旧闻，是再惬意不过的事了。记得有次聊起"天鹅阁"的"鸡丝焗面"和"凯司令"的"栗子蛋糕"，她的谈兴忽然被激发出来，声调也高了许多："'鸡丝焗面'表面烤得金黄，内里却散发浓浓的芝士味，吃完之后齿颊留香，若再配上一碗蘑菇汤及一客冰淇淋，简直赛过活神仙；而'凯司令'的'栗子蛋糕'更是神奇，蛋糕以栗子泥堆成，外形呈球盖形，然后用鲜奶油裱出各色花纹,中间再放一颗艳红樱桃,极具海派风味。"平心而论,这两款食物均吃过不止一次,感觉不过尔尔,但经乃珊一品评,似乎徒然变成人间珍馐。

乃珊出身名门,祖父是知名银行家,丈夫严尔纯先生外公则是鼎鼎大名"绿屋"主人。因此,她待人接物讲究格调、品味,追求高雅精神气质。在她看来,格调与名牌无关,只要穿着得体,一件普普通通的衣服,照样显现主人的腔调。忘了哪一年去她家"嘎讪胡",我那皱巴巴的风衣居然引起她的注意。后来她在一篇散文中有过专门描述:"一身旧塌塌的米黄色风衣,颈上随便搭着一条颜色黯淡的(那种颜色新的看上去也像旧的)羊毛围巾,配一口略带苏州口音的老派上海话,貌似十分 30 年代,但谈吐思维却是摩登的。须知这些老牌风衣就是必须要穿得旧塌塌,风尘仆仆,漫不经心才显出气派,很有《北非谍影》中亨弗莱·鲍嘉的神韵。只有那些盲目的名牌追求者,不惜花几个月工资,求得一件英国名牌风衣,小心翼翼地赤刮辣新地上身,连褶皱都不敢起,那才寿头寿脑……"

虽然家境优渥,从小过惯钟鸣鼎食般生活,但乃珊身上毫无颐指气使的大小姐骄蛮个性。相反,倒是乐观开朗,古道热肠。朋友间有什么事找她,她从来就是有求必应。2011 年拍摄电影《金陵十三钗》,导演张艺谋提议,戏中我饰演的"孟先生"和女儿"书娟"那段对话,可否改用上海话,当然,还必须是老派上海话。于是,"程乃珊"这三个字立刻跳入我的大脑"内存"。乃珊及尔纯先生果然满口答应,不辞辛劳,逐字逐句修改。譬如:原剧本"孟先生"有句台词"书娟,爸爸一定会想办法把你救出来"。乃珊说,老上海人一般称"爸爸"为"爹爹",对女儿也很少直呼其名,总是以"阿囡"代替,以示亲昵。因此,那句词便改为"阿囡,爹爹一定会想办法拿侬救出来"。同时,她还提醒哪些字必须要念尖团音,语气、语调也要有那个时代的韵味。拍摄时,导演专门请了位"老克勒"到现场"监督"。一场戏下来,我和"女儿"以上海话你来我往,时代感瞬间弥漫整个摄影棚,连见惯世面的"老克勒"也不禁跷起了大拇指。导演自然大为满意,并特意请我代为向乃珊致意。原本还想请她参加电影上海首映式,不料那年12月,乃珊被查出罹患白血病,从此谢绝一切公众活动。

2012年春节,经数月化学及靶相药物治疗,乃珊病情一度得到控制。在阴阳界游走一圈后,她不仅没有消沉,反而愈加变得乐观,写作欲也十分强烈。于是,我试探着问她是否愿意为我的新书《不深不浅》写几句话,而且一再强调必须在健康状况允许范围之内。但乃珊毫无迟疑:"呒没关系,我来写,解解厌气也好。"仅仅一个月,乃珊便交出了这篇"作业"。当时只期待她写个二三百字,她却一口气写了千余字,还一再自谦"写得太长,废话太多"。她在文章中说我"属于老派的(traditional),但绝不老式(out)。他属海派的,但自有一道坚定不移的底线。这恰巧就是上海先生的特点。百年风云,云舒云卷,上海的城市文化不是一天打造出来的。为了生存,上海男人在时代的洪流里沉浮颠簸,渐渐打磨出一套顺应大都会游戏规则的应变能力……棱角虽已被生活打磨得溜光滴滑,不露锋芒,不张扬,却认认真真处理生活中的每一个细节……"文章表面上看似说我,实则却是她对海派文化的深度思考。大概过了半年多,我拿着新出版的《不深不浅》再次登门探视,却发现乃珊略显落形,状态大不如前。原来药物已无法遏制癌细胞的恶性繁殖,而骨髓移植也因超过年限而无法施行,前景暗淡。尔纯先生告知,乃珊对自己病情了如指掌,虽也有片刻情绪失控,但很快镇定下来,靠煮字作为心理支柱,陆陆续续写了十多万字的文稿。那时,对乃珊而言,书房乃是战场,是其生命的维系。她每日躲进狭小的书房,奋笔疾书,拼尽最后一点气力,说尽留存于大脑中有关老上海的悲欢离合。当生命之舟慢慢驶向终点,乃珊终于无力执笔,但丈夫仍一如既往将书房的灯开得亮亮的。起先,乃珊从卧房走到客厅途中还会往里张望。后来,她嘱咐不要再开灯了,因为有书房而无法写作对她来说,实在太过残酷。即便如此,她又忍着病痛,以口述方式留下若干篇万字以上长文。我知道,她是想和时间赛跑,以优雅的姿态跑完人生这最后一圈!因为她说过:"人生的起点和终点,我们都需要天使守护在侧。特别当生命缓缓降下帷幕之时,更需要仪式化的庄严之美。那不是迷信,是一份诚与敬,是生命的一个饱满润濡的句号。"

"我们生来都是旅人……不顾途中的危险、艰苦……虽然有时忍受不了,但有爱从四面八方伸过手来。让我们学会响应不倦的爱情的召唤,不陷入迷惘,不让惨烈的压迫用锁链将我们束薄!"张培往生后,乃珊以泰戈尔的这段话为挚友送行。芸芸众生如我们者,其实何尝不是匆匆而行的旅人,如若在有限的人生旅途中看到无限精彩的风景,便不枉此生。从这个意义上讲,乃珊的生命虽然短暂,却也是华彩的乐章。

这篇小文,不知何故,写写停停,前后竟花费整整一年时光,直至今日才得以完稿,算是放下一桩心事。身处彼岸的乃珊读了此文,不知是否会拈花一笑?

怀念程乃珊

陈思和

　　去年 4 月 18 日下午，上海作家协会举办赵长天的追思会，在弥漫愁云惨雾的西厅会场里，坐在我旁边的孙颙兄突然用手推推我，神色肃穆地递给我看一则手机短信：程乃珊病危了。我顿时感到愕然，一个人似乎不能同时来承受这样的精神风暴，一时有些麻木。然而那张弥勒似的圆圆笑脸却定格在我的心里，挥洒不去。几天后就传来了程乃珊的噩耗。我没有去参加程乃珊的盛大殡葬活动，我不想与我的朋友做生离死别，我有我自己纪念朋友的方式，程乃珊风风光光地去了，但是在我的意识里，她还活着，我还期待她写出最好的作品来。

　　上世纪 80 年代，程乃珊、王安忆和王小鹰是上海青年女作家的三鼎甲。尽管还是小荷才露尖尖角的时代，但是她们在起步时就展露出不同的创作个性和文字风格。小鹰的文学创作里兼通丹青丝弦，朝着儒雅美学一路发展；安忆一开始专注于雯雯故事,朝着精神自传的方向探索;而乃珊,始终不忘上海市井文化,走的是写实的道路,虽然她当时作品传递出来还是主流观念(如《蓝屋》《穷街》等),但是透过她笔下描写的生活细节,其蕴含的美学意义已经超出了主流观念,我们现在回头来看程乃珊的小说,不能不承认她对于上海这座城市历史的认知,很多地方都是超前的。在80年代我与不少北方的作家朋友谈起上海文学创作时,他们都把读程乃珊的小说作为了解他们心目中的上海影像的途径。那时候的上海还处在经济即将腾飞的前夕。

程乃珊最好的小说是她以祖父的经历、家庭历史为题材的长篇小说《望尽天涯路》(第一部,后来初版时,改名为《金融家》),那个时候她的创作正处于成熟期。我参加了这个作品的研讨会,会后觉得还有很多话要说,就以通信形式写了一篇书评。一般来说,用通信形式写评论,多半是作家与评论家比较熟悉才会采用。但我那时与程乃珊并不熟悉,只是阅读时有一种亲切的感觉,好像是我期待已久的一部写上海的优秀小说。我到现在还认为,程乃珊搁置了这部原计划中的三部曲,而忙碌于写老上海风情,是很可惜的事情。当然乃珊也有她自己的想法,我主编《上海文学》期间,程乃珊在刊物上连载了《上海男人》等专栏,写了好几年。我几次遇到她时都当面劝她趁精力旺盛赶快把长篇小说写下去,因为这样一个金融家的家庭史和中国半个多世纪来政局、经济变化紧密地交织在一起(包括上海和香港两个城市的互动和承续)的故事,除了程乃珊,几乎是无人可以替代的,而且不耗费巨大心血也无法完成;而那些老上海风情的文章已经有很多人在写了,不必那么着急,可以等年纪大以后当做消遣去写还来得及。但程乃珊的想法与我相反,她笑着对我说:"你以为这些写老上海的文章都是我肚子里存着的?我也是要去四处寻找材料,做许多采访,才能写好的,趁着人家(指报刊的编辑、读者以及她的粉丝)现在要看,需要这类文章,我就赶快去做,否则一些七老八十的人走了以后,这些故事也带走了。写小说倒不急,总归是属于我的,等以后空下来慢慢写。"我们俩对文学的看法可能不一样,但因此也理解了乃珊,她从上海到香港,又从香港回上海,经历许多风霜,她是多么欣喜若狂地看到了上海在近十几年发生的天翻地覆变化。上海经济腾飞犹如魔术,上海人的文化心理也瞬息万变,无法一下子创造出新的文化范式,"老翻新"就成了最捷便的文化形式,程乃珊正是在这个大时代急剧转变中得天独厚地感悟自己的责任,她如鱼得水,左右逢源,用她的那支笔,那个键盘,耗尽了她生命中最后十年的全部能量。

然而我们永远读不到《望尽天涯路》的后续故事了。

我与程乃珊平时接触不多,也没有什么深交。但她有些独特的个性,如来自民间社会的天真做派、世俗情怀,以及善解人意的处世方式,都很迷人。我记忆中的程乃珊,有几件事不妨说说。一件是1986年底在北京开"青创会",正逢社会风波迭起,胡耀邦辞去总书记的职务,与会的青年作家听到这些消息后难免垂头丧气。回上海的途中,大家在候机厅里等待飞机,王安忆突然说了,她很担心"极左"势力又会抬头,搞什么反自由化。旁边的人嘴里连连说不会的,不会的,但多少都有些忧心忡忡,气氛沉闷。突然,程乃珊用上海话大声说:"我有一桩事体不大明白，飞机飞上天了，到底是什么东西托牢伊，让伊落勿下来?"大家都哈哈一笑，气氛扭转过来。也许乃珊就是这么想的，就说了出来。由此看出，安忆与乃珊的关注点是不一样，乃珊的民间立场的宽厚、天真也表达得那么鲜活和有生趣。另外一些记忆是我在1991年去香港中文大学访学的日子，程乃珊已经在香港三联书店打工了。原来以为她去香港是过上流社会的生活，但我看到她时，她在香港三联书店工作很忙碌，也很辛苦。她与我说，在上海当专业作家，出差买票接送全是由作协代办，不用她费心。可是现在还忙着为书店领导订票安排，许多杂事都是要做的。不过她对自己能够在香港自食其力还是感到自豪。我曾去过她租在离岛的住宿，那里环境很好，空气也清新，只是交通极不方便，每天来回需要坐船。她说我只能请你吃午饭，因为晚上如果太晚了，船就没有了。在香港期间，她多次利用休息日陪我逛商场挑选购物，一路上都是她说得多，我说得少，但就是从这个时候开始，我对程乃珊渐渐有所了解。

记忆中还有一件事。程乃珊后来跟随香港一个通俗作家做事，那个女作家以写"商战"小说闻名，大约是有些文学以外的社会背景，"九七回归"前频频来大陆各地，有关方面也到处举办她的作品研讨会，给她出评论集。乃珊来约我写稿，我开始想拒绝，刚一开口她马上知道了我的想法，就顺着我说，你可以借着她谈谈其他东西，你对香港文化有啥看法，都可以谈的，不一定要写这个人。她的话点拨了我，我后来又用与她通信的形式，写了一篇谈香港文化的文章，主要提出了"现代读物"的概念，讨论香港通俗文化由现代读物、流行歌曲和电影电视三大类型构成的关系，以及现代读物在当代文化市场的定位。我觉得程乃珊做人的方式是宽厚的，智慧的，确是一个能够善解人意的人。

这些点点滴滴的记忆，现在想起来，眼前不断浮现乃珊说话时的笑容，不由一阵阵感到心痛。她去世快一年了，在去年杨浦区作家协会理事会上讨论工作计划时，不少人对于曾经参与杨浦区作协领导工作的程乃珊的去世唏嘘不已。程乃珊曾经在杨浦区惠民中学工作十年，积累了丰富的生活经验，后来创作的《穷街》就是取材于这段生活经历。她虽然身居上海西部的"上只角"，但对杨树浦的文化生活一直抱有热情。她担任了杨浦区作家协会副会长，多次来沪东工人文化宫参加活动。因此，我们不仅在杨浦作协的会刊《杨树浦文艺》上策划了纪念程乃珊的专辑，同时还筹备编辑程乃珊纪念画集，寄托我们的哀思。我在去年写的一篇纪念恩师贾植芳先生的文章里曾经重新解释古人的"三不朽"：立德立功立言的内涵。我以为，一个人生前的工作业绩，造福于社会，是谓立功；去世后被亲朋好友思念缅怀，念叨他生前的美德恩泽，是谓立德；而如果这个人生前还留下了文字文献，艺术作品，以及其思想道德的流传，让后人阅读欣赏，接受教育，传承人文精神，丰富对美的感受，那就是立言了。立德立功是人之不朽的本体，立言是一种延伸。但这延伸很重要，它可以让我们隔着不同的时间和空间，发扬人类的优秀传统。我想我们编这样一本纪念画集的目的也就在这里——让程乃珊继续活在她自己的文字里，也活在我们的阅读里。

2014 年 3 月 6 日于鱼焦了斋

两束光，教堂的和客厅的

毛时安

神说："要有光。"就有了光。——引自《圣经·创世纪》

我是无神论者，但我相信程乃珊去了天堂。从她女儿在告别会上的讲话，从她走时的安详，从她临行前留下的这些和日常生活中说话一般平静而带着热情的文字中，我愿意相信。

有两束光，照亮着她四十年写作的文字世界。一束是教堂穹顶照下来的阳光，一束是来自公寓宽敞客厅的灯光。

她的好朋友郭庭珂回忆说，上世纪80年代，上海基督教国际礼拜堂开办了慕道班，对基督教义有向往和兴趣的青年人开放。在那儿，程乃珊和她一起上课、洗礼，成了虔诚的基督徒。也就在这前后，她开始了伴随她一生的漫长的文学写作之旅。那是一个"小说的时代"。在上海在中国，年轻的小说家，像雨后森林里的蘑菇，一簇一簇，满地都是。在大量沉浸在十年浩劫的控诉和历史沉重反思的小说中，程乃珊的小说创作别具一格。带着一份宗教气息，宁静、纯净。"那天晚上天空漆黑，连一颗星星也没有。我从不曾想过在这么黑的夜晚，会像《圣经》上说的，上帝会以柔和的目光凝视着人间，许许多多安琪儿会对我们歌唱……她的歌声柔和甜润，她不是在歌唱，而是在呼唤，向着一个美好的世界呼唤，那里没有忧伤，没有眼泪，那里的太阳永远放射着柔和的光芒。那柔和、神圣的歌声令我想流泪，我第一次相信，在那高高的上空真的有一个上帝……"（引自《欢乐女神的故事》）。她有的小说题目就直接取自赞美诗，如《在我心有空处为你……》："绛红色的夕阳犹如祥光缭绕，带着对明天的憧憬和希望之情冉冉腾起，它应许了爱情、希望，还有美思。前面不远就是礼拜堂的尖顶，夕阳在她的尖端织上一顶灿烂至尊的冠冕，晚礼拜开始了，阵阵赞美诗从里面飘出来：……快来吧，在我心有空处为你……"

　　这些文字来自我从书柜里寻出来的，1982 年由江苏人民出版社出版，画家黄英浩封面、插图，印数 43 200 本，定价 0.25 元，1984 年 3 月 10 日程乃珊题赠我的小说集《天鹅之死》。这是她出版的第一本小说集，她把场景放在了香港，以方便表达她的宗教情怀。几篇作品的主要人物大都是基督徒。虽然她的目光还摆脱不了那个时代看香港看世界的狭隘，甚至因为时代尚未完全冲破对宗教的禁忌，不得不有所遮掩躲藏。但字里行间散发的那种无法掩饰的宗教意味，在当时确实是前所未有的大胆。当然不是说，程乃珊的小说都是基督教教理的形象显现，恰恰相反，她实际的小说创作题材要广阔得多。但不管写什么，她的笔下始终散发着一种那个时代别的作家所没有的特殊的宗教气息,也让读者感受到一个新的汹涌澎湃、自由得多的时代的到来。她 1979 年发表的小说处女作《妈妈教唱的歌》,讲述的是女工程师乐珺用献身祖国和事业的热情逐渐消融失去母亲的小薇隔膜、怀疑的故事。结尾却在乐珺给小薇唱起妈妈教唱的那首加拿大民歌之前,小薇脱口而出,无奈地说了一句英语,God knows it, but waits(上帝明白一切,但得等待)。和当时情绪激烈的主流小说不同,程乃珊的小说情绪透明、纯净,有一种超脱世俗苦恼的乐观。人物虽在尘世却像来自天国,内心纤尘不染。写的是俗世,却是刚从教堂里出来,身心被教堂天庭的一束阳光照得明净、恬淡。大约在 1983 年冬,负责《上海文学》理论组的周介人已经慧眼独具地发现了程乃珊的这一与众不同的创作特色。他找到我,希望我为程乃珊写一篇作家专论,以期引起读者和文学界对这位年轻女作家的更大关注热情。同时,限于当时的时代局限,我们又必须回避小说的宗教情绪和特色,以免在那个乍暖还寒的时节给作者带来不必要的麻烦。

1984 年 2 月,《上海文学》全文刊发了我写的评论《独特的生活画卷——程乃珊小说漫议》。在评论中,我刻意回避指明教堂的那束光,却又用一种欲言又止的言说,诸如纯净、优雅、娴静、圣洁等可以用来形容圣母玛利亚的暗示性的字眼,让读者隐约中感觉到作者文字帷幕后到那束教堂天堂天顶投下的那束微光。正是这种宗教情怀,使她笔下的那些来自西区出身名门的女教师,怀着几近牧师般的一种平等、悲悯、理解、宽容的态度,敞开胸怀,去接纳、去热爱《穷街》的那些孩子,去和那些孩子以及他们的父母交流。可以说,教堂的那束透明的阳光,赋予她独特的理念和价值。同时,在评论中,我刻意强化了客厅里的那束光。客厅里的灯光温馨、高雅、怀旧,使她总是有着一份看人间的温情。她笔下的男女主人,大都来自上海西区的高档公寓。在规避了一种评论风险的时候,我也冒着当时的另一种风险,就是挑明其小说的人物家族的谱系特色:"既非官宦人家,亦非书香门第,而是具有上海特点的民族资本家家庭"。程乃珊竭尽当时时代所提供的最大可能,展现了上海民族资产阶级两三代人文革前后的曲折遭际。他们面对一个急剧变化的时代内心无奈、苦恼,但又努力适应环境。他们经历了社会向前的历史进程的大浪淘沙,不甘沉沦,不断地自立、自强,以自己的劳动和奋斗而不是祖上积累的资本,赢得另一个时代人们的尊重。中国的民族资产阶级历史不长,程乃珊写他们像种子那样飘落在十里洋场,在一块原不属于他们的土地上生根、发芽,长成大树。但属于他们的好日子实在是很短很短。他们始终在历史的夹缝、各种政治力量的撞击和连绵不断的炮火中,尴尬而艰难地存活着。对于这段历史叙述,程乃珊随着时代的渐次开放,从枝叶,到树干,最后到种子,从现实走向历史的深处,是倒着写的。先是当下《蓝屋》里的二三代,顾鸿飞、顾传辉们的"走出"和"重返"。最后才是第一代祝景臣孤身创业大上海,终于成为一代《金融家》的风云际会。她以自己丰厚的家族历史积淀,对这些生活的理解,加深了我们对中国民族资产阶级人性的感性认知,让人们看到了他们的惨淡、苦心、无奈,看到了他们在历史的长河里像小舟般孤独颠簸的落寞背影,那身后的影子拖得很长很长。

可以说，程乃珊是继茅盾的《子夜》、周而复《上海的早晨》以后，在改革开放年代到来之际，第一个直接用文学表现长期被边缘化的这一人群并给予正面评价的作家。与此同时，她在小说中开启了对过往上海上层社会人们富庶的生活场景、细节、心理丰富的文学描写。少女时代开始的对大明星格里高利·帕克的终生心仪，对凯司令攒奶油香味向往。也许，以今天的物质标准来看，那样的富庶已然有点落伍，但那种作者极为醉心的气质仪表风度，却是当下依然严重缺失的。在我看来，程乃珊对于这些东西的喜好留恋，是骨子里的血脉里的，与生俱来的，没有任何为了追逐时尚而贴上去的成分。

因为时代限制造成的写作难度，再加上那时发表作家专论是对作家的高规格肯定。那篇评论在《上海文学》刊出后，引起了很大的反响。这是我写的第一篇作家论，也是程乃珊小说第一篇专论，为她昂首阔步登上文坛铺了一级台阶。没想到的一个后果，就是多少年后我依然被人目之为"当时上海评论界一致公认的研究程乃珊的专家"。当然，我从来不是专家，更不是研究程乃珊的专家。

在那个物质稀缺却高扬着理想主义旗帜的 80 年代初，因为文学，我们不期而遇。她很郑重其事地约我去"上海咖啡馆"见面，彼此都有点出乎意料之感。我想象中的程乃珊是一个端着架子的大家闺秀，说话轻声轻气的淑女模样。没想到，她大大咧咧，热情开朗，语速快得像出膛的子弹，全然没有一点矜持拘泥。而评论家在她心目中则是严肃的一派正襟危坐不苟言笑的干瘪老先生。吃惊的是我比她还小着两岁，焕发着那个时代文学青年都有过的连自己都未意识到的热情洋溢的光泽。那时上海咖啡馆还有外面包着白砂糖放在水里就化的小方块咖啡。程乃珊点的是现磨的咖啡。我们海阔天空地聊着文学。彼此"三岔口"摸黑开打式的戒备,随着咖啡冒出来的香浓的热气,飘然而去。"上咖"坐落在南京西路铜仁路拐角。窗外,有20路电车,"叮叮当当"地从春天碧绿的梧桐树间驶过。梦里不知身是客。恍然间,时光倒流到了上海的30年代。

说来有点羞惭。我是读中国语言文学专业的,而且也算是很用功的学生。但第一次听到张爱玲的名字,却是在程家的客厅。程乃珊会写小说,俨然他们那一族的代言人,加上她特别地热爱和享受生活,热情好客,喜欢热闹。有她在,很难没有她开怀而充满感染力的笑声。因为这些,她家的客厅就理所当然的成了聚会的沙龙。一大群青春男女,愚园路48弄36号那栋灰白色小楼的三楼客厅,弄得一幅当代《韩熙载夜宴图》似的。一楼还没有落实政策归还。三楼客厅里亮着吊灯,有高谈阔论的、窃窃私语的、唱歌的、跳舞的、看书的……客厅的一角放着一家老钢琴,被灯光柔柔地照着。一个脸庞圆圆的女孩坐在那儿,十指纤纤在上面小鹿那样欢快地跳动着,黑白钢琴键盘上飘起了《少女的祈祷》那有点忧伤有点甜味的旋律。她们津津乐道地说着住在不远处的属于旧上海的张爱玲。因为我实在是不属于那个圈子的陌生的外来人,就静静地落寞地看着、听着。知道在我生活的世界之外,还有一方别种情调的天地,时常让我想起巴纳耶娃和乔治·桑宾朋满座的沙龙。

十年浩劫还不很远,生活却已经如此顽强地开始恢复本色。

程乃珊的小说创作到 1990 年出版的长篇小说《金融家》，
戛然而止。后来她孤身只影来到香港。她住在离岛，在三联
书店打工。每天都要坐船穿越维多利亚港。很多朋友都见过
说起过她自食其力奔波的辛苦。

以此为分水岭，程乃珊开始了她后来非虚构的文学写作。
2000 年程乃珊回到阔别了十年的上海。如果说，早年的文学
写作还仅仅是因为文学带给了她巨大的个人愉悦的话，那么，
这次重投文学写作的怀抱，则出于一种强烈的使命和自觉的
文化意识。时代的巨变固然令人兴奋，但文化的断裂同样让
人心疼。特别是像上海这样一座有着特殊的近现代文化传统
的现代城市。正是这种强烈的自觉，使她成为新世纪以来，发
掘、传播老上海文化和生活习俗的最重要也最有影响的作家。
她对人说，趁着人家现在要看，需要这类文章，我就赶快去做。
否则一些七老八十的人走了以后，这些故事也带走了。她以
一种近乎燃烧的热情，精卫填海的决绝，短短十年中写下了一
本本关于上海女人、上海男人、上海探戈、上海 Lady、上海
Fashion、上海萨克斯、上海罗曼史的书。她翻箱倒柜地在上海
历史旧箱子的角角落落里，发掘着具有文脉意味的各种器物、
习俗、细节。怀着一份当下难得的温情讲述着它们的前世今
生。她为身边那些曾经显赫过的老人，为曾经远离市民的老
洋房、高级公寓，讲述已经失落在历史烟尘中显得有点久远、
模糊的故事，为他（它）们建起一座座文字纪念碑。知妻莫如
夫。诚如她夫君老严，严尔纯先生说的那样，"她太热爱上海
了，太热爱静安区了。她出生在静安区，老宅在静安区，嫁到

静安区,最后归宿仍在静安区"。她是多么害怕那些曾经提振过上海这座远东大都市精气神的、融化在日常生活里的文脉,被突然发迹后的惊慌失措粗暴地打断。在许多人心目中,她是一个当之无愧的最出色的上海"讲述者"。程乃珊的讲述,也一如老严所说,没有做作,没有虚构,没有凭想象。确实,她讲述老上海的语调,明白晓畅朴素,没有过多的修饰语和形容词,就像听她在讲话。但在文字的背后,可以清楚地感觉到她热烈的心跳,她对这座城市的一往深情。用平易的妇孺皆知的文字传达内心的深情,是程乃珊的本事。

也有人说她"俗"。看沈家姆妈为了三个女儿的婚嫁,里里外外仔仔细细盘算"女儿经",真有点脱不了一个"俗"字。但她不在乎。因为她出身名门,看到且拥有过许多人没有过的"雅"。她的俗,其实是以她远远超越一般市民生活的雅为底蕴的,是那个阶级经历了大的历史颠簸后"曾经沧海难为水"的俗。

《远去的声音》是程乃珊生命最后十六个月里,留给这座城市和它的市民的最后的文字。她是真的喜欢写作。即使生命要远去,她也还在写。她说过,一天不写几个字,这一天就白活了。可以说,这是她蘸着自己生命汁液,用血肉写下的文字。曾经是小说原型的大家族,她的祖父母、她的父母、她的哥哥,那些出入过她的人生事业的人们,还有她夫君家那栋邬达克设计的沪上大名鼎鼎的绿房子,坐落在南京西路蓝棠皮鞋店边上曾经是她家祖产的花园别墅……他(它)们落尽繁华,褪尽虚构文学语言的包装,以历史和生活中的本来面貌,有血有肉地,像圆雕那样立体而丰满地一一呈现在我们面前。

历史像极了一口深井,黑漆漆的,因为程乃珊的回忆,我们听到了它空旷悠远的回声。其中盛满了她五味杂陈一言难尽的情感。倘若只能用一个字来概括的话,我会选择"惜":珍惜(与自己生命相联系的那份血脉之情)、怜惜(他们如此崎岖坎坷的人生)、惋惜(时光与历史的不再)、痛惜(在这条路上凋零了生命)、爱惜(其中积淀的文化和价值传统)。面对这些文字,读着读着,竟有了一种"昨夜西风凋碧树,独上高楼,望尽天涯路"的沧桑感。尽管程乃珊的讲述,一如既往地充满热情。

谢谢程乃珊文字里闪烁的两束光。教堂天庭投下的阳光透明沉静,给了她一生可以坚持的仁爱圣洁的理念;客厅里不熄的灯光,让她总是能用那么温馨乐观的目光,看取事实上前进得沉重的生活。我想,有光总是好的。

光,可以驱散我们心头的暗和寒。

2015 年 6 月 11 日于灯下

她是上海的女儿

——悼念程乃珊

赵丽宏

2013 年 4 月 22 日凌晨，程乃珊去世了。对所有喜欢她作品的读者，这是一个悲痛的消息。本期《上海文学》中的《就这样慢慢敦化成上海女人》，成为程乃珊的绝笔。本刊编辑部全体同仁和广大读者一起，向这位优秀的作家致哀，并通过发表她留给世界的最后一篇作品，追悼她，缅怀她，纪念她。

程乃珊是深受广大读者喜欢的作家。她开朗，热情，热爱生命，也热爱生活。她的作品，真实灵动地表现了上海这座城市的历史风情，她作品中人物的悲欢离合，生动地再现了上海的沧桑沉浮。程乃珊是上海的女儿，上海哺育了程乃珊，她也以自己的充满感情的个性文字，回报了这座城市。

程乃珊和《上海文学》，有着割不断的渊源。1979 年 7 月号《上海文学》发表她的小说处女作《妈妈教唱的歌》，多彩多姿的写作生涯从此开始。她曾在《上海文学》开辟《上海词典》等专栏,书写了上海的万种风情。去年,她在病中答应为本刊写专栏,她为新的专栏题名为"天鹅阁"。天鹅阁是程乃珊很喜欢的一家上海西餐馆,很多年前,我曾应邀在那里和她一起吃饭,在那里听她讲她的故事。她希望新开的《天鹅阁》能成为她为读者讲上海故事的"最好场合"。她在病床上为这个专栏写的三篇新作,视野宽广,感情丰沛,通过家族人物的命运,展现了中国近现代的曲折多难却丰富多彩的历史。广大读者期盼着能在"天鹅阁"不断读到她的新作,然而她却突然告别了这个世界。

程乃珊曾经说:"我永不放弃我的笔。"她是在思考和创造中走完了生命的旅途。她的生命并没有中断,她的作品会长久地在人间流传,她会和她的文字一起,一直活下去。

2013 年 4 月 22 日上午

4月22日早晨,我尚未起身,电视里就传来女播音员沉痛的声音:"著名海派女作家程乃珊于今天凌晨2时19分在华山医院去世,享年67岁。"

这个噩耗,如同晴天霹雳,使我惊呆了。一个星期前,我刚收到了乃珊给我发来的对我90岁生日的贺词,我还和她的夫君严先生通了电话,知道她病情稳定,我欣喜之余,还以《程乃珊,真来赛!》为题,写了篇祝愿她早日康复,"重新回到我们这支由鲜花、咖啡、欢笑,当然还有文字组成的队伍里来"的文章,可文稿未及发出,她已匆匆离开我们而去了,人生短促无常,竟至于此!

我和程乃珊的友谊,其实并不太长,最多不过五六年吧,是她首先给我爱人张芝打来电话,说是听说了张芝的故事,欣赏我们的为人,想来我家见个面,进行一次聚谈。程乃珊的大名,我们耳熟能详,她的成名作《蓝屋》至今放在我的书柜里,被我视为收藏珍品。她愿来访,我们当然喜出望外,热烈欢迎。于是乎在一个阳光灿烂的下午,她偕同她的夫君双双来到我家。她的作为标志的童花头、她的热情奔放的笑容、她的一口纯正酥软的上海话、她对咖啡的酷爱以及对咖啡用具的鉴赏力……凡此一切,使我们一见如故,以后曾数次晤面,喝咖啡、吃点心,亲密如家人。我家的酒柜里,端放着她送的礼物,一套英国名牌 WEDGWOOD 的瓷器,因为她知道我多年前有收藏瓷器的嗜好,特意去南京路的专卖店淘来送我。2010年,我和张芝 60 年钻石婚的庆典上,她和夫君合唱了一支我们夫妇喜爱一辈子也哼唱了一辈子的爱情名曲《金发中的银丝》(*Silver threads among the gold*),她说这是她的"处女唱",在排练时经常走调,为此还和她先生"相骂"过好几次,她的风趣引得哄堂大笑。这正是她的特点,走到哪里,笑声就跟到哪里,可这笑声从此已成绝响了。

乃珊说她们程家和我们朱家两大家族是三代世交,她的祖父和我的姑父是银行界的至交,她的姑姑和我的表弟曾经谈过恋爱,假如他们恋爱成功她就要叫我表弟姑父。她说她比我小一辈,因此一直管我叫朱家伯伯,我也当仁不让地接受了。她在贺词里有这样一段话:"某家伯伯是上海滩最淳朴最亲切的称呼,正因为我们有太多平凡而又心有灵犀一点通的互相欣赏的东西,从英文老歌到好莱坞老明星到上海生活的种种细节回忆均有共同点,我们才最后走到了一起。'朱家伯伯'四个字,已包含全部真情,无需再加任何定语和修辞。因为路住得相隔太远,来去一次很不方便,所以我们不常见面,但每次通电话总要说上老半天，怎么也说不完。说真的，今日今时，这样能谈得上的忘年交越来越少了。"

"这样能谈得上的忘年交越来越少了。"乃珊啊，你的这句话宛如一支利剑直刺我的心脾，隐隐作痛，痛个不停。走的应该是我这种老得已将被生活抛弃的人，而绝不应该是你这样正处于生命最旺盛期最为时代需要的人。假如你不走，不知还能写出多少锦绣妙文，为文坛增添生气，为读者带来快乐。可你偏偏走了，头也不回地走了。"白发人送黑发人"这句话有点俗气，但我想不出一句更贴切更悲切的话来形容我此时的心情。我只能从内心深处默默说一句："乃珊啊，一路走好……"

挚友程乃珊

彭新琪

我实在无法把白血病和乃珊联系在一起。 她在我面前，一直是那么开朗、快乐、充满活力。 白皙细嫩的娃娃脸，浓黑的童花头，亲切的笑容，讲不完的过去、现在，亲朋好友的故事。 悦耳的语言，快捷的叙述，和她在一起总是那么快活。

我退休前，和乃珊一起参加了浙江江山文联举办的文学活动。 我俩住在一室。 晚饭后，我们走到街上，买了两节红皮甘蔗，一人手握一根，在初春的暖风中边走边吃。 回到住处，手中的塑料袋里已装满蔗渣，两人大大享受了一次无拘无束的疯吃。 那一晚，我们讲了大半夜话，主要是她讲，我听，讲她的婚姻，她的朋友，她的困惑，那么坦诚。虽然我们属于两个年龄段的人，但我能理解她所说的一切，我也向她讲述了我朋友的故事。 她有写不完的素材啊！

不久，她去了香港。 她和我通信中讲到生活的变化：忙、累。 她说，发现自己离开了老严（她的丈夫）还是很能干的。 我知道，在上海时全靠老严对她生活上的照顾，衣、食、住、行样样安排得很周到。 稿件发出、稿费收入也全由老严打理，不用她费心。

正好我到香港探亲，乃珊利用周末假日，邀请我和她一起喝早茶。 其实是 10 点开始的自助餐，食物非常丰富，我们呆了两三个小时，讲讲吃吃，把一天的卡路里一并吃了。这就是她在香港的生活。 平日里工作很忙，她独自一人挑起刊物采编的担子还要摄影配图，她还在好几份报纸上开了专栏，在上下班的轮渡上写稿子，没有时间享受生活，只有在每个周末去大饭店休息休息，大饱一次口福，自己不必做饭了。 她让我看到了她的能干。

乃珊喜欢香港，也适应了香港的生活。 但她告诉我，香港好比是婚外恋，是没有结果的。

老严也说，乃珊还是会回来的。

果然，乃珊回来了，我又有了和她欢聚的机会。 虽然我早已离开编辑岗位，成为社会贤达（闲人），她却一直热络我。

乃珊带回更多活力。 人们的观念也在改变，不再排斥"小资情调"而要求深入认识上海。 乃珊心无旁骛地专注于老上海的生活，她从小就发现上海是一个传奇层出的城市，她对上海的了解太深了，她写上海如鱼得水游刃有余，《上海探戈》《上海 Lady》《上海 Fashion》《上海罗曼史》《海上萨克斯风》等相继出版，这些生动精致反映上海世态人情和弄堂生活的作品深受读者欢迎，排在畅销书行列。

乃珊写作之余，仍不忘和朋友聚谈，旧朋新友、文化、金融、白领、蓝领，她的生活圈子更大了，她曾邀我参加过不同行业对象的聚会。由于她的关系，让我和已恢复公民身份的老友徐景贤有了往来。

最后一次聚会，是乃珊为老严庆贺70岁生日。那天，著名作家、音乐家白桦、陈钢夫妇也都参加了。平日聚会，都是老严忙进忙出。这天，乃珊穿了一身红色旗袍连衣裙，略施脂粉喜气洋洋地招待朋友。这是乃珊真挚地表达对爱人的感激之情，老严被深深感动了，他说这一辈子只做过两次生日，一次是20岁时母亲为他做的，现在70岁，由乃珊给他做……我联系20多年前在浙江省江山市乃珊对我说过的故事，更感受到乃珊的善良、真诚。

和谐温馨的家庭需要夫妻共同筑建，乃珊不是只会索取、享受而不肯付出的人。

就是这么一位充满活力、文思泉涌的人，怎么会突然患病呢？不愿相信！我不断去电话，无人接听，只得留言。

总算有了回音，悦耳欢快的声音，乃珊病情稳定了，她正在写家史。我心头石块落地，真高兴。

在晚报上，在我们刊物上都看到她的文章：行云流水般，一点没有病痛的痕迹。

谁知又突然断了电话联系。我正在纠结，4月22日的早新闻中传出乃珊辞世的噩耗。我泪水溢出眼眶……

怎么是白发人送黑发人？！

我有病，我衰老，腿不能行，手无力拎，不能到龙华为她送行。

总不能不告而别！

我由人推着轮椅到乃珊家中，在遗像前送上一篮洁白的鲜花：乃珊走好！

看到老严消瘦的面容、失神的眼，我说："老严，你尽力了，太累了，别太难过！"

老严哽咽着告诉我："她在病中，还，还写了十几万字……"

他知道我一直关注乃珊的创作。

乃珊从 1979 年在《上海文学》上发表处女作《妈妈教唱的歌》开始，一直不断和刊物联系，直到去世前最后一篇文章她的绝笔，也是刊发在《上海文学》上，她真是《上海文学》的挚友。 而她的这些文稿都是由老严亲自送到编辑部的。

我不禁想起乃珊说过，她这一生做对了两件事：选对了事业，嫁对了郎。

确是如此，老严给了她最真挚的爱，在她生命最后的日子里亲自护理，寸步不离。 乃珊手中的笔直到停止呼吸才完全放下，给社会、读者留下了宝贵的精神财富。

乃珊是幸福的！

痛失知己程乃珊

苏秀

　　结识程乃珊是在 2005 年 8 月的上海书展上。 她的书——《上海 Lady》在书展上签售，听说我的书《我的配音生涯》也在签售，就过来了。 但是她没有来找我们，而是像个普通读者一样，老老实实排在队伍的最后面，排了两个多小时。 有的人认出她来，还拍了她排队的照片。 又被《新闻晚报》的记者蔡颖写成新闻登在了报纸上。 我对此深感荣幸，也非常赞赏她的做派，从此成了朋友。

　　她告诉我们，当她还是一个十多岁的小姑娘时，就会自己买票看译制片了。 而且多次表示：“没有译制片，我便不会成为一个作家。”

　　对六七十年代的影片，她还能记起一些镜头和台词。她说：“青少年时代译制片对我的影响，已融入我的血液中，深深反映在我今天的创作中。 我的中篇小说《穷街》，写于 1984 年。 之所以起这个名字，是由于我在中学时代，看过一部保加利亚同名电影。 故事已经不大记得了。 只记得影片中，有如上海弹格路那样的一条小街，蜿蜒曲折，满街晾晒着衣物，还有嬉闹的孩子，在衣架间穿来窜去，虽然贫穷却充满生活情趣。 我还记得影片的结尾。 女主角正在晾晒被单，远征归来的士兵，隔着被单看到了情人美丽的剪影。 他挪开凳子上的洗衣盆，坐了下去，这时女主人公掀开被单，要拿洗衣盆，不意见到了他……影片戛然而止。 多么美的结尾。"

还有一部西班牙影片《影子部队》，描写一群小人物的命运，如生肺病的画家、失业的话剧演员等等……这位演员为了养家糊口去做建筑工人，从高空摔下，濒临死亡。 乃珊还记得他的台词。 他说："我是个演员，我在世界各地表演过死……现在，我真的要死了。 请大家为我鼓掌吧。"他的妻子泪流满面，带头为他鼓起掌来，一众邻居也相继鼓起掌。 这个演员由邱岳峰配音。 那个带头鼓掌的妻子便是我配的了。 乃珊说："这个人物好像是为邱岳峰度身定做的。"但是邱岳峰比他幸运，在那样一个时代，他仍有一方可以发挥他的才智、宣泄他内心的平台。 他身后有那么多的观众为他鼓掌。 并且记住了他的声音。 2008 年，老邱的儿子把邱岳峰的骨灰从苏州迁回上海，并举行了一个小小的落葬仪式，乃珊也来参加了。 还和我一起为他的墓碑揭了幕。

捷克影片《狼窟》，讲第一次世界大战后，战争孤儿杨诺，被一个小城的市长里德夫妇领养。 里德风度翩翩，他的妻子却是个俗气的、富有的老妇。 他们的生活本来如一潭死水，倒也相安无事。 杨诺的到来，使生活有了欢笑，有了阳光。 他们一起捉蝴蝶、辨认野花，一起弹琴、唱歌。这一切唤醒了里德对生活、对爱情的向往。 杨诺也非常依恋这位养父。 乃珊还记得其中的两个镜头。 一个是，杨诺陪里德妻子和几个老妇打牌，夜深了，几个老妇都睡着了。镜头的角度把几个人的睡相，拍得特别狰狞而丑陋。 乃珊说："这个镜头，让人觉得，杨诺处在这样一个家庭中，比挨打挨骂更令人不堪忍受。"还有一个镜头，杨诺看着里德夫妇的照片，由于照片镜框玻璃的反光，杨诺的形象正好叠印在里德妻子的上面，使那张照片看起来更像里德和杨诺的合影。

乃珊还说她非常喜欢法国片《没有留下地址》和前苏联根据契诃夫同名短篇小说改编拍摄的《带阁楼的房子》。我也非常喜欢《带阁楼的房子》。 我一向喜欢俄国的油画和俄罗斯民歌。 这部影片的画面，悠远而有意境。 无论是黄昏时，远远望去那阁楼上的灯光，和依稀晃动的人影；还是站在栅栏边米休斯穿着白衣的少女瘦弱的身影，和那一望无际的俄罗斯荒凉的原野；无不在述说着，沙皇统治下，生活的郁闷。 还有那令人震撼的俄罗斯民歌，那么深沉，那么悲怆，就像一股在地下奔涌的岩浆。

《穷街》《狼窟》《带阁楼的房子》都是我担任译制导演的，听她如数家珍般地提到这些影片，就像听到有人在夸我的孩子，我怎能不倍感亲切。

如同她喜爱我们的译制片，我也很喜爱她写的散文和小说。从她的书中，使我了解了上海另一个阶层发生的故事。上世纪 50 年代，我家住长乐路，我们厂在梵皇渡路，我每天骑车上下班，可以走富民路、铜仁路、北京路再到梵皇渡路。也可以走常熟路、静安寺到梵皇渡路。所以经常路过"绿屋"。那时，只知道这是富商吴同文家的豪宅。直到读了程乃珊的书，才了解了有关"绿屋"的一些故事。特别令我印象深刻的是吴家的四公子和他妻子颜冠仪的故事。颜冠仪是家住南市区的一名幼儿园教师，和吴家门不当户不对。本来颜冠仪的父母还不同意她跟吴家后人谈恋爱，怕她嫁入豪门受委屈。但在他们结婚前，"文革"开始了，吴家被扫地出门。吴太太和她的四儿子被安排住到了只有七个半平方的亭子间。吴公子提出退婚，但颜冠仪毫不犹疑地嫁了过来，用自己微薄的工资奉养婆婆。而且尽量保留她的一些生活习惯和爱好。给她买鲜花、买咖啡。每年春节，拆掉亭子间的床，摆上圆台面，让所有吴家的后人，都过来吃一顿团圆饭，给老太太拜年，让她享受到一家之长的尊严。老太太在"绿屋"生活时，由于丈夫宠爱姨太太，她生活得并不快活。反而在七个半平方的亭子间里，她受到儿媳的体贴、关爱，倒是她最舒心的日子。

后来，乃珊嫁的老公，竟然是那位绿屋主人吴同文的外孙。还有，我们 1952 年招进厂的青年演员潘康，原是我厂重点培养的对象，曾配过《第六纵队》和《不同的命运》等影片的男主角。1957 年，因参加"黑灯舞会"被定为坏分子，送去劳动教养了。乃珊说："那时潘康正在追求我老公的小姨，也就是吴同文的小女儿。所谓的'黑灯舞会'，就是在'绿屋'举办的舞会。不过是灯光略暗一些罢了。"
世界真小！

也是从她的书上，使我详细了解了，150 年前，第一个去参加伦敦世博会的湖丝商人徐荣村一家的故事。徐荣村以"货则上品，售之则上价"的经营理念，使他参赛的湖丝得到"会中第一"的美誉。维多利亚女王亲自为他颁发了金银奖和奖状。这就意味着，今后"荣记湖丝"可以免检直接进入英国市场。徐荣村成为富商以后，不忘回馈社会：协助李鸿章开办轮船招商局；组织"庚子赔款"中国学生赴美留学；开办格致中学；还有中国最早的保险公司等等。这些本来已经被人淡忘了。2001 年 6 月，正当上海"申博"的关键时期，徐荣村的重孙——上海交大退休教师、民盟成员徐希曾，向"申博办"提供了一份珍贵的家谱。其中记录着徐荣村参加伦敦世博会并获得金银奖的事实。不久，国务院副总理吴仪自豪地向全世界宣布："中国与世博会有着很深的渊源。自世博会创始之初，便参与其活动了。"这无异于为我们申博成功添加了一块有力的砝码。

《上海生死劫》是作者郑念用英文写于加拿大的自传。郑念原名姚念媛，是我译制厂的同事姚念贻的姐姐。"文革"前，我们虽然都知道对方，但没有见过面。1963 年，我被《牛府贵婿》剧组借去拍电影。我演牛府的大儿媳，姚念媛的女儿郑梅平演三儿媳。那时梅平刚从上海电影学校毕业，姚念媛还打电话给我，请我照顾梅平。

姚念媛夫妇都是英国留学生。她的丈夫是英商壳牌石油公司在中国的负责人，因此跟英国上层有一定联系。 建国初期，为了冲破美国对我国的孤立，听说周恩来总理曾通过他们夫妇跟英国有些交往。 但"文革"中，造反派为了把周总理打成汉奸、卖国贼，把姚念媛抓了起来（她的丈夫已于1957年逝世），逼她承认"里通外国"。

"文革"中，我虽然也听说一些姚念媛母女受迫害的情况，但是知道得也很有限。 是看了程乃珊和她母亲共同翻译的书，才知道了姚念媛母女所受到的迫害。 为了逼姚念媛招认他们所需要的口供，反铐了她的双手，以至她无法正常吃饭。 只能把饭倒在毛巾上，像狗那样舔着吃。 由于反铐的双手，每日还必须做一些不能不做的事，她的手腕受到了很深的伤害。 以至后来，就是夏天，也需要戴着手套。 更有甚者，那些丧心病狂的家伙，竟以加害她的女儿来要挟她。

我和梅平在一起有好几个月，她是个非常纯朴的女孩，一点也不娇气。 在农村拍戏，一天到晚光着脚满处跑。 她家有中餐、西餐两个厨师，可从未听她嫌摄制组的饭菜不好吃。

造反派说她是跳楼自杀的，而我听说她是被打死，再丢下楼的。 总之，她像一朵花蕾，还没盛开就凋谢了。

姚念媛不愧是一代名媛，自己经受了那样的折磨，晚年又失去了唯一的女儿，仍然能坚强地活着，并把那不堪回首的遭遇写成书。 她真了不起。 我也感谢程乃珊母女把它介绍给中国同胞。

我们都喜欢上海的西餐，所以常在西餐馆相聚。 因此就怀念起开在淮海路、东湖路口那家小小的西餐馆"天鹅阁"来。可"天鹅阁"已经没有了。2011年深秋，为了庆祝我的碟《余音袅袅》出版，我请他们夫妇吃饭，乃珊说她来选地方，选在一个叫"天鹅申阁"的餐馆。其实，那家餐馆除了天鹅阁三个字，跟天鹅阁一点关系也没有。没想到，那竟是我们的最后一次相聚。去年我打电话问候她，她还说她老公给她买的一份西餐多么好吃，等她好了，请我去吃。我说："好的。我等着。"可是，我再也等不到了。乃珊，你这个小骗子，怎么可以说话不算数啊？

2013年6月13日

我和上海Lady程乃珊

郭庭珂

　　上世纪 80 年代初的上海，随着政治开放，文学、艺术研究和宗教渐渐脱离禁锢开始松动起来。 上海基督教国际礼拜堂开办了慕道班，尤其向对基督教义有向往和兴趣的青年人开放，我与程乃珊就在那里结识的。 或许是她的气质和我的率性相互吸引投缘，我们一起上课一起受洗礼，从此我出入她家就像上亲戚家，一通电话，马上过去。 她的女儿严洁当时还小，初初就对妈妈说："就是那个和你一起'汰'的孃孃。"也就是"一起受洗"的阿姨了。

　　虽说我们在一起天南地北和女儿家的悄悄话一箩筐又一箩筐，却很少讨论宗教那些严肃的话题，更多的是聊真情故事，分享信仰体会和文学作品中的人性自然流露。 当时的社会风气是每个人被要求当"正人君子"，流露个人真情就是资产阶级思想作风。 然而当程乃珊在《新民晚报》上发表了《你好！帕克》马上引起震动产生共鸣，一段像豆腐干版面的文章竟在上海这个大海洋里搅了一搅，牵动多少少男少女和有少男少女情怀人的心，至今仍有人会提起当时的读后感，觉得顿时有人敲响了他们的心门。然而她的故事却还在延伸，记得那年冬天程乃珊收到了帕克寄来的签过名的相册，于是那个少女的梦似乎不再是梦了。她打电话给我说，"这是一份最惊喜的新年礼物"，多少人从此明白梦想和现实其实是有通道的。几年后她来访美国，其中有一项活动就是单独受邀去帕克家做客，于是这个不是梦的梦就接上了现实生活的轨道，多少人羡慕这传奇的故事发生在她身上，确确实实她的这段真人真事比梦想还要美丽。当她的长篇《蓝屋》《女儿经》还有《穷街》相继问世的几年，程乃珊的朋友圈大多来自当时上海所谓的"上只角"，男女朋友基本来自静安和徐汇两区的高级知识分子子弟或上海名门后代。其实她是个性情中人，不势利，或许和她的出生背景有关，这圈朋友聚一起对音乐、信仰、生活、时尚都有相近的看法和欣赏，交流起来会觉得放松又舒坦的缘故吧。记得有多少年的圣诞夜，我们在国际礼拜堂一做完礼拜马上就奔她家去参加"圣诞派对"，这在几十年后的上海实在算不上一回事，但当时"圣诞派对"的吸引力让我们去体会父母长辈怀念的教会学校和洋行里的欢乐。我们唱圣诞歌、说故事、跳跳舞，加上程乃珊和她先生热情好客，那更是我们每年期盼的大节日。尽管向往自由的生活方式，但她的朋友中没有一个是颓废消极或无所事事的，每个人都有梦想，每个人都在努力。当时我和她一样在所谓上海的"下只角"当老师,《穷街》中的描写就是我俩上班的那种情形,哪怕今天读来还记忆犹新。 其实,她早期小说里的一些原型和生活细节都发生在我们身边,当我们读完一本书常常会心一笑,或许是看到自己的影子,或许是读到某人的经历,因为她是在写故事而不是在造故事。 至于有些人因此而不高兴,其实大可不必,要知道她是小说家,不是写传记或报告文学的作家,小说里的角色经她的笔跳上纸已不再是原型的个人了,这些男女主角常常代言当时上海的一类人,一种思潮。 她笔下有一阶层的上海人生活方式是读者喜欢的原因之一,她笔下的人物积极向上更是读者热爱读到的。

成为专业作家后的程乃珊有习惯是上午写作,下午和朋友聊天,朋友们一般白天上班,我下午能"溜"出单位的话,就上她家去了。 房间里软软大沙发是我们的最爱,窝在里面抱个靠垫聊上一下午,她听我说不痛快看我哭,而我听她的初初构思讲故事,一会儿就笑到一团去。 有时她想听我奏一首钢琴曲,最中意是《少女的祈祷》,通常下午四时左右,严先生会从"凯司令"买些奶油蛋糕或小西点来,在一屋子的和煦阳光里,我们喝下午茶。 我们度过无数个这样小资情调十足的下午,大讲上海女人的特性,"嗲"和"作"的功夫和劣迹;还有上海所谓的"老克勒",总觉得上海男士应该有西方绅士风度——干净礼貌潇洒,举止谈吐得体,中国条件有限不能骑马射箭,但有腔调的上海男士能为女士开门让路,要懂风情但不风流。 我说:"数来数去就你家严先生是'老克勒'第一名。"说来程乃珊对她的这段婚姻一生抱感恩的心情,她对朋友说:"我这一生两件事没做错，一是选了严先生作丈夫，二是走上了写作的道路。"自相识到 1985 年我来美留学，她夫妇俩一直很宠爱我，用现在的话来讲我和她也称得上"闺蜜"。 离开上海那天，他们到家为我送行，奇妙的是等我 1993 年在美结婚才发现，自家婆婆和严家原来是亲戚，冥冥之中也是一种缘分吧。

离开上海后我们就不容易见面了，1987 年她来过纽约，同行的还有王安忆和王小鹰，我从学校赶到旅馆挤进她们的房间，轧在一张床上过了好几天快活的"上海小姐"日子，了却一团乡愁。 然后 1997 年我们去了香港，她接待了我们一家四口，那时我发现程乃珊已是今非昔比了，她从一个自理能力很差的女人变成了能干精炼的女作家、女记者……记得有个笑话，以前在上海时她不知道如何关闹钟，所以丈夫不在的时候，闹钟一响她只能和女儿塞住耳朵耐心等待闹钟全程发飙，如今她一个大背包，上船写作下船采访做节目，还开玩笑说："现在是文武双全了。"她精干却不失一点大家风度，仍有十足的"上海 Lady"风头。 我们在半岛饭店喝下午茶，怀念上海怀念以前的好时光，但聊得更多的却是这几年来的生活体验。 我俩的生活似乎少了很多梦想走向实际，生活态度却又在实实在在的日子中寻找人性的诚意和真情。 她更是把触觉伸向香港文化和上海文化的比较，写出《双城之恋》《香江水，沪江情》等关于两地的书来。

过了 2000 年，程乃珊重返上海，此后我们就差不多每年见上一次。 回到上海后的她如鱼得水，再加上先生的关爱时时呵护，她的读者又能读到久违了的精彩上海故事。但程乃珊没有把她的笔停在上海"老克勒"的层面，她的笔走向上海本土文化，诠释上海特有的风情以及推广沪语。她热情地为老干部办英语班，寻访老房子的由来，说讲老房子里的老故事；她还涉足上海时尚尤其偏爱旗袍，积极参与公益活动，风风火火忙进忙出的，或许这些都是她太熟悉的素材，她写来游刃有余，一篇接一篇，又在上海文坛领军上海民俗文化。 她植根于上海这片特殊的土地，从《上海探戈》《上海先生》到《上海Lady》等等，写上海人说上海故事。 所以她去世后，大家称她为"上海的女儿"不无道理。这位出身名门，在优渥条件下长大的上海大小姐，不仅为上海人描写了她这个阶层的故事，还绘出各色各样上海人的生活百态，成为一位文坛上的重量级作家。

2010年我们又重逢了，她请大家在锦江饭店吃饭，欢聚一起总是过得非常愉快。 那年10月我又去参加了严先生70诞辰、他们结婚40周年和她踏上文坛30年的大派对，程乃珊和严先生是主角，她满面笑容，妙语连珠，在座的客人无不为他俩祝福高兴。 记得她当时说要写到七老八十岁，没有料到过了三年，她就不得不食言了。

2011年我获知她得了病，非常担心，但在通电话中她显得乐观有信心，让人抱极大的希望。 2012年我回上海和王述老师一起去看望她，记得她说："我病了，今天不能和你们拥抱了……"何曾料到从此我再也没有机会和她拥抱了。她想听王老师和我弹琴，在王老师面前我的手如同上了门闩，不敢班门弄斧。 王老师真心实意地为她准备一曲萧邦的《雨滴》，琴声奏出清脆的雨滴，渐渐的雨滴，连绵的雨滴，雨滴洗涤了我们心中暂时的愁云。 那个下午程乃珊兴致极好，我们交流患病的经历以及分享治病的信心。喝下午茶，她还在谈起下一部小说的构思——有关"天鹅阁"五代人创业的故事，最后怕累了她我们不得不告辞了，不意这是我和她的最后一别。现在我回想起来后悔当时为什么不能应了她的要求，哪怕是弹得错键连连，也算尽我的一点心意啊！

2013 年 4 月她的病情急转而下，这位上海 Lady 离开了她热爱的上海，她的读者，真挚的朋友，以及深深爱她的丈夫。

想想伤心又无奈，我立马买张机票奔回上海去见她最后一面送上最后一程，了我朋友在世之情。出殡那天灵车上的相片是她在喝下午茶，一派精致典雅的风采；来自四面八方的上海人前去龙华殡仪馆银河厅送她最后一程。上海的这一方水滋润出这位地地道道的"上海 Lady"；上海这一方土养育了这位为其增光添色的"上海的女儿"。

花丛里的她优雅美丽依故，花丛外的我稀里哗啦难控，我明了她带走一肚子的故事去天国娓娓道来，可怎能把许多故事的悬念留下？

回家查阅旧相片时，一张四人合影跃然眼前，不由回忆起当年她开玩笑的"上海弄堂四美女"来，如今美女不再。于是弹一曲我俩喜爱的《甜蜜再见》（Sweet Bye and Bye）送去天堂给这位讲上海故事的好友，上海 Lady。

程乃珊走了，离开了我们，纵然再不舍得谁也留不住她。但我们相信，她只是从这个世界去另一个国度，到另一国度讲这个世界的故事，讲她熟悉的上海故事，相信这位上海 Lady 一定是娓娓道来，讲得有声有色的。

送程乃珊远行

王周生

2011 年 12 月 6 日，是我最后一次看见程乃珊。

那天，瑞典总领事为来访的几位瑞典作家举行晚宴。程乃珊由丈夫严先生陪同前来赴宴。程乃珊很开心，笑声不断。只是，她的声音嘶哑，说话有点吃力。我问她为何喉咙这么哑，她说，我感冒呀，好长时间了，是要去看医生了！

过了两天，她去华山医院看病，验血之后，医生当即留她住院，病情似乎有些紧急。我们听到程乃珊生病住院的消息，心情非常沉重。鉴于她的免疫功能下降，不能随便探视，我们只是在心里默默为她祈祷。有一天，我去华山医院看住院开刀的作家简平，在电梯口碰到程乃珊的先生老严。老严手里拿着大包小包，还有一箱牛奶，一脸的憔悴。问及程乃珊的病情，他一脸无奈，只是说程乃珊正在化疗，住的是层流室，不便探视。王安忆后来电话询问老严有什么需要，她尽自己所能，为程乃珊联系方方面面，帮助她进行治疗。

去年春节之后，寒冬渐渐过去，听说乃珊已经出院，我们很欣慰，心里总在牵挂她。

一个春光明媚的午后，我小心翼翼拿起电话拨了过去。我不打算和她谈论病情，只想表达对她的问候。没想到，她一点也不避讳自己的病情，还是那样坦率，那样爽朗，声音充满了活力。她说王周生侬晓得伐，我运道老好咯！原来她的病有一种进口药可以服用，虽然药品昂贵，但是中华慈善基金会专门为生这类白血病的病人吃药提供减免服务。四年前，她和文化界的一些著名人士，曾经参加中华慈善基金会的一个宣传活动，内容就是这个项目，基金会提供的就是她现在吃的这种药！她感叹地说，王周生你说说看，世界上怎么会有这样巧的巧事？我听了也很感慨，我对她说，这说明慈善活动非常重要，今天你帮助了别人，其实也是在帮助自己。

是呀是呀，程乃珊爽朗地笑，上帝要我花钱治病，我就老老实实治病。她非常感谢王安忆、市委统战部、静安区侨联对她的关心和帮助。她说还要赶紧写作，她肚子里还有许多故事要写。尤其是，她要写她的母亲，写与她母亲有关的家族史。这件事情，她和我多次提及。程乃珊的母亲是一位了不起的母亲，曾就读上海中西女中。中西女中是市三女中的前身，一所蜚声海外的百年名校，宋氏三姐妹曾在此就读。中西女中是著名的教会学校。从这所学校走出许多上海的名媛，她们有知识有教养有抱负，她们高雅精致美丽。 程乃珊的母亲就是其中的一位。

程乃珊非常孝顺自己的母亲。 前些年我们一起开会或参加活动，她总是急着往家里赶，高龄的母亲在家巴巴地等她。 她给母亲烧好吃的，每天晚上为母亲洗脚。 这些事原本可以让保姆做，但是程乃珊总是亲自动手。 因为母亲喜欢女儿做的菜，喜欢女儿为她洗脚，只有女儿做的，母亲才满意。 母亲90岁那年，在散步时不幸摔倒，救治不及，终于离世。 程乃珊非常伤心，为母亲在教堂里举办了追悼会，精心制作悼念册页，上面印着母亲各时期的照片，优雅而美丽。 程乃珊为母亲做了自己能做的一切，尽心尽力，可是依然对母亲的过世心痛不已。 有一次开会碰到我，她和我说了许多母亲的经历，母亲的为人，还将随身带着的母亲追悼会上的画页给我看。 她说她一定要为母亲写一本书。 我说，老作家丁玲也写过《母亲》，她学的是《红楼梦》笔法，描写母亲的大家庭，可惜后来因为丁玲被捕没有完稿，十分可惜。 我说你要是写你的母亲一定好看，一定很有意义。

那通电话打了好长时间，她谈她的病，她吃的药，她在病房所见所闻，她两次发了病危通知等等，我怕她太累，几次想停下，她却饶有兴致。 最后，程乃珊邀请我和安忆、小鹰去她家，她说，我不要紧的，你们来好了，我新房子离作协不远，你们去作协开会的话就顺便过来好啦！ 程乃珊朗朗的声音，让我对她的病非常乐观。 我答应了，我说我们三个一定去看她。

此后，隐约传来程乃珊病情反复的消息，可是又不断看到她的文章见诸各种报纸和杂志。每次我们读了她的文章就很高兴。王小鹰要是先看到就会打电话来，你快看呀，程乃珊写得老好看的！于是我赶紧找出来看。我们都觉得她正在一天天好起来。两个月前，上海女作家联谊会筹备活动，我们准备与上海电视台，普陀区图书馆一起，在4月23日读书日举行上海女作家作品朗读会，由电视台主持人朗读我们的作品，并对读者开放。这次朗读会的主题是生命。我们很希望程乃珊参加。王小鹰打电话给她，这回是她先生老严接的电话，老严告诉王小鹰，她在化疗，可能来不了。王小鹰吃了一惊。她不是一直在写东西吗？是的，老严说，有的文章她是躺在床上口述的。王小鹰听了，心里一沉。但是王小鹰还是说，如果到时候她好起来，我们还是非常希望她出席。可是上星期四，我们在作协大厅参加赵长天的追思会，忽闻程乃珊病危，心头又是一沉。真是一个多事之春啊！

今天一早6点多，短信的声音将我从梦中惊醒。打开一看，是王安忆转发来的程乃珊的先生给她的短信：

安忆：乃珊已在今天凌晨2:19去世。老严。

我一下子完全醒了。我不知道我应该做什么，我不知道我能够做什么。我起来了，很冷。我坐在沙发上，对着墙壁发呆，眼前晃动着程乃珊孩童般的笑容，我哀叹生命的脆弱。这几年，我身边的作家朋友走了一个又走了一个，陆星儿、蒋丽萍、赵长天、程乃珊，他们都是我同时代人。在平均寿命82岁的上海，他们是多么年轻。他们都是那么好的人，那么好的作家，他们心中有那么多的故事没有写完，他们对世界是那么地眷恋，老天啊，你是不是太残忍了，为什么你把那些贪官污吏留在这个世界，而让这么好的人这么好的作家去了另一个世界？我的心很痛。我冷得发抖。我想哭。但是，我把眼泪咽了下去，打开电脑，发出今天第一条微博，哀悼程乃珊逝世。

一时间，铺天盖地的蜡烛，点满了我的微博，成百上千个火焰在我面前跳跃。无数的哀悼，无数的挽言，无数个流泪的脸，缀满了火焰的空间。这是何等壮观的景象！这景象让我惊诧，让我感动，让我欣慰。原来，程乃珊的读者如此之多，程乃珊的影响如此之大。这些跳动的火焰，让我冰凉的心渐渐回暖。这是一场盛大的网上追悼会，在程乃珊离去后的 5 个小时后开始。不断增加的蜡烛火焰，预示这是一场特殊的悼念，只有开始，没有结束。来自世界各地的网民，每一个人都可以发言，自由表达沉痛和哀思。

电话铃声响个不停，媒体的采访接踵而至。这是另一场追悼会的开始，必须把哀伤抹去。在这个浮躁的世界，最好的纪念是认真读她的作品。

程乃珊笔端源源不断流出的那么多文字，像是从她的血管流出。她塑造的文学形象，还原了从那个时代走来的旧上海贵族的风貌。与当下横行于世的权贵不同，他们是一群有文化有教养的人，他们身上承载着中国的传统，又吸收了西方的文明。他们不亢不卑，历经风雨，依然儒雅高贵。他们的身后，站着一群名媛，那是他们的太太。这些名媛、这些"上海 Lady",大多在教会学校受过良好教育,他们嫁入富贵之家,并非为享受,她们很有抱负,除了默默承担养儿育女的责任,还不忘尽社会义务。这些"上海 Lady"娴淑的外表下,隐藏一颗坚韧的心,在历次政治风暴的漩涡中,为家人遮风挡雨,不比她们的男人逊色。其实,程乃珊自己,就是一个典型的"上海 Lady"。她说过,有怎样的城市,就有怎样的女人。她是上海这座城市孕育的独特的女性,精致优雅,热情开朗,乐观向上。她说一口老派上海话,让我们听起来有滋有味。她笔下的上海人原汁原味,出神入化,令人过目不忘。

上海人喜欢程乃珊的书,即便不是上海人,也喜欢程乃珊的书。上海不是一个地理上的概念,更是一个文化和经济的概念。程乃珊的粉丝遍布世界各地。尤其是定居海外的老上海人,也是她的粉丝。上海自开埠以来,走出国门在海外定居的人不计其数。程乃珊的作品给远离故乡的上海人带去无限慰藉。只要有华人的地方,就有程乃珊的书。一些定居国外的朋友,每次回国,总要去书店买书,去影像店买电视剧和老歌的碟片。他们买的书里,必有程乃珊的书。有个书店工作的朋友告诉我,他遇见一对美籍华裔夫妇,他们是上海人,退休在家,每年必回上海一次。他们回来的任务之一就是买书,买一大堆书,装箱海运回去。他们挑选的书中,也有程乃珊的书。

上海这座城市失去程乃珊,是很大的损失;中国的读者失去程乃珊,是极大的悲哀。幸亏我们还有她留下的文字。她书中的上海是极其珍贵的史料;她书中的上海人,

是典型的文学形象。 程乃珊——上海 Lady，是上海的
骄傲。

入夜，微博里的蜡烛还在不断增加；凌晨，蜡烛的火焰
还在那里不停地跳动。

忽然很想喝程乃珊煮的咖啡。

她不止一次地对我说，你来呀，来我家，我烧咖啡给你
喝，我烧的咖啡老好吃的！ 我总是说，好的好的，我以后
一定去喝你煮的咖啡。 可是我最终没有去，有一次送她回
家经过她家小区门口，她叫我上去喝咖啡，我也没进去、我
怕打扰她，她是个勤奋的作家，时间对她很重要。 我在心
里暗暗想，等到有一天，我们写不动了，不再急着往前赶
路，约上几个朋友，在阳光灿烂的日子，去她家，一边聊
天，一边享受她煮的咖啡……

这一天被我错过，永远不会再有。

可是翻开她的书，咖啡的香味依然浓郁。

2013 年 4 月 22 ～ 23 日

悄悄的友谊

吴泽蕴

前几天在整理往日的信件时，发现了一封程乃珊在香港时的来信。这已经是十几年以前的事了，如今读起来还很有趣。

她的信如下：

泽蕴老师:你好!

你一定在骂我了,其实收到你的信后我真很高兴,我是一直很喜欢你的,我也知道你很喜欢我。我现在做打杂,到了香港,人到中年,白手起家,一言难尽。但我想我没有插队落户过,所以上帝存心要我补这一课。我也愿意接受这样的安排。自祖父去世后,我完全独立了,香港住房贵得惊人,我又不是肯随便住得马虎的,我觉得自己

有一点与三毛很像，吃穿都可以马虎，唯独不肯委屈自己的住。白天八小时辛辛苦苦，回来就该有自己的天地才是。我现在找了个地方很好，很有点田园风光，坐在房里看得到海景，一房一厅，你下次什么时候来十日游，可以住在我这里。一到晚上，海浪滔滔，月光柔和，十分美丽，一点不像在大城市。香港租房连家具、空调，很好，只是一月租金 3 800 元，是我薪金的大半还转弯，很让人心疼。但我想，我来香港不是为了扒分，也不是为了发财，只是为了开拓我的视野，我理应让自己生活得舒服点。你说是吗？

你现在还在写什么？愿意再与我合作吗？我们讲个故事，你讲前半部发生在上海的，下半部在香港的，我来写，好吗？我是很欢喜与你在一起的，只是在上海因为大家忙，想今天忙了，明天可以再找时间，结果你看，一下子离这么远了。不过我想，我们还是好朋友，我们继续合作，反正两边都可以找地方发，我对通俗小说情有独钟。

我现在在三联，工资很低，但好处是可以免费借阅全书店的书，这可是一笔很好的财富。等搬去离岛后，我每日要坐船上班，船上可以看好多书，因为船平稳，所以脱离了上海热热闹闹的社会交际，到香港做个普通上班一族，或许对我是很必要的。人有时也要寂寞一点才好。你说是吗？好！

想你的乃珊

6 月 13 日

后面她又写道：

> 有空一定常与我通信,好吗？如果暂时没回信,你也
> 要替我写信,因我现在什么都要自己动手,可能复信会拖
> 点时间,你一定不要在意。紧紧握你的手,很怀念在你家
> 吃的小零食。香港吃的东西很多,但我不大买来吃,我现
> 在十分节约,一分钱掰两半用。没办法,昨天皮鞋打个后
> 掌,就是 25 元呢,消费惊人！

乃珊这封信写自 1991 年。她以前在上海的时候,我们交往并不多。那时《上海文学》编辑部每个编辑分工联系作者,乃珊不是我联系的。她后来知名度高了,在文学圈子里属于很有魅力,处于很红火的状态。我虽然很喜欢她的作品,也很想和她结交,却觉得没有必要去轧闹猛。见了面只是客气地招呼一下而已。在她去香港前的一年多时间里,我快要离开编辑岗位,想再写点小说,也想结交点文友,彼此可以磨砺切磋,于是才和乃珊交往起来。我们一接触便成为好朋友,认识了好久,却来个"一见如故"。在一起时我们天南地北无话不谈,有时还要抢着说话,嘴巴里还忙着嚼零食。

记得那时《上海文学》编辑部还办了一份《作家与企业家》刊物,版面更新时,要搞小说"接龙",即一篇小说由两位作者各自写半部,合成一篇完整的小说。向我约稿时,我一下子便想起了乃珊,她也欣然同意。两人构思以后,各写了 1 万字,题名《变色玫瑰》,写两个女青年的遭

遇，她写国外的，我写国内的，但写成后却因这个刊物改变方向而发不出，给退了回来。 我们不甘心就此作罢，两人商量后，决定在此基础上再扩展重写，又各写了2万字，成为一个中篇小说，嫌篇名《变色玫瑰》太俗，改为《同是异乡人》，后来发在中国青年出版社的大型刊物《小说》上，那是1990年的第2期，还发了头篇。 本来还想再继续合作写一点的，觉得这样也蛮有趣的，可是她赴港去了，也就作罢了。 这便是她在信上说的合作写小说的事。 当生活在一个城市里时，总认为时间有的是，今天不见明天见，可是眨眼间分别了，便觉得漫漫长日竟又如此短促。

乃珊在香港的生活状况当然令我关心。 在《海上文坛》杂志上看到她发的文章《访香港的上海移民》，又看到新民晚报上登的《搬家》等文章，大体上了解了她的情况，以后她又发表了《香港丽人行》等文章，那就知道她接触哪些人。 也明白她在香港的生活不会比在上海舒服，她说她是补"插队落户"这一课，也有她的道理。 当时我也想这一切对于她的文学生涯都是有益的。 但因为知道她很忙，也很累，还要为衣食住行奋斗，所以也就不期望她来信，把友谊悄悄放在彼此的脑海的角落里吧。

一晃若干年过去了，乃珊去时并没打招呼，回来也没打招呼，还是一次在上海作协的活动中不期而遇，见了面却又是很亲热的。 她回沪后的作品出现在许多杂志和报纸上，在《上海文学》上有专栏，作品的内容翔实而丰富，看得出来她花功夫采访各式各样的人物，翻找积淀得很深厚的资料。 把上海这个城市中已被遗忘的角落重现于现代的市民跟前，让曾经把脚步印刻在上海繁华的大街上，或幽深的弄堂里的她或他，从人们的记忆深处走出来，让他们创造的历史也能为现今的人们认同。

回上海后，这短短几年里她出了十来本书，我常常在报上看到她签名售书的消息。 虽然媒体并没有很多宣传推介，她的书却常常上了畅销书的排行榜。 有的读者出现在她每次签售场合，她曾告诉我一件令她很感动的事：有位老先生每次都到签售现场买书，乃珊看他年纪大了，很过意不去，打听到他家离自己家不远，便说，出了新书让她送上门吧。 却不料老先生得到她出书的消息后，便由他女儿陪着到乃珊家去。 读者和作者的关系到了这个程度上，也真是很难得的。

我和乃珊仍是很少有机会碰头，所以她出了新书，不一定有机会给我，我就说放在你那里好了，只要你替我留着，好在她发表在报纸杂志上的作品，我都会找来看，我也是她的忠实的读者。 我手头有两本她近年出的书，《海上萨克斯风》《上海FASHION》，后一本书配有画家贺友直先生的上海人物风情画，我非常喜欢。 看文读画，感到一些上海人骨子里的气质都被描绘出来了。 有的地方还很发噱。 看到《"麻林当"和"水蜜桃"》那篇中的"London Bridge is falling down..."不由也会哼唱起来，那是一首洋儿歌，早就忘却的，却被乃珊唤回来，真有意思。

古人云，君子之交淡如水，我和乃珊的友谊真合了这层意思，淡淡的，悄无声息，却又一定内涵。 平时不相往来，却有时会在晚间接到她一个电话，或打一个电话给她，彼此热烈地交谈，好像有说不完的话，往往总是乃珊那里又有别人的电话打进来了，才不得不刹车。 我们也有共同的朋友。 湖北作家王大鹏，他曾是我联系的《上海文学》的作者，他和乃珊大概是在什么笔会或创作班上认识。 王大鹏有一股楚地汉子的豪侠气概，他写小说极有才气，却转行当了影视业的导演和制片人。 难得通电话必要问到程乃珊怎么样。 王大鹏在深圳创业，如到上海来办事，也会找到我们。 最近的一次，或许竟已是前年了。 王大鹏来上海，由乃珊通知，说他要请我们吃饭。 起初我是婉拒的，由于拗不过乃珊的坚持，只得晚上到北京西路张生记去赴宴，一共四个人，乃珊和她先生严老师，加上我和主人大鹏，占了人家一个包房。 乃珊大概是这里的常客，所以虽是大鹏请客，但从订座到点菜，最后还有点交涉，都由乃珊包揽。

我们四个人却是三个年龄段，我已过七十，乃珊刚六十，严老师比乃珊略大些，王大鹏才五十整，而沧桑感最强烈的却是王大鹏，时不时叹喟"我五十岁啦！"……而乃珊的举止行动却天真而快乐，真正的是捧着一颗童心做人。当大鹏翻她当年老账，说他替她打抱不平，陪她一起去交涉，那时她却缩在后面眼泪汪汪，好没出息。 乃珊听了哈哈大笑。 可见大鹏和乃珊的友谊也不浅。 人生的相聚本来就难得，无拘无束的快乐的相聚更难得。

席终人散，王大鹏又天南地北去奋斗了，彼此很少联系。 我和乃珊同处一个城市，相隔几站公交车的距离，可是几乎没碰过头，只是通过电话的联系。 不过这没什么关系，我们的交往虽然很少，我们的友谊却是常在的。 且经常冷眼看着她，如何在文学之途中不懈奋斗。

2007 年 2 月 5 日